戦国革命 下

一向一揆　名もなき勇者たち

吉村正夫 著

高尾城落城

戦国革命〈下〉高尾城落城

一向一揆 名もなき勇者たち

目次

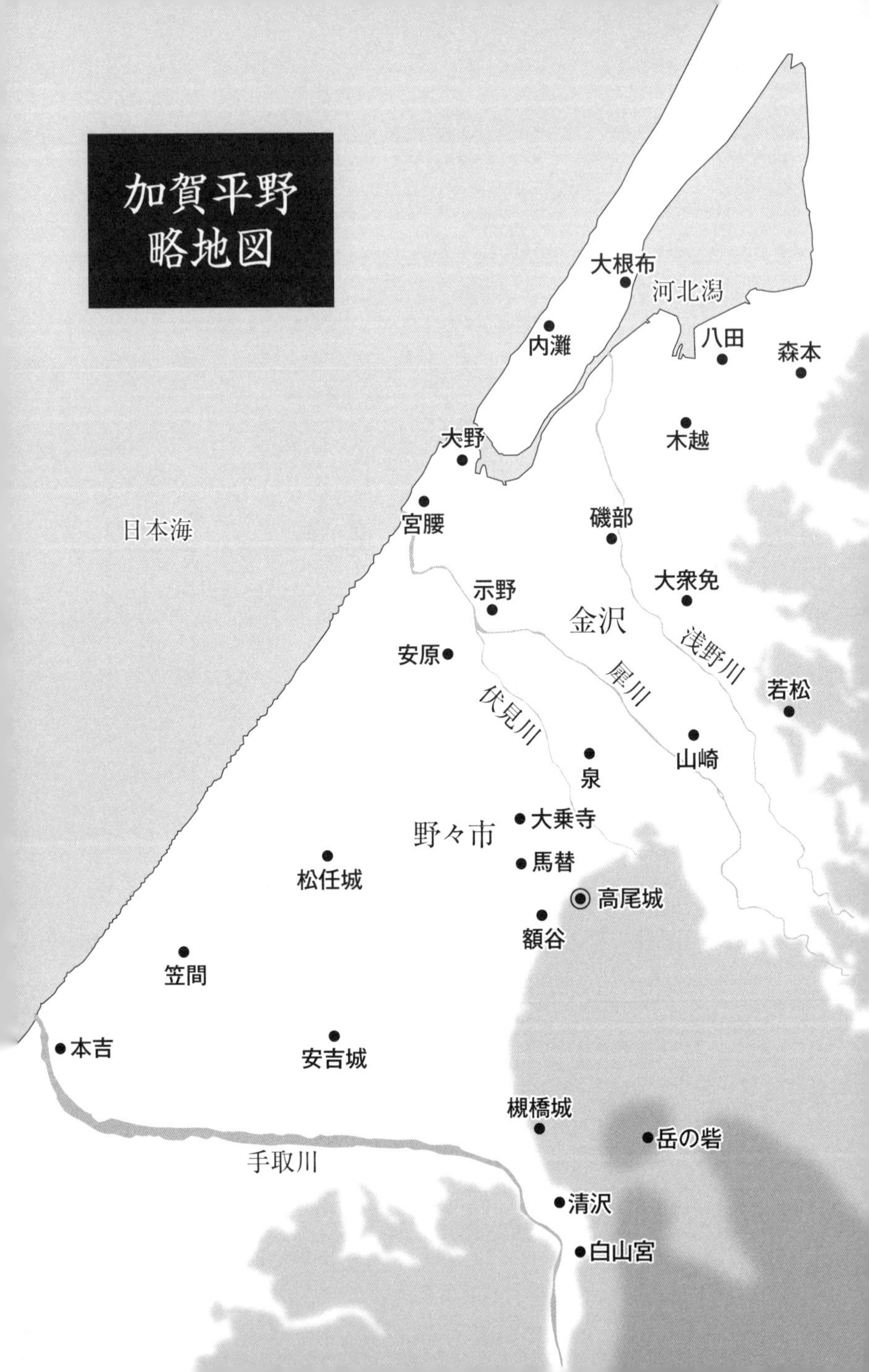
加賀平野
略地図
大根布
河北潟
内灘
八田
森本
大野
木越
宮腰
磯部
日本海
示野
大衆免
金沢
安原
浅野川
犀川
若松
伏見川
山崎
泉
大乗寺
野々市
松任城
馬替
高尾城
額谷
笠間
本吉
安吉城
槻橋城
岳の砦
手取川
清沢
白山宮

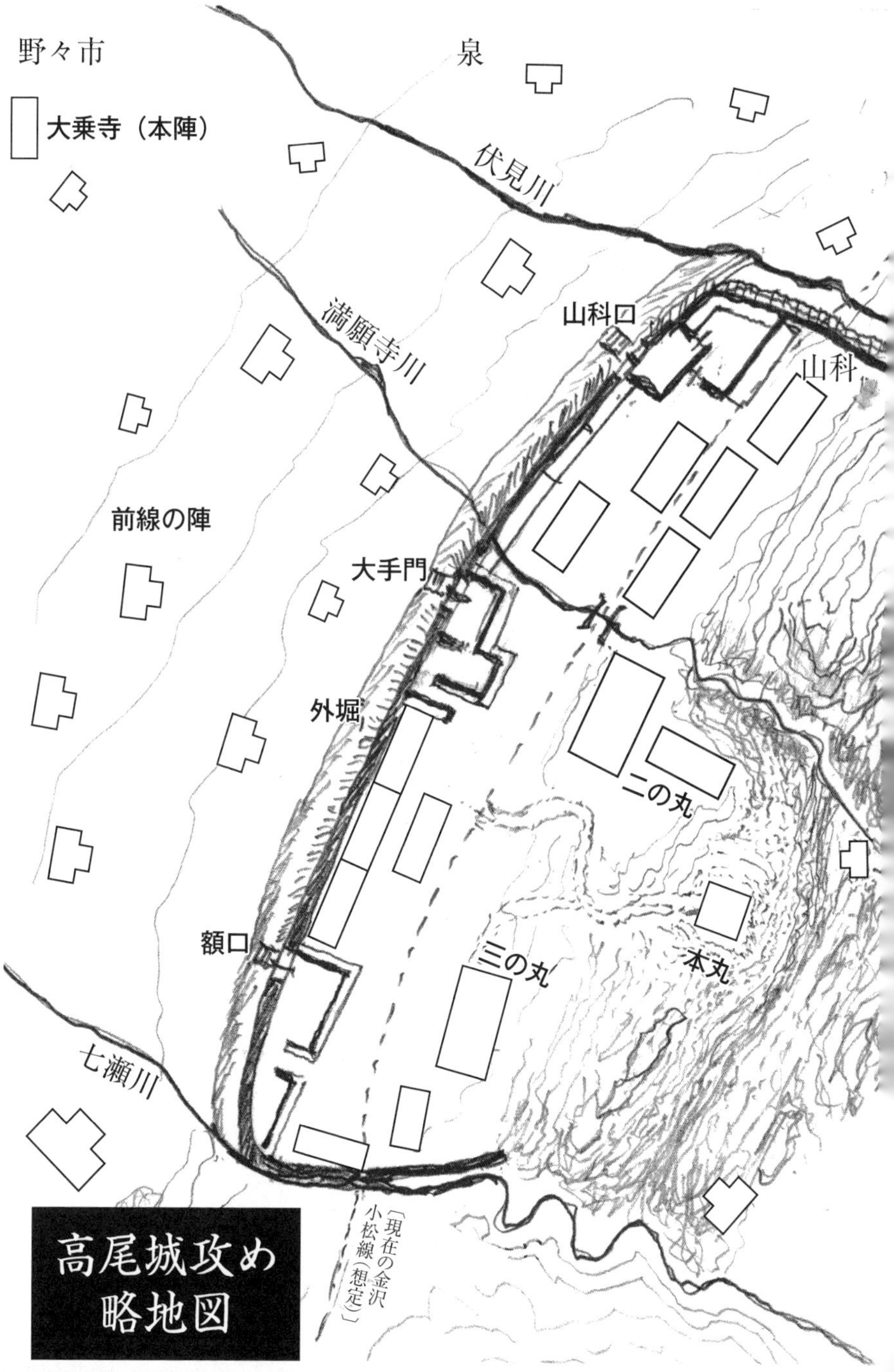
野々市
泉
大乗寺（本陣）
伏見川
満願寺川
山科口
山科
前線の陣
大手門
外堀
二の丸
額口
三の丸
本丸
七瀬川
〔現在の金沢小松線（想定）〕

高尾城攻め略地図

登場人物

次郎太　鳥越の山の内組。雑賀五人衆の一人。剣術、飛礫の名人。菅生願生の実の子。
鉄次　雑賀五人衆の一人。細面で理知的な優男。
権次　雑賀五人衆の一人。大柄で怪力。
七兵衛　雑賀五人衆の一人。隙のない実務家。
長次郎　雑賀五人衆の一人。小柄で猿のように身軽。
五郎　雑賀衆。紀州生まれ、次郎太の仲間。
菅生願生　雑賀衆から蓮如の弟子になった僧。次郎太の実の父。
洲崎慶覚　木越光徳寺の住職。加賀一帯に大きな影響を持つ。
富樫政親　加賀の守護大名。
政親の奥方　実家は熱田神宮。
瞳　富樫政親の娘。次郎太を慕っている。
山川三河守　富樫政親の家老。

忠兵衛　清沢の大店の主人。結の父。雑賀衆の一人でもある。

結　忠兵衛の一人娘。次郎太と夫婦となる。

富樫泰高　南加賀の守護大名。大聖寺城の城主。富樫政親の大叔父。

鏑木徳喜　松任城主。富樫政親の姉婿。

浅田源左衛門　安吉城の城主。山川三河守の娘婿。

碧　浅田源左衛門の娘。山川三河守の孫。

作次郎　安吉村の大工。碧姫とは幼馴染。

与一　長島村出身。作次郎の友人。

五平　長島村出身。作次郎の友人。

久造　大工。作次郎の親方。

本郷春親　富樫政親の家来。

高尾若狭守　富樫政親の家来。

槻橋弥次郎　富樫政親の家来。

額丹後守　富樫政親の家来。

宇佐美八郎　富樫政親の家来。

阿曽孫六　富樫政親の家来。

勝如尼　井波瑞泉寺を開いた本願寺五世綽如の孫娘。加賀から西越中の真宗寺院の要。

河合藤左衛門　石川郡の国人(土着の武力集団)。蓮如に帰依する。
山本円正　吉藤専光寺の僧。
笠間家次　石川郡笠間の土豪。
髙橋新左衛門　石川郡の国人。
弥吉　森本村の村長で商人。雑賀衆の一人。
弥太郎　弥吉の息子。
イネ　弥吉の娘。
竜三　堅田の馬借の主。近隣の村々のまとめ役。
律　竜三の一人娘。
孫八　宮腰の廻船問屋の主人。雑賀衆。
孫次　孫八の息子。
正五郎　本吉(美川)の廻船問屋の主人。
お民　正五郎の女房。
吉蔵　越前の大店の主人越前屋徳兵衛の息子。雑賀衆。
仙吉　千木村の暴れん坊。次郎太に武術を習う。
源太　仙吉の弟分。
熊五郎　牛首村の村長。

菊次郎　大衆免の若者。
茂三　湯涌谷の村長の息子。

本書は加賀一向一揆を題材にした
フィクションです。

戦国革命〈下〉高尾城落城

一向一揆 名もなき勇者たち

陣構え

長享二年(一四八八)六月末、加賀平野のほぼ中央、野々市《ののいち》に堂宇《どうう》を構える大乗寺の離れの広間には、開け放たれた縁から雨上がりの心地よい夜風が流れていた。黒々とした東の山並みには山肌一面にかがり火がたかれ、暗闇に花が咲いたように美しくきらめいて見える。

ひと月前、加賀の守護大名富樫政親《とがしまさちか》は、長年、館を構えていた野々市から全兵力を引き連れ、東に約一里離れた山際の高尾に築いた城に入城した。政親の重臣たちも野々市や近隣の館を捨てて政親に従った。のみならず下級の武士や商人、主だった町衆までもが野々市の住まいを捨てて一斉に高尾に移ることになり、空き家には火がかけられるとの噂も流れた。加賀の一向宗門徒を束ねる指導的立場にあった木越の慶覚《けいかく》坊と菅生願生《すごうがんしょう》らは、計って百姓の兵を動員してその夜のうちに空き家を占領することに成功して、野々市の町が大火に見舞われるのを防ぐことができた。

そして間髪入れず、政親の叔父に当たる江沼・大聖寺城主の富樫泰高《やすたか》が兵を率いて野々市に入り、大乗寺を押さえ陣を構えた。泰高はその離れの広間から、高尾の山一面に広がるかがり火を眺めた。それはこれから始まる戦の業火のようにも見えた。身内である政親を裏切り一向宗門徒の側につくことを決意した泰高は、殺し傷つけあうことから逃れられない人間の業の深さに重い心持ちになっていた。

国境《くにざかい》に近い倶利伽羅《くりから》で、富樫政親からの要請を受け、門徒衆攻めのため越中から加賀に侵攻してきた上杉・畠山勢を打ち破った加賀門徒衆は、野々市へ凱旋《がいせん》の歩みを進めていた。若き大将次郎太が松明《たいまつ》を手に馬を進め、十数人の若武者の騎兵隊が続いた。次郎太と夫婦の契りをかわした結《ゆい》に、一揆軍の重鎮竜三の娘・律の鎧姿も見える。そのあとに槍隊、弓隊、徒歩《かち》組と長い列が続く。隊が犀川に差し掛かった頃にはすでに日は落ちた。泉村ではかがり火が焚かれ、多くの村人が街道を埋め出迎えた。久安《ひさやす》村でも歓声が上がる中、兵たちは手を挙げて応え進んだ。

次郎太の目にも、高尾の山全体に広がるおびただしいかがり火は異様に映った。

「見てみろ、高尾の山が燃え上がるようじゃ。一体何万の兵がいるのだろう」

同じ雑賀衆《さいかしゅう》として命を懸けて戦ってきた鉄次が、馬上から次郎太に問いかけた。

「なあ次郎太、ついさっきまで地獄のような戦の中にあったわが身は何だったんじゃろうか。まるで鬼ではないか。これが仏の安楽の国をつくることになるのか」
「地獄では人は狂気に変わるしかないのだ。わしも自分が恐ろしい」
次郎太は憂いを含んだ声で答える。

伏見の川を渡り野々市の町に入ると一段と多くの町衆が歓声を挙げて出迎えた。大乗寺に近づくと、人込みはさらに膨れあがり、凱旋軍はそれを掻き分けるように馬を進め山門をくぐった。

本堂前では慶覚と願生が出迎えた。かがり火で明るい境内には続々と兵が入ってきて、次郎太らは馬から降りて整列する。

「連日の戦いまことにご苦労であった。倶利伽羅、そして牛ノ谷《うしやえぬま》・江沼で富樫の援軍を打ち負かすことができた。これで富樫政親は孤立無援となった。間を置かず高尾城に攻めかかる。民の安楽国建設のため完全な勝利をものにするのじゃ。頼むぞ皆の衆」

慶覚が力を込めると、それに応える喚声は夜空に響き渡り、いつまでもやまなかった。

大乗寺の広間には床の間を背にして中央に富樫泰高、その右に木越・光徳寺住職の慶覚、左に菅生願生が座り、河合藤左衛門、磯部聖安寺、鳥越弘願寺《ぐがんじ》、吉藤専光寺、松任城主鏑木徳喜、安吉城主浅田源左衛門、そして各郡の惣領ら三十数名が集まっていた。

浅田源左衛門は物思いにふけるような表情で、昨夜の娘碧《あおい》とのやりとりを思い出していた。


……………………


「父上はなぜ、百姓の側につくのですか? 母上は富樫政親様の家老山川三河守《やまごみかわのかみ》の娘ではありませんか。それをなぜ、政親様に弓を引くようなまねを…」

詰め寄る娘の気迫に押され、浅田源左衛門は言葉に詰まり、妻に無言で助けを求めた。

「碧、やめなさい。殿はやむにやまれぬ思いで百姓の側に立ったのじゃ。そうなるには殿もよくよくのことがあったのです」

「母上までもがそんなことを。信じられぬ。お爺様はどうなるのです。どうなってもよいのですか」

そう言って碧は泣き伏した。収まるのを待って源左衛門が口を開いた。

「おまえにはまだ分からぬかもしれぬが、この娑婆《しゃば》には地獄を這い回るような暮らしをしている者が大勢いる。わしら城主とて百姓の働きの上で生きてきたが、守護大名から兵を出せ、米を出せ、できぬのなら金子《きんす》を出せと言われ、本当のところ台所は火の車なのじゃ。都の領主はわしらの納める年貢でぬくぬくと暮らしておるが、米を作った者は食うものにも困るひもじい思いをしている。それなのにわしは、その百姓を戦に駆り出し、死なせてきたし殺したこともある。わしは夢の中に、そうやって死んでいった者たちの顔が出てきて眠ることすら怖かった。じゃが、わしは蓮如《れんにょ》様に出会い、念仏の教えに救われた。そして百姓と共に真に安楽な国土を築くことが、仏の願いにかなうことだと分かったのじゃ」

誰しも念仏一つで浄土往生すると説く浄土真宗。その開祖である親鸞の廟所を守る京都・本願寺は、長禄元年(一四五七)、蓮如が八世に就くや勢力を盛り返した。さらに文明三年(一四七一)に、延暦寺の迫害を避けた蓮如が越前吉崎に御坊を建立したことから、北陸を中心に多くの信者を獲得し、民衆のみならず領主層にもその教えに帰依する者が次々と現れていた。

しかし、娘の碧には父源左衛門の言うことはただのきれい事にしか聞こえなかった。

「そんな夢みたいなこと…」

「碧がそう思うのも無理はない。しかし、わが領民たちはほとんどが本願寺の門徒じゃ。ところが守護の富樫政親は、本願寺の勢力を利用するだけ利用しておいて、門徒が力を持ち始めると、約束を破るだけでなく、その勢力を一掃しようと図っておる。そのような者に誰が味方するだろうか。もしわしが政親についたところで、誰一人従う領民はいまい。領民すべてを敵に回して城主がやっていけると思うか。やむを得ずおまえの爺様と戦うことになるが、これも運命のいたずら。わしも奥も腹を決めておる。碧、分かってくれ」

碧と富樫政親の娘・瞳姫は同じ年頃の姫同士、幼い頃から親しくしてきた。近頃では連れだってお忍びで清沢などを訪れ、百姓や商人たちとも交わり、そこで出会った次郎太に熱い思いを寄せる瞳の恋の悩みにも付き合ってきた。しかし、約ひと月前、政親が居所を野々市から高尾の城に移し、農民との対決姿勢を鮮明にしてからは、二人は会うこともなくなり、互いに安否を気遣っていた。

碧の祖父は政親の家老山川三河守であり、その娘婿に当たる父の安吉城主浅田源左衛門なら、百姓衆と政親方の間に立って、長年続いてきた対立をまとめてくれるものと、碧は考えていた。しかし、政親が隣国からの援軍を頼み、一揆衆との火ぶたが切って落とされると、情勢は風雲急を告げ守護と一揆衆の対立は決定的となった。碧にとってそれはあれだけ親しかった瞳との永遠の別れを意味していた。

碧はワアーと堰を切ったように泣き崩れる。奥方も後ろから抱きかかえるようにして声を殺して泣いた…。

……………………

「源左衛門殿、いかがなされた」

浅田源左衛門は鏑木徳喜の声にはっと我に返る。

「いや何でもない。ちょっと昨日のことを思い出してのう」

「なにやら浮かぬ顔で」

「鏑木殿もわしと同じお立場かと思うが、昨夜、娘から、何故お爺様と戦をするのかと問い詰められてのう。苦しい返事をした」

「そうであったか。わしも奥を説き伏せるのに苦労したわ。何しろ奥は政親殿の姉だからのう」

「まだ迷いがござるか？」

「いや、わしの腹は決まっておる」

しばらくして、いったん席を立った願生が、今しがた倶利伽羅の戦いから戻ったばかりの次郎太と鉄次を連れて広間に入ってきた。

「おお、こちらに座ってくれ」

慶覚が立ち上がる。

「皆の衆、次郎太殿と鉄次殿じゃ。たった今、倶利伽羅で上杉と畠山の軍勢を打ち負かしてくれた」

広間が歓声に包まれた。二人は顔を赤らめ座につく。慶覚は禿げ上がった形の良い頭をつるりとなで、一同を見渡した。

「早速じゃが、高尾の城攻めの段取りを申し上げる。願生殿の方から話してもらえまいか」

願生は壁に掛けた大きな絵図の前に立ち、燭台を近づけた。図には高尾城と、攻め込むための陣構えが書き込まれている。

「まず、この大乗寺の本陣には富樫泰高殿以下二千人、次に慶覚殿の一万は久安に、笠間殿率いる七千は野々市の馬市に陣立てする。安吉《やすよし》の浅田源左衛門殿と河原衆八千は額口《ぬかぐち》に、山本円正殿と同輩十人衆一万は山科《やましな》に、高橋殿五千は押野、山の内衆と鏑木殿に能美《のみ》の衆五万は野々市諏訪の森、白山金剱宮の衆二千は諏訪の口に陣立てし、国中一揆衆、四万は伏見、山崎、浅野に構える」

一端言葉を切り、図の北側を指し示す。

「一方、政親に援軍する能登の畠山は高松、宇ノ気《うけ》浜から大根布《おおねぶ》、粟崎《あわがさき》、宮腰《みやのこし》、安原を通り我らの本陣の背後を攻めてくる恐れがある。そこで、大衆免《だいじゅめ》と河北の衆一万は、津幡、川尻、木越より舟で潟を渡り、畠山勢を横合いから襲う。それでよろしいか」

言い終えた願生が額の汗をぬぐった。上座に座った僧たちがなにやら話し合っている。

蓮如の布教により浄土真宗が加賀の国内に勢力を急速に拡大してゆく中、河北潟南岸近くの木越光徳寺、浅野川下流の磯部聖安寺、津幡鳥越の弘願寺、犀川河口近くの吉藤専光寺の加賀四カ寺と呼ばれる有力寺院は、一国の動向を決する上で大きな力を持っていた。そのうちの吉藤専光寺の僧が穏やかな口調で聞いた。

「願生殿、一昨日の江沼での朝倉勢との戦い、そして今日の倶利伽羅での上杉・畠山の戦い。いずれも我らが勝ったということを、政親は知っておるのだろうか」

「我々は要所要所に物見を置き、敵方の一兵たりとも逃れぬよう見張っておりますから、おそらくまだ知られていないと思われます」

「左様ですか。政親は足利将軍を動かし、越前、越中、そして能登の三方から我々を攻め滅ぼすつもりだったのでしょうが、すでに二カ所で敗北しました。これは大きな痛手でしょう。当てにしていた援軍が駄目になったと知ったら政親側はどう思うでしょうか。戦意を失うということになればよいのだが」

「いや、かえって一層死にものぐるいで向かってくるかもしれぬ」

それに対し慶覚は敵の戦意喪失に期待をつなぐ。

「高尾城は堅固とはいっても、城内にいるのは二万ほど。われらはその十倍近くの兵で城を取り囲んでいる。夜が明けるとともに、いやがうえにもその圧倒的な陣構えが見えてくる。攻め急がなくとも城中は動揺し、やがて折れてくるやもしれぬ」

広間は静まり返る。そこに鳥越弘願寺の僧が反論した。

「いにしえ、唐の武帝は仏法を滅ぼさんと計ったが、大衆が立ち上がりこれを倒したのです。我が国にあっても、聖徳太子が仏法を広めんとするに、妨げる逆臣の物部《もののべ》を討ちもうした。今、政親は仏法を滅ぼさんと我らに襲い掛かってきた。政親は仏法の大敵であり、王法の怨敵《おんてき》であることは明らか。皆もそう思い、戦いに立ち上がったのでござろう。ここにきて富樫政親を討たぬという法はない」

木越の光徳寺の僧が意見を重ねる。

「弘願寺様が言われたように、この戦いはこの国の仏法を守らんがため。政親は、我ら本願寺門徒が命がけで助けたゆえ、弟君との戦に勝利することができた。にもかかわらず、我らとの約束を踏みにじり、それどころか我らを根絶やしにしようとしている。相手が折れてくるのを待ってわれらが妥協する必要はないのではないか。われらの勝利が見えた今、明日にでも総攻撃をかけるべきではないか」

一同を力強く扇動するような言葉に、

「その通りじゃ」

との声があちこちで上がる。

その時、慶覚の隣にいた河合藤左衛門宣久が立ち上がった。

「静かに…。わしと慶覚殿は、無理に力攻めをすれば多くの犠牲者を出すことになるゆえ、できるだけ少ない犠牲で勝利することができれば、との思いであったが、改めて考えるに、政親が何らかの条件を持ち出して和議を申し込んできたところで、それを飲むわけにはいかぬ。といって、あの政親一族が自害をするようにも思えぬしな」

慶覚は、富樫政親との戦いでさらに多くの門徒衆の命が奪われることを何よりも恐れていた。

「慶覚殿、ここにいる皆の意見は、明日にでも高尾城に猛攻撃をかけ、短期に打ち落とすというほうに傾いている。慶覚殿の考えも分からぬではないが…、どうしたものじゃろう」

決戦をうながす河合藤右衛門に、慶覚が応える。

「いや、しかし、政親と戦をするとなれば、こちらにも多大の犠牲が出ることになる…」

「とはいえ、今この機を逸すれば、富樫政親はさらに苛斂誅求《かれんちゅうきゅう》を極めるやもしれぬ。ここで潰しておかねば、我らの犠牲はより大きなものになりますぞ。仏恩《ぶっとん》に報いるためにも、時を置かず一気に攻めるべきと思われます」

慶覚は表情を一層険しくさせ、

「うーむ、そうであるな。分かった。いや、大将として皆の命を預かるとなると、わしもいささか弱気になっておった。じゃが、皆が仏法護持の心で堅くまとまっておる以上、迷うことはない。皆の衆、明日から城攻めじゃ。命を懸け一気に攻め落とすのじゃ」

とふっ切れたように力強く言い放った。

一同は「おおー」と気合を入れ立ち上がる。

「それでは、それぞれの策についてお話しする」

願生が一同に着座を促す。

「明朝、総大将の慶覚殿の隊と河合殿の隊が大手門に総攻撃を仕掛ける。それを見てそれぞれの持ち場から城壁に向かうわけだが、政親方はすでに甲賀の精鋭の弓隊五百が城に入っていて、最初は矢で攻撃を仕掛けてくるであろうから、我らは竹の盾で身を守る。また城壁の上から何を落としてくるかわからぬ。われわれはまず最初に土手を切って外堀の水を抜き、そこに木の枝を敷き道を作る。これを皆に伝えるように」

願生は慶覚のほうをちらりと見て、続ける。

「相手は強大な大名じゃ。百姓の我らが苦しい戦いを戦い抜くには、何のために戦うのかを一人一人に徹底させることじゃ。一つに、この戦いはこの地獄のような娑婆を身分に関係ない平等の世に変えるため。二つは、子々孫々まで戦のない世にするため。三つには、虐げられた多くの民が幸せに暮らせるため百姓の持ちたる国を創る。四つにはこの国が築かれた暁には富樫泰高殿を守護として朝廷に進言する」

願生はざわめく広間を見回した。

「これは初めて聞く方もあると思う。何なりと腹を割った意見を聞かせていただきたい」

しばしのどよめきの後、正面奥に座る米泉の若き地侍高橋新左衛門が尋ねた。

「泰高様に守護が代わるということになれば、多くの民百姓はまた政親殿と同じような政《まつりごと》になると疑うのでは…」

「そう思われるのも当然じゃ。そこで、すべての政事は四カ寺の方々と泰高殿で話し合い、合議の上で決めることになる。政の基本は民の幸せのため。それぞれの村で寄り合って談合し決めてゆく。とはいえ、泰高殿が自分勝手な欲を出すようになったら話は別じゃが」

皆がつられて笑う中から別の声が上がった。

「いや、我が身の欲で仲間を募って勝手を通そうとすれば、争いが起きる。わしらもそうならぬよう肝に銘じておかねば」

「その通りじゃ。このような国はこれまでどこにもなかったゆえ、幕府が認めるのかといぶかる向きもあろうが、泰高殿は管領《かんれい》の細川政元《まさもと》殿と懇意にされておる。当代の実力者、細川殿が首を縦に振れば我らの国は認められる」

感心する一同に向け、願生が続ける。

「将軍の足利殿が富樫政親殿に肩入れしているのは皆も知っての通りだが、実権を握っておる管領の細川様は、将軍の後押しをする畠山一族の強力な片腕となって働く政親殿を快くは思っていない。都での権力争いは一筋縄ではいかん。泰高殿は中央との橋渡しを引き受けてくださるのじゃ。また新しい国が生まれれば、領主や朝廷とも摩擦が起きる。その盾にもなってくださるという。ありがたいことじゃ」

一同から熱いまなざしを受けた泰高はやおら立ち上がり、柔和な顔に笑みを浮かべ話し出した。

「わしは、富樫政親殿とは近い親戚筋に当たる。ここにおられる鏑木殿や安吉の源左衛門も同じじゃが、心の内は複雑なものが渦巻いておる。ただそれぞれ一族の主としてきっぱりとした決意を持ってここに臨んでいるのは確かである。わしは蓮如様の教えのおかげで目が覚めた。皆とともに安楽国をつくるため残りの人生を懸《か》けようと思っている。戦が勝利し国が治まれば、わしは京の別邸に隠居し細川様のお守《もり》をするつもりじゃで、政親殿のようになることはない。安心してくだされ」

期せずして歓声が上がり、拍手が響いた。本当に自分たちの国が出来るという現実味を伴った興奮と深い感激が一同を包み、次郎太と鉄次の目にも光るものが浮かんだ。

高尾城の政親

夜明け前の高尾城、本丸の最上階から城主の富樫政親と家老の山川三河守が、加賀の平野を見下ろしている。下界はまだ暗く、井戸の底にいるかのような静寂に包まれている。やがて東の山並みが白み始めるが、梅雨の空は灰色のままで、時折、霧のような雨が吹き込んでくる。明るさが広がり始めた下界では山科から久安《ひさやす》、額《ぬか》にかけて黒く動くものが見えてきた。

（ついにこの日が来たか）

三河守は小さくつぶやき、目を凝らした。

「殿、北は浅野、大衆免《だいじゅめ》、西は押野のほうから、南は額《ぬか》、四十万《しじま》まで、一面百姓の兵で埋めつくされています」

政親は低くうめきながら、鎧姿《よろいすがた》に太刀《たち》を手に目を見開いた。正面には遠く、長年住み慣れた野々市の館も見える。晴れゆく霧の中から数え切れぬ数の一揆勢ののぼり旗が浮かび上がってくるに従い、政親は我が目を疑った。敵陣のところどころに、富樫泰高や鏑木徳喜、浅田源左衛門の旗らしきものが見えたからである。やがてそれが間違いないことが分かると、絶句し、わなわなと手を震わせた。

「あの泰高めが。隠居したと思って気を許したばかりに、裏切りおって」

家臣たちもあらためて敵陣を見やり、驚きの声を上げる。

「松任の鏑木も安吉の源左衛門も……、わしのどこが不服であったのじゃ」

頼りにしていた身内の思いがけぬ謀反に、政親の目は怒りに燃えている。

「…なんと申せばよいか。鏑木殿は蓮如様の弟子になり仏の教えに迷われたのかと。源左衛門は…わが娘婿でありながら不覚でした。まさか百姓方につくとは夢にも思いませなんだ。殿に何とお詫びしてよいやら、この爺をお許しくだされ…」

三河守は平伏し床に頭を擦り付ける。

「今更爺を責めても仕方ない。すべてわしの不徳の致すところ。今となっては、この城で持ちこたえ、越前の朝倉殿と能登の畠山殿の援軍を待ち、一揆勢を取り囲み一気に勝負を決めるだけじゃ。のう爺、泰高や鏑木の旗ざしものは見えるか」

「泰高殿は野々市あたり、鏑木殿は、あれは諏訪野あたりか、婿の源左衛門は…あいつは額の奥に陣立てしておるわ」

「陣立てから見てどうじゃ。本当に奴らは一揆勢の中で信頼されておるのか？」

「もしかして殿、あの者らを翻意《ほんい》させたいと…」

「今からでもなんとかならぬかの」

「朝倉殿と畠山殿の援軍が、南と北から一揆勢を取り囲めば、あの三人は動揺してこちらに寝返るかもしれませんが…、蓮如への帰依も深いように思われます」

政親は歯ぎしりをして平野を埋め尽くした兵とのぼり旗を睨みつけ、黙している。

「爺、朝倉と畠山からの知らせはまだか…今どのあたりか」

「まだ知らせはありませぬ。国境《くにざかい》あたりかも」

少し風が出て、朝もやが流れ、一揆勢の陣立てがはっきりと見えてきた。

「なんと、今まで見たこともござらぬ兵の数ですぞ」

「戦は数ではないぞ。所詮、土百姓の集まった烏合《うごう》の衆じゃ。崩れればもろい。爺も今までいくつも百姓一揆を鎮圧してきたであろうが」

「しかし、これは今までの一揆とは違いますぞ。兵の多くが鎧《よろい》で身を固め、武器を手にしています。数は十五万、いや二十万近く…いったいどこから集めてきたのであろう」

政親は目をらんらんと光らせていたが、その顔は蒼白である。

「ともかく、あの三人が寝返れば我らの勝ちじゃ。爺が動けばあれらも断れまい。爺、頼む、このわしを助けてくれ」

三河守は青ざめた顔を上げる。

「老骨にムチ打ち、命を懸けてやってみましょう」

後ろには十人の若武者が控え二人のやりとりを見守っている。そこへ階下から一人の武者が息せき切って駆けあがって来た。

「申し上げます。敵の兵が、大手の門と山科口、額口の門に押し寄せています」

「よし、敵兵をひきつけ射程に入ったところで矢を射かけるのじゃ。急げ」

伝令の若者が駆け下りていく。

「奴らがこんな早く陣を敷くとは思わなんだ。爺、野々市の館には何人くらい残った？」

「百人くらいかと。腕の立つ猛者《もさ》ばかり残してきました。夜陰に乗じて火を掛け敵中を撹《かく》乱《らん》して城に帰還せよと命じてあります」

「しかし、こんなに早く戦が始まっては、わしの館が敵に乗っ取られてしまうぞ」

政親は顔を曇らせ、あらためて兵で覆い尽くされた下界を眺める。視界に映る野々市の館からは、主を失った哀れさしか感じられなかった。

「あっ、敵の本隊が動き出しましたぞ」

見れば山科口から額口まで、黒い大きな塊が波のように外濠に押し寄せてきている。同時に遠く野々市の館のほうでは、一揆衆が攻め入ったのかワアーと喚声が上がった。

「ああ、のぼり旗が館に向かって動いておりますぞ」

政親は黙したまま己が館を凝視している。


野々市の政親の館は二間ばかりの濠に取り巻かれている。その濠に掛かった大手の門の木橋に数え切れない数の一揆勢が押しかけた。先頭には大きな丸太を抱えた十数人の兵が、野良着の上に古びた鎧をつけ、素足にわらじ掛け、古びた布の褌《ふんどし》姿で、一斉に掛け声をかけ大手の門に突進していく。館を揺るがす悲鳴にも似た鈍い音が響き渡る。けやきづくりの門は揺れながらも破れない。別の隊が濠に飛び込み、館の土塀に無数の梯子を立て掛け乗り移っていくが、館の内から放たれる矢を受けて悲鳴を上げ落下する。それでもすぐに続く兵が竹で作った盾を構え、矢をはね返しながら梯子を上っていく。

やがてさしもの堅固な門もメリメリと音を立てて突き破られ、一揆勢は大きな喚声を上げ乱入していく。館内から数十本の矢が降ってくるが、百姓の大軍は怒号の中、弓隊に襲い掛かる。

攻め込んでくる勢いに押され、政親の兵は館の奥深く逃げ込んでいく。雨戸が引かれ無数の部屋がある館の中は真っ暗である。勢いづいた百姓兵は奥深くまで追っていくが、横合いから不意に突き出された槍に貫かれ、絶命するものが続出する。

「深追いするな。あわてるな」

「中は真っ暗じゃ。引き返せ。敵は館うちで戦うつもりじゃ」

檄《げき》が飛び、兵は次々と引き上げるが、後ろの闇からも矢継ぎ早に矢が襲ってくる。館内の広間は詰めかけた兵で埋まった。

「奴らの数は少ないが、仕方ない。館に火を放て」

指揮官の命で火が放たれ、やがて館の周りから黒い煙が上がる。赤い炎が雨戸の隙間から吹き出し、火の手が奥の母屋の方に広がってゆき、ゴーッと音を立てて炎が母屋を飲み込む。その時、馬のいななきが聞こえ、数十頭の馬が館の奥深くから一斉に駆け出してきた。火の粉をくぐり、取り囲む兵を蹴散らして門に向かう。虚を突かれた百姓兵が逃げ惑う中、政親勢は弓を手に馬をあやつり、矢を放ちながら門の外へと駆け出していく。その数三十騎ばかりが一団となって館を後にし高尾城めざし駆けていく。

「逃がすな、討ち捕れー」

一揆兵の声を背に騎馬はみるみる遠ざかっていった。

外濠を埋める

「爺、館から火の手が上がった…留守の兵は城に戻れるかの」

「我らの騎馬が一揆の兵を蹴散らし城に向かっております。城門を開けますか」

「むやみに門を開けるわけにはいかぬが、近づいたれば素早く入れよ」

控えていた若侍が返事を残して階下に走る。


高尾城攻めの前線の陣は大手の門から五町（約五百メートル）ほど離れた小高い丘に設けられた。陣では総大将の木越慶覚坊、河合藤左衛門を囲んで、次郎太や雑賀衆、山の内衆ら数百人の精鋭が甲冑《かっちゅう》で身を固め控えている。

鉄次が徐々に近づいてくる低い音に気付いた。

「次郎太、野々市の方から何か聞こえぬか」

「政親の兵が館を抜け出し、馬で高尾城に戻ってくるのかも。慶覚様、いかがいたしましょう」

次郎太は墨染《すみぞめ》の衣の上に鎧をまとった慶覚に問いかける。

「あの館には百人ほどが留守を守っていたはず。それが城に戻るのか」

「大手の門前を固めますか」

「それが良かろう。急いでくれ」

次郎太は前線の陣の前につながれている馬の方に走る。

「次郎太、兜を持って行け、城壁の上から何が飛んでくるか分からぬ。気をつけねば」

次郎太は父の菅生願生から兜を受け取り、鉄次とともに大手門に向かう。後に配下の雑賀衆と山の内衆の精鋭百人が続く。

大手門に着くや、次郎太の組の兵は門を背に陣形を組む。外濠の土手は一揆軍が埋め尽くしている。やがて下の方から怒声と馬のいななきが聞こえ、一団の騎馬隊が遮二無二《しゃにむに》駆け上ってきた。一揆軍の中を切り抜けてきた騎馬隊は、槍衾《やりぶすま》を構えて待ち構える次郎太の部隊に驚き、先頭の馬が前足を上げて止まり、続く馬も次々と広場を埋めた。

「一人残らず取り押さえろ」

次郎太の声が響きわたるや、一揆勢は槍を突き上げ襲い掛かる。が、同時に城壁の上から政親の弓隊の矢が放たれた。一揆軍はとっさに竹製の盾を張り巡らせ防戦する。暴れる馬から振り落とされた政親の兵は、素早く円陣を組み門のほうへ押し出していく。次郎太が槍を構え、ツカツカと先頭の武士に近づき、その胸元に槍先を当てる。一瞬の間の後、武士が刀で槍先を跳ね上げるが、次郎太は素早く持ち換え、槍は相手の鎧を貫いた。胸元から鮮血が飛び散るや、一揆兵は四方から武士たちに襲い掛かる。それでも数人の政親の兵は乱戦をすり抜け、転げるように大手の門に向かって走る。山の内衆がそれを追おうとすると、城壁の上から援護の矢が降り注いだ。

「待て、深追いするな」

次郎太は制するとともに素早く飛礫《つぶて》を投げ、同時に鉄次が矢を放った。飛礫は門の前の武士を直撃し、その隣の武士の兜の下に矢が突き刺さる。二人の武士が崩れ落ちるや、重い扉が軋《きし》みを立てて開き、その隙間に残りの兵が消え、すぐに扉は閉まった。取り残された多くの敵兵はうずくまり、やがて一揆兵たちから勝鬨《かちどき》の声が上がる。


高尾城は加賀平野の東のへりに北東から南西に連なる高尾山に築かれた長さ約2キロに及ぶ山城で、難攻不落と噂された。麓には水を引き込んだ濠が連なっている。城の背後にあたる東側は深い谷が刻まれ、山並みはそのまま白山連峰にまで連なっている。

城の北の山科には伏見川が流れ天然の要害となっている。南北に長い正面の濠《ほり》に掛けられた板橋は北から山科門、大手門、額口門の三カ所である。山科門と額口門の内側にはそれぞれ二の門、大手門の内側には二の丸門があり、防御を固めている。城郭は中央に本丸がそびえ、その北に二の丸、南に三の丸が威容を示している。

先ほどから大手門の方を見下ろしていた富樫政親が三河守に尋ねる。

「爺、勝鬨の声が聞こえるぞ。城に戻ることができたのは何人ぐらいじゃ」

「あれは百姓どもの声にござります…、海原のように埋め尽くした敵兵の中をよくも大手の門までたどりついたものじゃ。多くは門の手前で力尽きたのでは…」

「そうか…じゃが、奴らに一泡吹かせてくれたわ」

城に戻れたのはわずかに五人。しかも皆、深手を負っていた。

大手門前の広場はすでに片づけられ、慶覚と願生、河合藤左衛門に次郎太が居並んで高尾城を見上げている。城壁の櫓《やぐら》の上では政親軍の弓隊が戦闘態勢で一揆軍を見下ろし、合図を待っている。願生は山科から額口に至る城壁から二の丸、本丸と見上げ、城内を埋め尽くしているであろう兵たちの殺気を感じとっていた。

「わしはこんな大きな城を見たことがない。簡単なことでは落ちぬぞ。こちらも大勢の死人が出ますぞ」

河合藤左衛門が慶覚に話しかけた。

「それは元より覚悟の上、それにしても恐ろしいほどの威圧じゃ。まずこの濠をどうするか。先日の談合で話した作戦でいくしかあるまい」

隣にひかえていた次郎太は細かい段取りを説明しだした。

「この濠の上流の取り入れ口を閉鎖して、次に土手を破り水を抜き、そこに丸太や葦を敷いて道をつけ、梯子をかけて攻め上る。続いて築城の時に仕掛けた岩を抜き城壁を崩す。その手配もできています。それぞれ組に分かれ持ち場で待機しています。先ほど、雑賀の者と山の内衆が采配を振るうために持ち場に着きました」

「あとは合図を出すのみか」

願生はまなこをカッと見開き城を見上げる。

「願生様、こういう手を加えてはどうでしょう。われらが城攻めの段取りを進めれば、敵は門を開けて撃って出てくると思われます。その時、門前で戦う精鋭たちは逃げると見せかけ引きさがり、敵を我らの懐深くまでおびき寄せ壊滅させるのです」

次郎太の提案を受け、願生はしばし考えていた。

「慶覚殿、今の次郎太のおびき寄せなかなか面白そうですな。どうです、先日の談合で確認した作戦に加え、これも試してみましょうか」

「確かにおびき寄せはうまい。小刻みに兵力を消耗させれば奴らの戦意を砕くことができよう。作戦に割く兵力はあるか」

「後方部隊は十分に控えております」

「わかった。よし、それでいこう」

「いよいよですな。われわれはあの小高い丘に行きましょう。そこで采配を振るってくだされ」

と願生が先に立って馬を進める。

馬に乗った四人は丘の上から、平野一面に広がる一揆軍の海を見渡す。やがて慶覚がサッと采配を上げるや、次郎太の旗が振り降ろされた。続けてホラ貝と大太鼓が鳴らされ、響きは山々にこだまし加賀の平野全体へと広がっていった。沸き上がる喚声は津波のように平野から山へと押し寄せた。すかさず次郎太は高尾城攻めの最前線に向かって丘を駆け下りた。


一揆勢のあまりの多さに、富樫政親は呆然と下界を見下ろしていた。動揺は隠しきれず、後ろに控えた若武者たちにも自ずと伝わった。

「こんな数は見たことがありませぬ」

傍らの若武者が思わずつぶやくと、

「何を！　たかが土百姓の烏合の衆ではないか。弱音を吐いたのはお前か。そこへ直れ」

と政親は激高し太刀に手にかけた。

その時、階下から山川三河守が上がってきて
「殿、何をなさる。落ち着いてくだされ」

と政親をなだめた。政親は無言で三河守に背を向けた。

その時、下からホラ貝の音と大太鼓の響きに加え城を圧するような喚声が沸き上がってきた。南無阿弥陀仏と書かれた無数ののぼり旗が揺れ迫ってくるように見える。濠の下から百姓兵らが押し寄せ、土手を埋めた兵が鍬《くわ》や鋤《すき》で堤《つつみ》を切り崩し濠の水を抜き始める。

「おお、あれは何をしておるのじゃ」

「濠の水を抜くつもりのようです」

城壁から矢が放たれ、一部の一揆兵は逃げ惑ったが、やがて堤は青竹で作った盾で一面覆われた。

「こざかしい百姓どもめ。引き寄せ油攻めで焼き殺せ」

大手門には太い四本の柱の上に丸太の桁が渡され、その上に頑丈な床が張られ、櫓《やぐら》が組まれていた。巾は五間、奥行きは一間あり前面は矢止めの厚い板で囲われていた。

その時、大手門の上の足場から、大勢の兵が矢を射かけてきた。次郎太と山の内衆の精鋭たちは盾で身を守りながら、門扉を打ち破るべく巨大な丸太を乗せた台車を押し出していく。

矢は雨のように降り注ぐが、頭にかざした竹の盾に跳ね返る。次郎太が号令をかけるや、台車は掛け声や太鼓の音とともに軋《きし》みを立てて走り出し、大丸太がズシンと音を立てて門にぶち当たった。何度か繰り返された時、後ろのほうでワァーと悲鳴が上がった。門の上の櫓から火のついた油桶が投げ込まれ、台車の上に落下して油と火が飛び散ったのだ。幾人もの兵が火だるまになってのたうち回る。

「引き上げるぞ。丸太はこのままだ」

次郎太は即座に火のついた兵を助けて陣に戻った。台車は門扉の前で燃え上がっている。政親方の兵から喚声が上がり囃《はや》し立てているが、その間にも水が減りだした濠の底には木材が投げ込まれ足場が築かれていく。

政親方は台車の火が門に燃え移らないように、櫓の上から水を掛けている。慶覚はその様《さま》を見つめ、思いついたように叫んだ。

「そうか、門を焼き落とす構えで、火と煙に紛れて梯子をかけ、縄で襲いかかる手もあるな。のう河合殿」

「わしも同じ事を考えていた」

次郎太が即座に反応する。

「それではすぐに山科口と額口の攻めの部隊にも知らせます。今晩中に火をつける葦を集めるよう伝えます。それから壕を埋める丸太も足りません。山の内衆や浅野、河北の組を動員して森の木を切り出すよう指示します」

新しい戦略を伝えるため素早く伝令が散らばる。

その間にも外濠の堤を破る作業は続いた。城内から放たれる矢が作業する兵を襲い負傷者が続出するが、次郎太の指示で防御の盾が敷き詰められ、矢はむなしく跳ね返る。やがて無駄だと知った政親方の弓隊は鳴りを潜めた。


富樫政親と家老の山川三河守は本丸を降り、大手門の頑丈な櫓の上から一揆軍の前線を見回した。里は見渡す限り一揆軍で埋め尽くされ、のぼり旗が林立し太鼓が休みなく打ち鳴らされている。政親は苦り切った面持ちである。

「奴らはこの城構えに怖じ気づいて動きがとれぬように見えるが」

「百姓どもは外濠の水を抜くつもりです。それにご覧ください、青竹の盾で矢を防いでいます」

「小癪《こしゃく》な…、して泰高ら三人は今どうしているのじゃ」

「おそらく後方に陣取っているのでは。三人宛ての文を使いに持たせましたが、まだ戻っておりません」

「捕まったのか」

「分かりません。何しろこのような大軍は私も初めてで」

その時、後ろで見張りが叫んだ。

「敵が動き出しました。山科口と額口の後方から攻めかかるようです」

見ればかなりの数の兵が後ろの山に入っていくようだ。尾根伝いに裏手の谷から攻める事も考えられる。

「深い山では大軍は動けません。心配はいらぬかと」

戦が長期戦の様相を深めるにつれ、政親は越前、越中からの援軍の到着が待たれてならなかった。

「まだ知らせはありませぬが、心配はいらぬかと」

政親方の誰一人として、将軍の命を受けた援軍が一揆勢によって壊滅したことを知らなかった。

政親が本丸に引き上げると、西から押し寄せた黒雲から大粒の雨が降り出した。一揆の百姓どももずぶ濡れになれば少しは戦う気力も薄れるだろうか、と政親は気休めのようなことを考えた。


高尾城二の丸御殿の一室では、政親の娘、瞳姫《とうひめ》が打ち付ける激しい雨音を聞きながら呆然と立っていた。恋い焦がれた次郎太と敵味方として戦わねばならないわが身の不幸を、瞳はどうしても受け入れられなかった。

「瞳は居るのか」

奥方が駆け込んできた。

「板戸を閉めなされ。雨がこんなに吹き込んで。誰かおらぬか」

下女があたふたと上ってきて、板戸を閉めようとすると、

「このままでよい。濡れてもかまわぬ」

瞳姫が甲高く叫ぶ。

「どうしたのじゃ、雨がこんなに吹き込んで…」

「このままでよいのじゃ。何もかも洗い流してくれればよい。戦も愚かな人間も」

瞳は怒りにも似た思いを抑えきれず、雨に濡れた床に泣き崩れる。

奥方が下女に命じ戸を閉めると、部屋は暗く閉ざされた。

「姫、どうしたのじゃ」

「あの方たちを殺さないで…」

姫はすすり上げている。

「あの方とは誰のことじゃ」

「…誰でもいい。人と人が殺し合うのは嫌じゃ、嫌じゃ」

奥方は瞳姫の濡れた背中を優しくなでる。雨脚《あまあし》が一段と激しくなったその時、ピカッと強い閃光《せんこう》が板戸の隙間から差し込んだ。と同時に大地を揺るがすような雷鳴がとどろき、足元が揺れた。

「キャー」

下女が悲鳴を上げてうずくまる。奥方は姫を強く抱きしめ、二人はその場に崩れるように座り込む。

「大丈夫じゃ、大丈夫じゃ」

再び閃光が走り、天を揺るがす轟音《ごうおん》が響くや、瞳姫は母の手を振り払い小袖を翻してガバと立ち上がり、両手を高く掲げた。

「雷神よ、何もかも焼き尽くせ」

瞳姫は叫びながら半狂乱で激しく舞いだした。黒髪を振り乱し、異様に白い手がひらひらと舞い、物の怪に憑かれたような視線は天を見上げたまま、美しい横顔も妖気を放って見える。

奥方は、あまりの姿に、口を開けたまま声もなく目を見開いている。

やがて雷鳴も遠のき、雨も小やみになってきた、瞳姫はその静けさの中、茫然と立ち尽くした。奥方が後ろから姫を包み込むようにして二人はその場に崩れ込んだ。


雨が上がり夕日が西の空を染め始めた。見渡す限りののぼり旗も紅に染まり、やがて夕闇が迫ってきた。かがり火が焚かれその数が無数に広がっていく。

城壁の内側にもかがり火が焚かれ、高尾城の城郭が闇に浮かび上がる。大手門の階上では、丸太を組み上げた物見から政親の兵が一揆勢を見張っている。見れば、その中に一向宗仲間である安吉村の与一と五平の姿があった。二人は安吉村の大工作次郎の弟子である。政親は高尾城築城にあたって加賀の村々から多くの農民を銭で集めていたので、二人が密偵として城に潜り込むのは容易だった。

「おい与一兄い、今何か聞こえなかったか」

「カエルの声か」

「いや違う、大勢の人の足音のような」

与一は何食わぬ顔で。

「いいから放っておけ。外濠は真っ暗で何も見えぬ。それにしてもこんなに多くのかがり火、なんと美しい眺めじゃ」

「ほんまじゃのう。滅多には見られぬ眺めじゃ」

五平は声を潜め、与一の耳元で囁《ささや》いた。

「のう与一兄い、わしらここで門徒同士で殺し合うことにはならぬのじゃろうな」

「当たり前じゃ。作次郎と打ち合わせた通りに動くのじゃ。わしらは城の動きを伝えるために城方の兵に潜り込んだのじゃ。そのことを忘れるな」

「しかし、もし門徒衆が攻め上がってきて、わしらが槍を突き出さねばならなくなったらどうする」

「その時はわしの後ろについてこい。二人でうまく逃げるのじゃ」

「そうか。頼むぞ兄い」

その時、五平が何かに気づいた。

「兄い、濠の方で人影が動いているようじゃ」

「お前が目も耳もいいのは分かったから、黙ってろ」

「ほら、あそこ」

指さす五平を与一は小突く。

「馬鹿者、政親方に気づかれたらどうするのじゃ。知らぬ顔をしているのじゃ」

与一は周りの兵を見るが、誰も感づいてはいない。その時、

「おおーい、飯じゃ。ここまで取りに来い」

と声がした。二人は竹の椀に汁を受け、にぎり飯を受け取り、持ち場に戻って頬張った。

夜が更けても星は見えなかった。六月だというのに夜中はやけに冷え込んできた。

「与一兄い、寒くないか」

「雨で野良着が濡れて気持ち悪い。風邪でも引いたら大変じゃ。ちょっと焚き火にあたってくるか」

焚き火の周りには兵が集まって体を乾かし暖をとっていた。二人も火に近づいて濡れた蓑を広げると
「こらー、何をしておる。火に当たっている場合か。持ち場に戻れ」

組頭の武士が怒鳴りながら近づいてきた。ばらばらと兵が散らばる中、焚き火に気をと

られていた五平は振り向きざまに、組頭から拳で殴られ悲鳴を上げて転がった。与一はとっさに組頭の脇をかいくぐり拳《こぶし》を避けた。

「この野郎、そこに直れ」

組頭が激高して刀に手を掛けた。

「逃げろ！」

与一は五平の腕をつかんで一目散に持ち場と反対の暗がりに逃げ込んだ。


ほとぼりが冷めるのを待って五平は持ち場に戻った。

「ああ痛てえ、あの野郎、いきなりぶん殴りやがった」

加賀平野に広がるかがり火もいつしか数を減らし、隣では仲間の兵が槍を杖代わりにして座ったまま寝込んでいる。そこへ音もなく与一が帰ってきた。

「おお、与一兄い、無事だったか」

「逃げ足なら誰にも負けんわ。さあもう一眠りするか。明日は戦が始まるぞ」

二人はそのまま眠りについた。

談合と策略

一揆軍の本陣は高尾城から西に一里半ほど行った野々市の大乗寺に置かれていた。雨が上がり空が夕焼けに染まる中、米を山積みにした荷車が幾台も大乗寺の境内に入ってきた。本堂の軒下に山と積み上げられた米俵の横で、清沢の商人忠兵衛が番頭に指図している。賄《まかな》い場では、忠兵衛の一人娘結《ゆい》がかいがいしく百人近い賄いの女たちをとりまとめている。

「父上、漬け物はまだですか」

「もう来る頃じゃ。来たら持って行かせる」

「お願いします」

いくつも並んだ大釜からは飯の炊きあがる湯気が立ち上がっている。忠兵衛店の番頭が結に耳打ちすると、結は店の下働きの娘三人を集めた。

「これから、戦っている皆の所ににぎり飯を届けます。急いで二十人ばかり娘を集め、陣ごとに手分けして運んでくだされ」

ごった返す境内に四台の荷車が運び込まれ、食料の入った木箱や、飲み水の入った桶が積み込まれる。番頭が四頭の馬を引いてきて荷車につなげた。

「私は大手門前の陣に向かいます。それぞれ額口、泉、山崎の陣に届けてくだされ」

荷馬車にはそれぞれ忠兵衛店の男衆も付き、ぬかるんだ道を進み出した。

結は手綱を持ち泥水を跳ね上げながら進んだ。大勢の一揆勢が道を開け、若い衆が声を掛け励ましてきた。

やがて大手の門が見えてくると、小高い丘の上にある前線の陣の回りにたむろしていた山の内衆の若者たちが
「飯が来たぞー」

と歓声を上げながら坂道を駆け下りてきた。陣に着くと若い衆が荷を手際よく下ろし、組ごとに分ける手配をしてくれた。

「おお、結様自ら運んでくだされたか」

笑顔で迎えた慶覚は、結が居並ぶ面々を眼で確かめているのに気付き
「次郎太は今、あの外濠に足場を造っている。城壁を上る足場にするのじゃ」

と堤を指さした。

「ありがとうございます」

結はそのまま堤の方に走っていった。堤の下では丸太を蔦《つた》で組み桟橋《さんばし》を作る者や、枝や

葦を積み上げる者など、皆せわしげに動いている。結は夕闇の迫る中、次郎太を探す。一瞬次郎太の声がした方角に進み、兵たちの間を抜けると愛しい顔があった。

「次郎太様」

その声に次郎太は振り返った。

「おお、結か。なぜここに」

「皆さんの食事を持ってまいりました」

「それはありがたい。今日は山から木を伐りだしたので皆腹を空かせて待っていたのじゃ。皆の衆、飯が来た。一服するぞ」

二人は堤を下り、かがり火を囲んでいた山の内衆たちに声を掛けた。

「誰か前線の陣へ行って飯を持ってこい。娘たちが届けてくれたのじゃ」

「おお、おなごが来とるのか。皆行くぞ」

若い衆はわれ先に走っていく。

「ここから上は危ない。朝方、外濠を調べに土手の上に上がったら、城壁の上から矢を浴びせられ、多くの兵が負傷した」

「次郎太様も気を付けてくださいね。もしものことがあったら結は…」

つい先日まで倶利伽羅の戦いで狼煙を上げるなど走り回っていた結だったが、その実、これまでになかった吐き気に襲われるなど、微妙な体の変化に気づいていた。もしかしてややを身ごもったかもしれないと感じてはいたが、まだだれにも話してはいない。

「明日の朝には外濠を渡る橋が出来、城壁の下には木組みの足場が完成する。そこから梯子をかけて城壁を越え城内に突入するのじゃ」

夕暮れのかすかな光の中、血のような茜色に染まった城郭を見上げ、結はふうーと大きなため息をつく。

「なんて高い壁。あれを破るには、多くの人の血が流れるのでしょうね」

次郎太はそれには答えず、策の続きを話す。

「今宵は月が出ぬから橋を架けるには幸いじゃ。土手の下には木材が山積みにしてある。夜陰に乗じて仕上げてしまう。朝になれば政親は肝を冷やすであろう」

陣の付近では若者たちの歓声や歌声も聞こえてくる。

「もう飯を配り終わったとみえる。結は大乗寺に戻ってくれ。明日は戦の山場となるかもしれぬ」

「次郎太様、くれぐれもお気をつけて」

結と娘たちは夕闇の迫る中、荷馬車を引いて戻っていった。

瑞泉寺や江沼、倶利伽羅での戦いで、部隊を率いてきたのは、当初は次郎太を中心にした鉄次、権次、七兵衛、長次郎の雑賀《さいか》の五人衆だったが、途中から雑賀の五郎が加わり、今では安吉《やすよし》の大工作次郎や森本の弥太郎、それに千木《せぎ》村の仙吉、宮腰《みやのこし》の孫次も交じって十人衆の体制になっていた。その十人が前線の陣の片隅で火を囲んで丸太に腰を下ろし、話し込んでいる。

隣には丸太で組まれた小屋があり、中ではにわか作りの机を囲んで、数人の村長と願生、慶覚、河合藤左衛門が城の絵図を前に話し込んでいた。

「次郎太、皆を連れてきてくれ」

慶覚に呼ばれ十人衆は談議に加わる。広げられた絵図は、密偵として築城中にもぐりこんだ次郎太と、棟梁として城を造った作次郎が協力して作成したものだ。慶覚が絵図を指し示しながら、明日の城攻めにあたっての各組の配置と役割を細かく説明する。

「次郎太、政親方に気づかれぬよう急いで橋を架けてくれ。ぜひとも夜明け前に終えるのじゃ」

「分かりました。皆、それぞれの持ち場の組に知らせ、かかってくれ。音を立てぬように。声も出さずに。気を付けるのじゃぞ」

十人衆は身を躍らせ暗闇に消えた。

夜半を過ぎ城のかがり火は次第に火力を落としていた。カエルの声が大きく響き、小さな物音をかき消してくれている。丸太で組んだ桟橋《さんばし》が土手の上をゆっくり動き、そこから音もなく水位が下がりだした外濠を渡っていく。丸太の橋が蛇のように水面を滑り、星明りの下、小さなさざ波を立てる。次郎太が土手の上から目を凝らすと幾本もの桟橋が伸びていくのが見えた。

一揆勢の前線、大手門前の陣では数本の燭台の明かりに、主だった二十数人の顔が浮かび上がって見える。慶覚は額に薄く汗を浮かべ、一同を見渡した。

「濠の桟橋架けはまだ政親方に気づかれていない。泰高殿は多くの戦を戦ってきたでしょうが、われらの構えと攻めで何か気づいたことはありませぬか」

泰高は兜を脱ぎ柔和な視線を慶覚に向けた。

「うむー、わしも近江や京で戦ったが、どこでも城攻めは犠牲が大きい。ましてこんな大きな城は見たことがない。落とすには大変な犠牲を覚悟しなければなるまい」

「何か良い策はございませぬか」

泰高はその問いかけを、

「鏑木殿と浅田殿はいかがでしょうか」

と、横に居並ぶ松任城主鏑木徳喜と安吉城主浅田源左衛門に向けた。

二人は顔を見合わせ、腕を組んで唸る。

「やはり、三カ所の門を破り、長い城壁を越えて討ち入るしかあるまい…のう浅田殿」

「わしもそれしか浮かんでこんわ」

談合に集まった長老や村長は不安げに顔を見合わせる。その時、山深い牛首《うしくび》村の村長熊五郎が、無精ひげで覆われた角ばった顔で一同を見回し大音声を張り上げた。

「わしは昨日、高尾城の本丸につながる尾根から下界を見てたまげたぞ。下界には見渡す限り我らの兵が広がっておった。間違いなくこの戦は勝てる。政親勢は押し寄せる大波に呑まれそうな恐怖におびえておる。これだけ軍勢がおれば、いかなる作戦も立てることができるぞ」

「しかし、よう敵に見つからず、そんな探りができたのう」

泰高は驚きの声を上げる。

「それくらい朝飯前じゃ。熊や鹿はもっと賢い。それに比べれば人間はとろいものよ。のう願生様」

口元に意味ありげな笑みを浮かべる願生に、泰高が尋ねる。

「願生殿はどのような計らいを持っておるのじゃ。正面からの城攻めでは、我ら二十万の大軍であっても、政親方から見れば直接対峙するのはわずか数千にすぎぬ。ここが城攻めの難しいところ。政親の兵は我らの数分の一に違いないが、侮ってはならぬ。政親方には百戦錬磨の武将が多くいる。簡単にはいかぬ。気を引き締めて当たらねば」

願生の顔から笑みが消えた。

「泰高殿の言われる通りで、まともには落とすことは難しい。そこで昨日、熊五郎殿と七兵衛、それに次郎太に頼んで、城の裏の谷から攻め込む手立てがないか探りを入れてもらったのじゃ。また、城の総棟梁の久造殿と弟子の作次郎にも裏の谷のことを調べてもらってある」

次郎太が談合の座に入ってきて願生に目で挨拶をした。熊五郎が続ける。

「何しろ我らは数に勝る。政親方も弓矢や岩、丸太で我らを攻撃しようにも、城の中だけでは限りがあるわ。使い尽くせば戦にならぬ。まず前から攻めて、奴らに使い尽くさせればよいのじゃ。裏の谷からは大軍は無理じゃが、総攻めに合わせて、山の内衆二千五百ばかりで攻め入ることができれば、城に火を放ち勝てるぞ」

「さすがは熊五郎殿、地侍として勇名を馳せた豪傑だけのことはある」

「願生様にそこまで褒められると、身を隠す場所がないわ」

熊のような大男が照れる姿に、一座に笑いが広がる。願生が尋ねる。

「ところで次郎太、外濠の件はどうなっておる」

「城壁の下に足場を作り、明け方までに梯子を立てられればと」

次郎太の報告に、河合藤左衛門が問いかける。

「城壁にとりつくまでに多くの犠牲が出る。雨あられと矢を射かけてくるのをどう防ぐ」

「盾で防ぎながら城壁に近づき、それでも矢が激しくなれば引き揚げるしかないかと」

「次郎太、これは戦じゃぞ。一旦攻めれば無様な退却はできぬ。奴らになめられ、我らの士気も落ちるわ」

顔を赤らめる藤左衛門に、次郎太は落ち着き払って応える。

「いえ、ただ逃げるのではありません。これも我らの策略で、城壁の上からあざ笑う声が聞こえれば成功なのです。攻め手の兵に矢を使い果たさせるよう、できるだけ無様《ぶざま》な姿で逃げるのです」

その時、それまで黙っていた富樫泰高がボソリと呟いた。

「なるほど。無様に逃げれば、相手は面白がり無駄に射掛けてくる。気が付けば矢が尽きているということか。次郎太は大した戦略家じゃ」

河合藤左衛門は苦笑いを浮かべつつも質問を続ける。

「上から岩を落とされたり、油をまいて火をつけられたらいかがなされる、泰高殿」

「それとて同じこと。岩も油も限りがある。さっさと逃げて使い果たさせればよいのでは。そう思わぬか河合殿」

河合藤左衛門は腕を組み考え込むが、それでも引き下がらない。

「しかし政親方も、いずれ我らの策略に気が付くはず。そうしたら次はいかがいたす？」

座は静まり、互いに顔を見合わせる。その沈黙を破って願生が話し出す。

「おそらく河合殿が言われる通りになるであろうが、多少の犠牲を払っても梯子を使い城壁を突破する。それを援護するために、次郎太の率いる山の内衆の精鋭が、城壁に鉤縄《かぎなわ》をかけて切り込む。同時に、大手、山科口、額口の三つの門に攻撃をかける。まず丸太を台車に乗せ扉を突き破る。簡単にはいくまいが、政親方の出方次第では、台車に藁を山積みにして門を焼き払う…」

一同うなずきながら聞き込んでいたが、またしても河合藤左衛門が疑義を挟む。

「梯子と縄を使っての戦いは犠牲が大きい。門を燃やすにしても上の櫓から水を掛けられればうまくはいかぬ」

願生は口元に笑みを浮かべて答える。

「実は、城の中には数百人の門徒衆を兵として潜り込ませている。表向き金目当てで政親に雇われたことになっているが、こちらの段取りが決まれば、次郎太と手のものが城に忍び込んで、彼らにどのように動くか指示する」

一同は目を丸くして願生を見つめている。

「なんと言ってよいのやら、今まで聞いたことのない策略じゃ。我ら武将からすれば何とも卑怯《ひきょう》な策略じゃが…武将には考えもつかぬ作戦であることは間違いない」

鏑木徳喜が唸るのを尻目に、慶覚が低い声で告げる。

「政親は隣国からの合力を頼みとしている、政親はまだ、越前からの朝倉勢、越中からの上杉・畠山勢の援軍が敗れ去ったことを知らされていない。とはいえ、我らも能登の畠山一族の動きをまだつかんでおらん。おそらく海沿いを進んでくるはずで、我らも能登の門徒の知らせを待ってことに当たる。皆の衆は今まで話した形で持ち場から城攻めに当たってくれ。明日は早朝から大手門、山科口、額口から一斉に攻め込む。同時にすべての城壁から攻め上がるが、あくまでも先ほど話したように、相手の矢を使い果たさせる計略であると兵に伝え、身を守って動くように。疲れぬうちに隊を入れ替え、皆が交代で攻めるように伝えるのじゃ」

敵の目を盗んで開いた深夜の談合は鬨《とき》の声抜きで終わり、それぞれ明日の奮闘を誓い合い、松明を手に持ち場に散っていった。

二人の密偵

談合が終わった前線の陣では、引き続き慶覚、願生、河合藤左衛門、次郎太の四人が絵図を囲んで話し合っていた。

「おとといの夜捕らえた黒装束の若武者三人を。野々市の村長の蔵に入れてありますが、何も話しません。あれは間違いなく政親の命を受けた者に間違いないと思われますが」

次郎太の問いに、慶覚はしばし考える。

「政親が、親戚筋に当たる三方《さんかた》に寝返りを促すため送り出した密偵に違いあるまい。わしが政親ならば、藁をもつかむ思いでそのように動くであろう。のう願生殿」

「わしもそのように思います。が、すでに心を決めた今、あの三方がそのような誘いに乗ることはないと」

「ただ、うがった考えをすれば、初めから我らを潰す為に味方したとしても不思議ではないがの」

河合藤左衛門の言葉に願生が応える。

「わしは、一度信じたお方ならば、たとえ裏切られる恐れがあったとしても信じ続けたい。人が生きること、死ぬことについてあれだけ深く話し合った同志じゃからな。しかもあの三方の領民は真宗の門徒じゃ。今更我らを裏切り富樫政親につくことなど万が一にもあり得ぬと、わしは思っております」

「とにかく、この件はあの三方には伏せておきましょう」

「河合殿の言う通りじゃ。戦のさなかに妙な噂は立てられぬ。捕らえた者は詮議せず、戦が終わるまで閉じ込めておけばよい。のう願生殿」

「それでよいでしょう。次郎太も知らぬことにな」

大手の門の上に建つ櫓で、密偵として城に忍び込んでいる長島村の与一は槍を抱えたまま寝込んでいたが、何か気配を感じたのか目を覚まし、真っ暗な濠を見下ろした。目が慣れてくると濠に桟橋らしき足場が見えてきた。その時、橋を渡って音もなく黒い人影が大手の櫓の足元に消えた。与一のニヤリと笑う顔がかがり火に浮かぶ。気配を感じたのか、横で寝込んでいた五平が意味の分からぬ寝言を発し、それを与一が制する。

「静かにせい、いよいよ始まるぞ」

「ん、ん…、何が始まる?」

「仲間が攻め上げて来る」

「えっ…、どうする、わしら仲間に殺されるかも。城からずらかろうか」

「いや、逃げてはいかん。戦う振りをしてとどまるのじゃ。最後の働きをしてこの城を落とすまで、わしは何としても死ぬわけにはいかぬ。わしらはそのためにこの城にもぐりこんだのじゃからな。お前はわしの後についてこい。そうすれば死ぬことはない」

「本音を言えば、わしは金が稼げるからとこの城に来たのじゃ。与一兄いはそうではないのか」

与一はニヤリと笑い、五平の腹巻の中の銭をたたいて耳元でささやいた。

「確かにわしも金は欲しい。だがお前もわしもここで随分と儲けたじゃろう。その分、危ない目にあうと思えば納得もいこう。戦が済めばこの銭で親孝行ができるぞ。喜べや」

五平は誰かに聞かれはしなかったかと辺りを見回すが、幸い周りの兵は寝込んだままだ。

その時、城内を見回っていた組頭のだみ声がした。

「物見の者は寝てはならぬ。居眠りをしている奴は見つけ次第たたっ切るぞ。よいな。変わったことがあったら、すぐに知らせるのじゃ」

それに応えて与一が大声を出した。

「何も変わっておりません」

「しっかりと見張っておれ」

「はい」


一揆方の前線の陣では次郎太と鉄次、権次の三人が物見から戻ってきて、慶覚、願生、河合藤左衛門らと話し込んでいる。次郎太の配下の者も集まり談義に聞き入っている。願生が城の絵図を指さす。

「梯子をかけて城壁を登り攻め込むためには、まず次郎太の配下の十人衆が山の内衆を引き連れ、鉤縄《かぎなわ》を使って城壁を乗り越え切り込む。その際には下から援護の弓矢を放ち、城壁の上の向こうの兵を撃ち落とす。同時に丸太の台車で門を攻める」

その段取りを聞いた権次が口を挟む。

「鉤縄を使って城壁を登るなら、夜明け前の暗い内にやるべきじゃ。その際、三カ所の門を激しく攻めてもらえば、敵はそちらに集まり、城壁の方は手薄になる」

さらに鉄次が
「わしが城壁の石垣を作った時に仕掛けたからくりのくさびは、今日の戦で抜いておく。石垣はいつでも崩せるようにしておく。近々大雨が来た時なら、なおたやすいぞ」

と策を述べる。

作戦では並行して、政親方に紛れ込んだ仲間を使って門の内側からかんぬきを外す作戦を、次郎太の指揮で始動させることになっている。

「作次郎、城に潜り込んだお前の配下の者たちに、門を破るため動き出すよう伝えてくれ」

「大手の門の見張りについている与一と五平にまず合図する。山科口と額口の門にも総棟梁の久造《きゅうぞう》親方がわしらの大工の配下を配置しているから、いつでも動ける」

権次が尋ねる。

「その連絡はどのように伝えるのじゃ。高尾城の見張りは厳しいぞ」

「今までも何度も仲間の手引きで城に潜り込んでいる。城はわしの庭のようなものじゃ」

作次郎はいたずらっぽく笑みを浮かべる。

「さあ、夜明け前に城攻めにかかる。次郎太、急いで全体に知らせすぐにかかってくれ」

願生の言葉に次郎太は

「すぐに組頭に知らせてくれ。いよいよ総攻めじゃ」

と指示を出す。十人衆は無言で頷き音もなく闇に走り去った。

総攻め開始

一揆軍は南北にのびる外濠の土手を埋め尽くしていた。水が少なくなった壕に架けられた無数の丸太の桟橋を使って、兵たちは静かに城壁の真下にたどり着き、梯子が石垣に立てかけられていく。

鎧で身を固めた鉄次は梯子を登ってゆく。

「おお、あったぞ」

鉄次は小さくつぶやきながら、手にした鉄の棒で野面《のづら》積みの石垣に打ち込まれた石のくさびを次々と抜いていく。空がかすかに明るんできた。権次が別の梯子にとりつきスルスルと登っていったその時、

「敵が攻めてくるぞ！」

と城内でホラ貝が鳴った。すると、一揆軍からも総攻めを告げる大太鼓が鳴り響き、ワアーと大地を揺るがす喚声がわき上がった。

梯子の先頭を駆け上がっていた権次が、鉄玉の付いた鎖を振り回し、頭上から矢を射か

けてくる敵兵をなぎ倒して突破口を開くや、一揆軍の兵は続々と梯子で城壁を登ってゆく。

城壁の上では登ってくる一揆の兵に向けて矢が放たれ、悲鳴を上げ落下する兵も続出する。

「弓隊は城の中に矢を放て。味方を援護せよ」

一揆勢側から一斉に矢が放たれ城内に吸い込まれると悲鳴が上がったが、城壁の上から
も大量の矢が一揆軍に降り注ぎバタバタと兵が倒れる。

一方、大手の門では巨大な丸太を乗せた台車の上に立った次郎太が、まなじりを決し「行
くぞ」と声を発すると、ウオーと喚声が上がり、台車がぎしぎしと音を立てて突進し、ズ
シンと鈍い音を立てて門扉が悲鳴を上げる。

門の上で与一と五平が「ヒイッ」と悲鳴を上げる。

「馬鹿者、本気で戦え」

組頭は槍の柄で与一の背を打つ。

苦痛に顔をゆがめ、にらみ返す与一に
「何じゃその面は。お前は百姓の回し者か」

と組頭は槍先を与一の胸元に突きつける。

「そんな回し者などとはめっそうもない。わしらは久造親方の紹介で来たのです」

隣の五平が必死で訴えると、組頭は槍を引き

「命が惜しくば本気で戦え。よいな」

とつばを吐きかける。

「下の台車にたかっておる人足どもを射殺せ。岩も落とせ」

与一と五平は足場に積み上がった岩を持ち上げ、下にいる仲間に当たらないように投げ下ろす。

頑丈な板橋を音を立てて下がっていく台車にはハリネズミのように矢が刺さっている。盾で兵を包むように固めた台車は再び喚声と共に突進し、門扉にぶち当たる。ズシンという音と同時にメリメリと高い音が山々にこだまして一揆勢から歓声が上がる。

梯子で城壁を登った権次の組は、城壁の上に巡らされた厚い矢止めの板塀を乗り越えて、足場を確保して死闘を繰り広げる。

鉄次の組は山科口から、他の組も額口から一斉に城壁を攻め上げた。不意を突かれた政親方は初めこそ混乱に陥ったが、さすがに百戦錬磨の武士団、徐々に押し返し、一揆勢は次々と城壁から落下し壕を血で染め上げる。

山の内衆は無数の鉤縄《かぎなわ》を引っかけスルスルと城壁を登り、猿のような身軽さで城内に突入。小太刀を振るって政親方の兵をなぎ倒し、相手の弓隊の戦力をそいでいった。北の山科口から南の額口まで、城壁では激戦が広がっている。

戦の口火が切られてから数時間がたったが、大手の門の櫓にはまだ攻め込めていない。与一と五平はうまく立ち回り矢を放っている。西の空を見れば、黒雲が広がり城に迫ろうとしていた。

一方、次郎太は台車を配下に任せ、戦局を見るため山科口の鉄次を追って城壁の上に上がった。その瞬間、鉄次に向かって弓を引く兵の姿が目に映り、次郎太はとっさに飛礫《つぶて》を放った。飛礫は敵兵の顔面を直撃し、兵は悲鳴を上げ壕に落ちていった。

次郎太が姿を現したことで、

「おお、次郎太様じゃ。御《おん》大将が来たぞ」

と歓声が上がり、一揆勢は勢いをつけ相手に向かっていく。次郎太は先頭で戦っている鉄次を見つけ、敵を切り開きながら鉄次に近づいた。その時、一人の敵兵が鉄次の背後から切りつけてくるのを、次郎太は素早く背後から切り下ろす。

鉄次がハッと気づいて振り返る。

「おお、次郎太。すまぬ」

「鉄次、無事か」

次郎太は改めて周りを見回したが、政親の兵は城内を埋め尽くしている。圧倒的な力の差に、これでは時間と共に犠牲が増えるだけと見た次郎太は、背負った真紅の旗を抜いて打ち振り、前線の陣に合図を送った。すぐに大太鼓が打ち鳴らされ、一揆勢は一斉に退却を始める。

「鉄次、引き上げじゃ。わしとお前でしんがりを務めるるぞ。よいか」

一揆勢は潮が引くように城壁を下り壕を渡って土手の向こうに引き上げる。退却の群に矢を放つ兵を、次郎太は飛礫でつぶしてゆく。全員が引き上げたのを確認して、次郎太は鉄次に退却を促し、自らも梯子に飛びつくと、梯子は弧を描き対岸の土手に倒れていった。土手に激突する寸前で次郎太は梯子を蹴り、空中で転回して土手の草地に着地した。けが人を担ぎ陣に戻る部隊の頭上にも矢は容赦なく降り注いだ。やがて一揆勢が城から離れると、矢は止み、城内から勝ちどきが聞こえてきた。

門の上からその様子を見ていた与一と五平は周りに気取られぬように大きなため息をつき、顔を見合わせた。

横では弓を手にした兵たちが
「ざまあみろ、逃げてゆくぞ。そんなものでこの城が落ちるか」

と悪態をつき、小躍りしている。

「それ、お前たちもやらぬか」

周りにけしかけられ、二人は仕方なく騒ぎに加わった。


次郎太は外濠の堤で指示を飛ばして回る。

「けが人は寺に運べ。矢は抜かず、折っておけ」

至る所に死体が横たわり、負傷した兵のうめき声が聞こえた。負傷した兵は女たちが引く荷車に乗せられ、後方へ運ばれた。

次郎太と鉄次は前線の陣に戻り、慶覚らに報告する。

「引き上げの合図を出したのは、あまりに多くの犠牲者が出ていたからです。城壁の上では多勢に無勢で、疲労が増せば突入した兵は全滅する恐れがありました。ここはいったん引き上げて改めて方策を練る必要があると考えました」

慶覚は次郎太をねぎらう。河合藤左衛門が提案する。

「政親は頼みにしていた朝倉、畠山の軍勢が全滅したことを、まだ知らないはず。明日にでも大手の門前で告げてはどうか」

一同顔を見合わせ頷くが、願生は黙したまま絵図に目を落としている。

「願生殿はいかがお考えか」

「今日の戦は、我らの死者負傷者は政親方の数倍で、明らかに我らの負けじゃ。が、正面からの攻め方自体は成功したとわしは思っておる」

「それはどういう意味で」

「竹の盾のおかげで死者を最小限にすることができた。それに政親方に矢をたくさん使わすことができた。政親方は遠からず矢が不足するはずじゃ。明日も矢を多く使わせる作戦でいく」

「矢がなくなれば、今度は岩を投げおろしてくるはずです」

「そうじゃ、次郎太。それを避けるには、身の軽いものを集め、縄を使い巧みに岩をかわしながら、相手に岩を使い果たさせるのじゃ」

その時、西から迫ってきた黒雲が広がり、夕方のように暗くなり稲妻が光り、大粒の雨が降ってきた。城を取り巻く大軍はどよめくが、若者たちは小躍りして汗と血を洗い落とす。

「雨がしばらく続けば地面が緩みます。鉄次らが仕掛けた石垣の破壊がたやすくなりますぞ。今晩、城壁が水の重みで崩れるよう細工をしてきます。わしと作次郎は城内に忍び込み、皆と連絡を取ってきます」

慶覚は次郎太の入念な作戦に感心し、笑みを浮かべる。

「ところで」

河合藤左衛門が城内の政親方の様子を願生に話す。

「戦ってみて感じたのだが、敵はなかなか士気が高く、屈強の兵が揃っている。こちらはとにかく大勢の兵を突入させることが必要かと」

「相手は猛者《もさ》ぞろいとて必ず疲れは出る。我々がいかに動くかが肝心じゃ」

「ただ、正攻法だけでは相手は手強《ごわ》い。城の裏手から攻められれば弱点を突くことになるのだが…」

「確かに城の背後から攻めれば間違いなく陥落するであろう。もっともそれにはかなりの無理をせねばならぬが」

願生は次郎太と目を合わせた。

「今晩、わしと作次郎で高尾山の裏の谷から城内にもぐりこみ、いかに攻めるか検討してまいります。山の内衆と湯涌谷で鍛えた山の民ならば、峻険な谷も上り攻め入ることができるかと」

次郎太の返事に、慶覚は頼もし気に頷く。

「それにしても城門はなかなか破れぬのう」

「少しづつ裂ける音に変わっていますが、なかなか頑丈です。城門の上の櫓には油の桶がたくさんありましたし、岩も積んでありました」

そこへ権次ら次郎太配下の十人衆が顔をそろえた。

「権次、大丈夫か」

鉄次が頭数を数えた。

「一人も欠けていません。皆、けがはないか」

「大丈夫じゃ」

次郎太が尋ねる。

「鉄次、この大雨が夜中まで続けば、城壁の石垣は緩むと思うが…」

「そうじゃ、雨が多ければ石垣の積み目から雨水が噴き出す。仕掛けのくさびを外せば簡単に石垣は崩れ落ちるはずじゃ」

「そうか、では鉄次、権次らと協力して、今晩中に石垣を崩してくれ」

「この雨ならこれでちょっとくじるだけで簡単に崩れるわ」

権次は鉄の棒を手に自信を見せる。

「夜のうちに城攻めの組を入れ替えておいてくれ。しばし腹ごしらえをして体を休め、夜からの仕事を成功させてくれ」

願生から指令を受け、若者たちは雨の中持ち場に戻った。

「ところで次郎太」

願生が聞く。

「肝心の三つの門の攻略はいかがいたす」

「それですが、奴らはわれわれの台車に油を掛け、焼きにくるかもしれません。ただそうなれば門も一緒に燃えるかもしれず、政親もためらいがありなかなか油をまいてきません。そこで、早急に城内に潜んでいる久造親方に連絡をつけ、何かの過ちに見せかけて櫓から直に門に油を掛けさせます。我らは稲わらを門の下に積み上げ火をつければ、門は一気に焼け落ちるでしょう」

前線の陣の面々は次郎太ら若い衆の奇抜な案に目を見開いたまま聞き入っている。

「次郎太、期待しておるぞ」

河合藤左衛門はそう言うと改めて願生に向き合い、先に出した提言を繰り返す。

「話を戻したい。明日あたり朝倉と畠山の大将の首級《しるし》を大手の門前で政親に見せ、降伏を促してはどうか」

「そうじゃな、もうよい頃合いかと。城壁が崩れ攻め上がるのと門が燃え上がるのを見計らって、相手の動揺が頂点に達した時に、慶覚殿が大手の門の前で政親方に呼び掛けていただきたい」

「そうしよう。あてにしていた朝倉と畠山が全滅したと知れば、向こうの士気は下がる。城内の百姓の兵たちに〝百姓の持ちたる〟安楽の国を訴えれば、動揺が生まれ、我らの勝利が早まるであろう。頃合いは明日、願生殿が決めてくれ。朝倉、畠山の鎧兜は次郎太と鉄次が持ってわしの横に控えていてくれ」

「わかりました」

次郎太は降りやまぬ雨の中、馬で持ち場に返っていった。

二つの首級《しるし》

山科口の北を流れる伏見の川は天然の外濠の役割を果たしている。川の高尾城側は城を守るかのように急な斜面に雑木がうっそうと茂っている。その夜遅く、次郎太と作次郎は蓑《みの》姿で川の上流に向かっていた。城の裏側の谷は次第に深くなり、激流はゴオゴオと岩を揺るがしている。次郎太は鉤《かぎ》のついた麻縄を対岸の高尾城側のケヤキに絡ませ、二人はスルスルと対岸に渡った。雑木の急な斜面を登りきると、そこから上は手掛かりのないむき出しの急斜面でさながら天然の土塁である。二人は両手に竹の杭を持ち、斜面に突き立て登っていった。

登りきると二の丸を見下ろす尾根に辿り着いた。二人は這いつくばって城を見下ろす。城内ではかがり火が数え切れぬほど燃え盛っている。二人は用意していた山川三河守の紋が入った陣笠をかぶると、鎧姿で尾根の物見に扮して二の丸のほうに進んでいった。しばらく行くと多くの兵がたむろする所に出たが、誰も怪しむ者はいない。作次郎は大手の門近くで、焚火で体や衣服を乾かしている兵の群れの中に長島の与一を見つけると、後ろからそっと近づいた。

「与一、作次郎じゃ」

とささやいて与一の手を引き、暗がりで待つ次郎太の元に連れてゆく。

「次郎太様、よくもこんな所へ…」

「早速じゃが、久造親方のところに案内してくれ」

「あそこのたまり場にいるはず」

「そうか、ここで待っておるから連れてきてくれるか」

与一は無言で頷き、たまり場に走っていく。

やがて人影がこちらに近づいてくる。

「親方、私です。作次郎です」

「こんなところに…、皆に知られたら大変じゃ」

戸惑いを隠せない久造親方を制するように
「急いで伝えたいことがあります」

と次郎太は切り出した。

「いよいよ皆さん方の力を借りる時が来ました。明日、我らが門を攻め火を放った時に、櫓の上から門の柱や梁《はり》、扉に油をまいていただきたい。急いで仲間に伝えてほしい」

「分かった」

「それと、城が落ちた際には、同士討ちにならぬように、城内に潜んでいた仲間は本丸の広場に集まるよう、もれなく伝えていただきたい」

そう言い残し次郎太と作次郎は二の丸の闇に消えた。


城壁を崩壊させる工作を進めていた鉄次と権次は、夜陰に紛れ北の山科口から南の額口まで、次々と城壁の仕掛けをはずしていった。大雨で地盤は緩み、くさびを抜くたびに泥水が噴き出した。

「岩が崩れ落ちてくる。離れておれ」

若い兵に声を掛け、権次が岩を鉄の棒でこじると、岩はドサッと低い音を立て、積み上がった城壁はゆっくりと動きだし大きく崩れる。

「よーし、うまくいった。次に行くぞ」

暗闇の中、地を揺るがす鈍い音が絶え間なく響いた。


大手門の櫓でウトウトとしていた五平は、浅い夢の中で地鳴りと揺れを感じて目を覚ました。しかし周りの兵は戦の疲れで寝込んだままだ。五平は櫓から身を乗り出し城壁の根方を凝視する。しばらく見入っていると城壁が崩れていることが見て取れた。五平は城壁の建造に加わった時、鉄次らとともに岩に仕掛けをしたことを思い出した。

「これはおおかた壊されるぞ」

五平は人知れずニヤリと笑う。そこへ与一が戻ってきた。

「おい五平、今しがた作次郎と次郎太様に会ったぞ。明日門を焼き討ちする。わしらはそこにある油の桶をひっくり返すのじゃ。わざと桶にけつまずいたふりをしろ」

「いよいよか。うまく立ち回らねばのう。それと兄い」

五平は一段と声を潜める。

「城壁が崩されているぞ。聞き耳を立ててみい。音が聞こえんか」

「いやわしには聞こえんが。お前は地獄耳じゃ。知らぬ顔をしておれ」

本丸の背後の尾根の稜線が暗がりの中から浮かんできた。雨が上がり、徐々に足元が明るんできたころ、城壁付近で騒ぎが大きくなり、やがて城内全域に広がった。城壁が崩壊していることが知れ渡ったのだ。

外濠の堤は一揆勢で埋め尽くされているが、兵が入れ替わっているため旗印は昨日とは違っている。背後も先が見えぬまで兵で埋まり、無数ののぼりが朝風にはためいている。一揆軍は整然と隊を組み、攻め込む合図の太鼓を今か今かと待っている。長い城壁はところどころ無残にも崩れ落ち、泥土が流れ続けている。

一方、政親方も配置につき相手を見下ろしている。

大手の門前では、戸板の台に真新しいむしろが広げられた。その前に一揆方の総大将木越慶覚は墨染の衣の上に鎧で身を固めて禿頭に白い鉢巻きを締め、河合藤左衛門と二人で立っている。

「あの二人の、鎧兜と首級《しるし》を台の上に」

慶覚が次郎太に告げると、次郎太は後ろを振り返り、首級を入れた箱を持った鉄次と権次に声を掛ける。二人はうやうやしく前に進み出て、二つの箱を台の上に置く。次に後ろに控えていた七兵衛と長次郎が、二組の血塗られた鎧兜を持って前に進み出て台の上に置いた。

何事が起きるのかと城内から兵が身を乗り出す。城主の富樫政親は家老の山川三河守を連れ櫓の梯子を駆け上ってくる。

「爺、あれは何じゃ」

三河守は目を凝らす。

「どうやら武将の首級と鎧兜ですな」

「何の真似じゃ。誰の首じゃ。土百姓のすることは解らぬわい」

家老は何かに気づいたのか、血の気がみるみる失せてゆく。

「箱を開いて首級を政親に見せてやれ」

慶覚が告げると、次郎太と鉄次はうやうやしく礼をして布を開く。その時、一陣の風が吹き、台の上の白布が舞い上がり城門の方に飛ばされていった。二人はおもむろに首を取り出し筵《むしろ》の上に置く。はがされた赤黒い布が激しく風にあおられ宙に舞い上がる。二人は兜を脱ぎ合掌した後、首級を城門に向ける。城内からどよめきの声が上がる。

二つの首はカッと目を見開いている。残バラ髪が風にあおられ、髪の裾が首に巻きつく。

河合藤左衛門が台の前に進み出る。

「そこにおられるのは富樫政親殿と山川三河守と見受けたり。それがしは大将の河合藤左衛門でござる。これは、右が朝倉の御大将。朝倉軍は四日前の牛ノ谷の戦いで全滅し、その証に心ならずも首をいただいてまいった。そして左は畠山の御大将。一昨日、倶利伽羅の戦いで敗れこの姿になられた」

政親と三河守の顔からは血の気が失せている。

「しかるに朝倉の兵にも畠山の兵にも、真宗の門徒がたくさんござってのう。百姓の安楽の国をつくるためならばと、我らの軍に加わって今共に戦っているのだ」

城壁を埋め尽くした兵たちからどよめきが起こる。

「政親殿、当てにしていた援軍は来ませぬぞ。見てみなされ、我らの兵の数を。その数二十万。見渡す限り兵の海でござる」

藤左衛門が両手を広げ振り向いて指し示すや、一揆勢から
「ウオー」

と津波のような雄叫びが押し寄せる。

政親の隣で怒りに震えていた武将が押さえきれず大声を発する。

「我は本郷春親《はるちか》なり。貴様ら下人どもがわが王土にあって仏法に加担するとは言語道断」

春親は富樫の家紋八曜を指し示した。中央の大きな丸を七つの丸が取り巻いている。その真ん中の丸は北極星、周りの七つの丸は北斗七星を表している。

「この紋を見よ。富樫家の祖先藤原利仁は北斗七星の生まれ変わり。政親様はその子孫であらせられるぞ。政親様は文武二道の達人、武者三略の賢者なり。下人が上に逆らうとは、人臣の礼に背く不届き者め」

睨みまわす本郷を、藤左衛門はニヤリと見上げる。

「ご覧のわが軍勢。これはすぐさま政親様に敵対するものではない。我々がこれからも生きてゆけるよう訴えを聞いて頂きたいのじゃ。古書に、正直な政《まつりごと》が行われれば、民は自ら帰伏するとある。国を治める者が権威をひけらかし、農民から田畑を耕す牛を奪い取り、飢えた者から食物を奪い去るようなことがあれば、民が嘆くのは当然。また我々が一粒の米を半分に割っても仏に捧げるのは、悟りへの道しるべとし、末法に火を灯しているのだ。それを、年貢をかすめ取る重罪だとして止めさせようとしている。これは現世と来世にわたる憎むべき敵である。これというのも政親公が邪《よこしま》な者の讒言《ざんげん》を信じて、賢者の諫言《かんげん》を聞かなかったからではないか」

藤左衛門は一層声を高める。

「政親公が、民の嘆きを聞き入れ、そばにいる邪《よこしま》な者どもを追放し、私心のない賢人を用いられれば、我々はすぐにでも兜を脱ぐであろう。しかし、ご承知頂けない場合は、仕方ない。高尾城に攻め上るまで」

政親は顔を赤らめ怒りに震えている。本郷春親はガラガラ声でわめきたてる。

「何を無礼なことを申すか。さあさあ、そのような誰の首とも知れぬもの、とっとと帰って犬にでも食わせるがよい」

河合藤左衛門は、ここで相手がこちらの訴えを聞き入れる気が全くないことを確信した。

「左様でござるか。事ここに至っては、城を攻め上げるしかあるまい。民は樹なり。その生きる根を枯らさば国は滅びますぞ。政親殿の一生は今日明日の間に尽きるでありましょう。城内にいる真宗門徒たちよ。この戦いは、我ら民百姓が人間として生きるための戦い。この娑婆を安楽の国にするための戦いであるぞ。我らの側に来られよ。今までのことは問わぬ」

その時、政親近習《きんじゅ》の兵から藤左衛門に向けてビュッと矢が放たれた。とっさに次郎太は台の戸板を跳ね上げ、盾にして大将を防いだ。ブスブスッと板に矢が刺さり、台に置かれた二つの首は無残にも地べたに転がった。

西の空から黒雲が頭上に迫り、激しく雨が打ち付け、稲光が襲ってきた。夜が明けてすでに二刻がたったというのに空はまだ暗い。次郎太と鉄次は雨に打たれる二つの首を拾い上げる。

雨で緩んだのか城壁が鈍い音を立てて崩れる。慶覚と藤左衛門がいったん前線の陣に戻ると、願生が待っていた。

「政親は内心大きな打撃を受けているはず。誰が味方か敵か、疑心暗鬼に陥っているはずじゃ。我らの兵は、今か今かと攻撃の合図を待っていますぞ。今こそ攻撃の太鼓を打ってはいかがか」

慶覚は明るくなりだした西の空を見上げる。

「雨も上がってくる。次郎太、攻撃の太鼓を打て」

「はいっ、分かりました」

やがて平野一帯に太鼓の音が鳴り響き、大地から沸き上がったような雄叫びが城をも揺るがした。

一揆軍は鬨の声を上げ、外濠の桟橋を水しぶきを上げて渡り、崩れ残った城壁に梯子を立てて攻め上がっていく。山の内衆の精鋭たちも一気に駆け上り、城壁の上で敵と切り結び、政親方の兵が濠に落ちてゆく。一揆勢は念仏を称えながらウンカのように押し寄せ、屈強な政親軍に切り倒されながらも、屍を乗り越え前進を続ける。怒涛のような攻撃に、政親方は至る所で苦戦に追い込まれてゆく。

政親と三河守はじめ重臣たちは本丸に引き上げる。与一と五平は組頭の命ずるまま、攻めて来る台車に向け岩を投げ落とす。兵に岩が当たらぬよう手加減しているが、それでもいくつかの岩は台車にはねて横に飛び、兵を直撃する。

一方、権次らは城壁に張り付き、仕掛けがうまくいかず崩れない所に鉄の棒を突き立て岩を動かす。その頭上に矢の嵐が襲い掛かる。盾を構え防いだその時、岩の間から突然泥水が噴き出した。

「逃げろ、崩れるぞ」

権次らが土手の方に引き下がると、岩が噴き出し、雨で緩んだ地盤がずるずると滑り出し、城壁ごと崩れ始めた。城壁の上で矢を放っていた兵たちは、悲鳴を上げ泥の下に埋まったり、岩に挟まれたりした。

と、無事城壁を崩しほっとしている権次らの虚を突くように、崩れ落ちた斜面から政親勢が飛び出してきた。その気迫に一揆勢はたじろぐが、権次は鉄球を振り回し相手に向かって突進していく。

「ひるむな、かかれ」

味方を叱咤《しった》しながら権次はブンブンと敵をなぎ倒してゆく。

大きく崩れ落ちた斜面に何本も梯子が掛けられ、一揆勢が上ってゆく。それに向けて上からは岩や丸太が次々と落とされる。長次郎、弥太郎と山の内衆が梯子から鉤縄を飛ばし、するすると縄を伝って駆け上がり、岩を落としていた政親方の兵と切り結んで戦線を開くと、続く一揆勢は梯子を伝って次々と城内に攻め込んでいった。

三城門の炎上

陽が西に傾いたころ、藁を積んだ台車が大手の門に突進してきた。

ズシン！　メリメリ！

巨大な門が揺らぐたびに喚声が沸く。門の上で与一が傍らの五平にささやく。

「いよいよ門を焼き払うようだ」

その横で組頭が焦っている。

「奴らは門を焼くつもりじゃ。うぬー、どうしてくれよう。こうなればあの台車に油をかけ焼いてしまえ。そこの二人、下から油の桶を持ってこい」

与一と五平が桶を抱えて櫓に登ってくる。城門の上では数十人の兵が矢を放っている、与一は片手に松明を持ち、五平は油の桶を抱えついていったが、櫓の中ほどを過ぎたところで大げさな声を上げてつまづき、桶をひっくり返した、油は床一面に広がり、門の柱や桁に伝わって垂れ落ち、門扉全体を包んだ。

「馬鹿者！　何をしてくれる。油は台車に投げ落とすのじゃ。気でも違ったか。その松明を落とすでないぞ。燃え上がるぞ」

与一はオドオドと組頭を見上げ、ニヤリと笑う。

「何じゃその顔は。さてはお前、敵の回し者か。許さぬぞ」

組頭が与一に向かって太刀を振り上げるや、背後にいた五平は桶に残った油を後ろから組頭に浴びせかけた。

「な、なにをする！　お前も敵方だったのか、この気狂い野郎ども」

油まみれの組頭が振り返りざまに太刀を振り下ろすや、五平は後ろに飛びのき、太刀は床に食い込む。その間に与一は火のついた松明を床に投げ捨てた。

「五平、逃げろ」

二人は柵を越えふわりと下に降り立つ。火は瞬時に燃え広がり、組頭は全身火に包まれ狂ったように舞って悲鳴を上げ、扉の前に山積みされた藁束の上に落下した。藁は勢いをつけてドーッと門全体に燃え広がる。扉の内側では大手の門を死守すべくひしめいている兵が、火のついた油しぶきを受け逃げ惑っている。

次郎太は燃え上がる門を見上げる。燃え落ちるまでには時間がかかると見た配下の十人衆は、それぞれの持ち場で戦っている。

「安吉の作次郎はいるか」

次郎太は湯涌谷の茂三と宮腰の孫次に尋ねた。二人は戦場を見渡していたが、横合いから

「ああ、あそこにいた。一人で大手の門が燃え上がるのを見ているぞ」

と答えた者がいた。次郎太から飛礫打ちを教わった千木村の仙吉だった。作次郎は焼け落ちた扉の隙間から炎の向こうの城内を見ていたが、やがて駆け戻ってきた。

「次郎太、門の内側は岩や丸太が積み上がっている。簡単に除くことはできまい。除こうとすればまた大きな犠牲が出る。門の両側を占領するしかあるまい」

「そうじゃな。身の軽い山の内衆を集め、門の両側から鉤縄を使って攻め上がるぞ。二十人程集めて来てくれ、急げ」

鎧を脱ぎ黒装束で長い黒髪に鉢巻を締めた二十数人の異様な集団が、燃え上がる大手門

に走り寄る。門の上の櫓も火で包まれ、黒煙が激しく舞い上がっている。門の両側の城壁からは、次郎太の率いる精鋭部隊の動きは死角に入り見えない。いく本もの鉤縄が飛び、門の両側の城壁の柵にからみつくや、山の内衆は身軽に城壁を登って行く。

先頭を切って上っていく次郎太に向けて、城壁の上の敵が弓矢を引き絞ったその時、次郎太の手から飛礫が放たれ、兵は顔面を直撃され濠に落ちる。次郎太は城壁を振り子のように走り、城壁の上の矢止めの柵を飛び越え、背中の太刀を引き抜き、矢を放つ兵たちの頭上から切り下ろす。数人がなぎ倒され悲鳴と怒号が上がる。続いて作次郎と山の内衆が城壁を越えて政親の兵に襲い掛かり、登り口を確保。数本の梯子が立てられ、一揆勢は一斉に城内に切り込んでいく。

大手門を挟んで南側の城壁から攻め込む湯涌谷の茂三と宮腰の孫次、千木村の仙吉らも次郎太の作戦に合わせ鉤縄を自在に操り、敵陣に切り込み、次郎太より少し遅れて城壁の上に場所を確保する。

大手門内側の広場は政親方の兵で埋め尽くされている。次郎太は城壁の上に立ち、一揆勢に槍を突き上げてくる政親方の兵たちに告げた。

「越前と越中からの援軍はわしらが打ち負かした。政親殿は孤立無援じゃ。ここにいるお前様たちの多くは浄土真宗の門徒であろう。我らはこの娑婆を仏法による安楽国にするため戦っている。我らと戦うならばお前たちは仏敵となることを思い知れ。仏敵と呼ばれたくなければ、今すぐこの戦いから手を引き我らに与《くみ》せよ。これまでのことは問わぬ」

兵たちは一旦戦の手を止めて顔を見合わせる。すると政親の譜代の武者がわめき散らした。

「この土百姓は大嘘つきじゃ。今、越前と越中から援軍が国境を越えここに向かっている。こんな嘘つき野郎の言うことは聞くな。敵になびくものはわしが許さぬ。この場で切り捨てるぞ」

すかさず次郎太が返す。

「嘘ではないわ。先ほどお見せした首級と鎧兜は間違いなく朝倉と畠山の大将のものじゃ。わしらがそんな手の込んだ嘘をつくか。それに政親殿の親戚の富樫泰高様や政親殿の姉婿の松任城の鏑木様、家老の山川様の親戚の安吉城の浅田様の軍勢も我ら一揆軍に加わり、今や見ての通り二十万の軍勢が加賀の地を一面埋め尽くしておる。さあ安楽の国をつくるため今すぐ我らに合力せよ」

力強い言葉に、政親方の雑兵《ぞうひょう》らは持っていた槍の先を旗本の精鋭部隊に向けて翻し、周りを取り囲む。この反乱を本丸に知らせるべく一人の武者が槍を突きまくり道を開こうとしたのをきっかけに、政親方では同士討ちが始まった。それに乗じて次郎太の一揆勢が旗本たちに襲い掛かった。混戦は広がり、さすがの政親の精鋭部隊も内輪の反乱兵と城壁を乗り越え侵入する一揆勢に押され、二の丸に続く門に引き下がっていく。

燃え上がる額口の門の横では、崩れ落ちた城壁に梯子をかけ権次が泥まみれで登っていた。崩れ残った櫓から数本矢が降ってきたが、権次は鉄玉を振り回して払い落す。一方、鉄次は盾で身を守りながらその横の梯子を身軽に駆け上がる。上で待ち構えていた政親の武士が槍を繰り出すや、鉄次は手にした盾で防いで払いのけ、槍で下から突きあげると、武士の体は鉄次の頭上を越えてぬかるんだ崖を転げ落ちてゆく。

城壁を登り切った権次は鉄次を援護すべく鉄玉を振り回し、待ち構えていた政親の軍勢を一瞬でなぎ倒した。後からは幾本もの梯子を伝って白山金劔宮の信徒と山の内衆二千、浅田の勢八千がこの額口に押し寄せた。

後方では笠間家次の兵七千が野々市馬市から押し上げ、能美郡、江沼郡の兵、松任城の鏑木が率いる五万の軍勢が野々市の諏訪の森から動き出す。

鉄次と権次の精鋭部隊はその先陣を切る形で城壁を乗り越え、額口門内の広場に殺到して血みどろの戦いが広がる。鉄次も次郎太に倣《なら》い、頃合いを見て櫓の上から、この戦が百姓のための戦いであることを敵兵に訴える。やがて聞き耳を立てていた政親の雇われ兵たちが戦意を失い、武器を捨て三の丸に続く長屋の石垣まで引き下がっていく。

「ご門徒衆、我らの戦いに手を貸してくだされ」

鉄次が訴えかけると、一人の中年の男が
「本当にわしらを罰しないのか。ここにいるのは皆、食うや食わずの百姓ばかりじゃ。かかあや子のために命を金に換えているのじゃ。どうか助けてくだされ」

と涙ながらに訴える。

「わしらはどんな者も差別しない。それが親鸞聖人、蓮如上人の教えじゃ。安心しなされ」

その言葉に、百人近く集まった百姓兵がどよめく。


一方、北の山科口から攻めるのは七兵衛と長次郎に雑賀の五郎、森本の弥太郎である。後方には山本円正の兵一万が山科に陣を張り、若松、浅野、河北郡の軍団五万は泉、伏見、山崎に陣を張っている。先鋒を務める七兵衛らは城壁こそ破壊できたものの、政親方の勢いも強く、夜陰に乗じて門を開いて撃ち出てきて一揆勢を悩ましていた。この門には内通者がおらず、門に火をつけるたびに上から消され難渋していた。本陣から油を手に入れ藁束を台車に積み多くの兵で押し寄せ攻撃して、ようやく門は炎上。櫓の上から消そうとする兵たちは矢で射止められた。切り込み隊の山の内衆は竹の盾を身につけ、鉤縄を使って身軽によじ登っていく。まるで無数のミノムシが城壁を埋め尽くしているようだ。

それを援護するのは山本円正率いる弓隊で、城壁上や城内の兵に雨あられと矢を浴びせかける。

七兵衛が突入の合図を出すと、援護の矢はピタリと止み、

「突入！」

の掛け声とともに、攻めの太鼓が打ち鳴らされた。城壁には何十本もの梯子が立てられ、兵の波が押し上げていくように城壁を越えてゆく。一揆兵は多くの敵兵の死体を飛び越え、山科口の門内の広場から二の丸につながる城門に逃げてゆく敵兵を追っていくが、数十人の敵兵は逃げおおせる寸前で門を閉められ右往左往して逃げ惑う。

「無駄なあがきはやめろ。命を大事にせよ。武器を捨てた者は罪を問わぬ」

太刀を手にした七兵衛が告げると、政親方の兵たちはあきらめた表情で槍や太刀を投げ出した。

あたりには夕闇が迫り、炎上する門の炎が空を赤く染めだした。

次郎太は大手門近くの城壁に立ち城全体を見渡す。外濠に面した三つの城門はいずれも

炎上破壊され、大手門の内側の広場は一揆勢で埋め尽くされた。政親勢は城の奥に追いやられ、里に打って出る道は閉ざされてしまった。七兵衛と鉄次が次郎太の元に戦況の報告に集まり、三人が城壁の上に立った時、期せずして勝鬨の声が上がり、里にまで広がっていった。次郎太が松明を大きく振り、城門の陥落を前線の陣に告げると大太鼓が打ち鳴らされ、各陣営からも太鼓やホラ貝が響き広大な平野に広がっていった。

次郎太らは仲間に手を振って喜び合う。「次郎太様ー」遠くから呼ぶ結の声に次郎太は振り返り松明を振る。そして歓喜の声をいったん制する。

「皆の命がけの働きでここまで攻め込むことができた。しかし戦いはこれからが本番じゃ。気を引き締め明日のために英気を養ってくれ」

次郎太は、戦死者は敵味方なくねんごろに弔うこと、各々十分に食事をとること、敵の反撃に備え盾を忘れぬことを告げ、兵たちにそれぞれの陣を固めるよう申し渡した。

本丸の物見櫓で富樫政親は黙したまま、血のように赤く染まっていく西の空を見つめていた。わずか一日の間に起ったことが現実のこととは思えず、政親はまるで夢幻の世界を漂っているかのようだ。

城の広場は一揆の兵で埋まり、騒ぎ声が湧き上がってくる。

「くそう、土百姓どもをあなどっていた」

甲冑《かっちゅう》が怒りで震える。

「朝倉と上杉、畠山の精鋭が、あの百姓どもに打ち負かされたというのか。確かな話か」

「昨日の内に物見を走らせ、先ほど知らせが入りました。それによると双方とも間違いはございませぬ」

三河守の返答に政親は声もなく腕を組む。

「能登の畠山がおるであろう。どうした」

「まだ物見からは知らせが入っておりませぬが、おそらく河北方沿いに大根布を通り宮腰へ進んでくるはず。明日あたり河北潟の北に現れるかと」

政親は三河守に武将の招集を命じ、能登の方面を目で追うが黒い雲が垂れ込め何も見えない。見えるのはただ地獄の業火のように高尾城に押し寄せる一揆軍のかがり火だけである。政親にはそれが幾多の戦で殺した人の怨みの目のように見え、よろよろと後ずさりする。

「殿、大丈夫ですか」

ハッと我に返った政親は小姓が支えようとするのを手で払い、階下に降りていった。

反撃への策謀

本丸の広間に、政親方の武将たちが鎧姿で座っている。いずれの鉢巻も血で染まっている。政親は上段の床几《しょうぎ》に腰を下ろし一同を見回した。

「皆の者、苦労を掛けた。越中と越前からの援軍が無くなった今となっては、残るは能登の畠山の援軍に望みをつなぐしかない。おそらく明朝には宮腰《みやのこし》に着くと思うが、我らとしてどう戦うか、皆の知恵を出してほしい」

中ほどにいた高尾若狭守が膝を乗り出した。

「殿、今宵は月もなく雲も垂れこめております。この闇夜に乗じて額口の裏山から押し出し攻めると見せかけて、反対側の伏見からかねて作ってあった竹の筏《いかだ》で伏見川を下り、宮腰で能登の衆と合流して野々市大乗寺に設けられた敵の本陣を背後から攻めればと…」

政親は腕を組み考え込んでいる。その時、若狭守の横にいた槻橋《つきはし》弥次郎が口を開いた。

「それは良い試みじゃ。幸い大雨で川は水かさもあり流れも速く、一刻もあれば宮腰に着きますぞ。兵五百は送ることができます」

それを聞いた政親は顔をぱっと明らめる。

「他のものはどう思う」

武将たちは顔を見合わせる。槻橋弥次郎はしびれを切らし叫ぶ。

「これがうまくいけば敵を混乱に陥れることができる。わしなら筏にへばりついても、部下を従えて宮腰に向かいますぞ」

「そうじゃ、一向宗の餓鬼どもが浮かれておる間に一泡吹かせてやれ」

一人の武将の声に、政親は改めて三河守に尋ねる。

「爺はどう思う」

「なかなかの名案かと。殿、どうかこのわしに一千の兵をお預けください。宮腰に達することができれば戦の流れを変えられます。ご恩に報いるためにも、爺にもうひと働きさせてくだされ」

「爺、無理をするな」

「いや、無理ではござらん。こんな時こそ命を懸けて報いたいのです。必ずやり遂げますゆえ出陣の下知《げち》をくだされ」

その真剣な眼差しが政親の心を打った。

「分かった。爺、ありがたく思うぞ」

政親は三河守に伝令役の六人の若武者をつけ、本丸で作戦を下す中枢に据えた。

伏見川を下るのは本郷春親が任を命じられた。

ただ、これまで誰もしたことのない川下りだけでは反撃ののろしを上げるには心許ない。筏で下った部隊を支援し、畠山からの援軍を迎えるためには陸上からの戦力も必要で、混乱に乗じて敵の包囲を破ることができれば、数騎だけでも騎馬を送り出せる。そしてその役には槻橋弥次郎、額丹後守《ぬかたんごのかみ》が任じられ、額口から強行突破を試みることになった。

巻き返しを誓い鬨《とき》の声が上がる。広間につながる廊下にはいつの間に集まったのか大勢の兵が詰めていた。その人込みに紛れて与一と五平の姿もあった。二人は話し合いの様子を盗み聞きすると、そっとその場を離れ闇に紛れて大手門の方向に走った。門はまだ激しく燃え続け、あたりを明るく照らしている。破られた大手門の内側の広場は一揆勢で埋め尽くされている。少し離れた二の丸の城壁上では、政親方の兵が大勢たむろし一揆勢を見下ろしていた。与一と五平が守りの手薄な城壁を探し柵を乗り越え、門内の広場に下っていくと、

「待て。止まれ。誰じゃ下りてくるのは」

と下の暗がりから声がかかった。

「わしは長島村の与一じゃ。今まで政親の兵に潜り込んでおった。次郎太様にすぐに知ら

せねばならぬことがある。次郎太様はどこじゃ」

「何、次郎太様…確か大手門のあたりと」

「分かった、ありがとよ」

二人は炎を上げる門に近づく。

「誰じゃ」

一揆方の兵が叫んだ。

「長島の与一じゃ。次郎太様はどこにおる」

「おお、与一。生きておったか。次郎太様は門の櫓近くに立っておるぞ」

二人は人垣を分けて梯子を上り、次郎太を見つける。

「次郎太様、政親方の次の策略が分かりました」

「与一に五平。無事であったか。すぐに本陣に戻り話を聞こう」

三人は縄を伝って外濠に面した城壁を下り、一揆軍の武将が居並ぶ前線の陣の広場に進み出た。広場は大きなかがり火に照らされ昼のように明るい。次郎太が武将たちの前で、与一と五平が門の上から油をまくなど大きな働きをしたことを手短に報告すると、「よくやった」と賞賛の声が上がった。

「して、火急の用件とは」

慶覚が二人に尋ねる。

「はい、先ほど本丸の広間で侍たちの談合があり、今晩中にも額口に攻め出すと話していました。あと何やら明日にでも能登の畠山の兵が宮腰《みやのこし》からこの本陣を攻めるとか」

「それはまことか。よくそんな軍議を聞き出せたな」

「まあ、自慢じゃないが、わしらの親方の作次郎が家老の孫娘と親しくてな。それで作次郎は…」

「分かった分かった、で、その他には何か聞かなかったか」

二人は顔を見合わせる。

「そういえば兄い、わしらは額口の話は聞いたが、談合はあの半刻前からだ。そこで何が話されていたのか…」

「山科口がどうとか言っていたようだが…」

慶覚はいぶかしげに二人を見ている。黙って聞いていた願生が
「そうか、どのみち夜襲をかけてくることは間違いなかろう。山科口も動くはず。それで、額口の件は鏑木殿と浅田殿に伝えてくれ。山科口の方は若松と河北郡の衆、山崎の組に任せる。相手が攻め出てきたら一旦道を開けて、我らの陣地の奥深くまで入り込ませるのじゃ。相手勢がすべて城から出たころ合いを見計らって、一斉にかがり火を燃やし打ち取る」

次郎太はすぐさま各陣に若い衆を走らせた。密偵としての活躍を認められた与一と五平は意気に感じたのか、勇んで高尾城内へと戻っていった。

川下り、騎馬出撃

燃え落ちた額口の物見櫓の上で、鉄次と権次が里に広がる一揆勢を見渡している。門の内側の広場では先ほどまで騒いでいた山の内衆の兵らも静かになり、戦の疲れが出たのか寝込んでいる。額口の門こそ落ちたものの、その奥の三の丸に続く城壁は黒々と立ちはだかり、二の門は固く閉められている。額口門と額口の二の門の間にある広場には安吉城主配下の河原組が鉄次の采配で配置された。

「政親勢は二の門から打って出るはず。その時は戦いながら逃げ、道を開けてやれ。城内の兵をわれらの軍勢の奥深くまでおびき出し、退路を断って殲滅《せんめつ》するのだ」

鉄次は兵たちにそう命じていた。その時、二の門の奥からかすかな動きが伝わってきた。門の内側では、槻橋弥次郎と額丹後守、その背後に数十騎の騎馬隊、さらに数百の槍隊が殺気立って身構えていた。

一方、騎馬隊とは別に三の丸の奥では暗闇の中、多くの徒歩兵《かちへい》が城の裏手の急峻な土塁を滑り降り額谷を埋めていった。その数五百。谷を下り堤の上を進み、額口の門に迫るが、まだ一揆勢には感づかれていない。

しばらくして鈍い音がして額口二の門が開き、いななきと共に見事な馬飾りの騎馬隊二十数頭が一揆勢に夜襲をかけるべく、たむろしていた兵たちを蹴散らして、額口門を風のようにすり抜けていった。続く槍隊も喚声を上げ里に広がる一揆軍の海に向かって下りていった。鉄次と権次は暗い城壁の上から無言でその様子を見下ろしている。

一方、北の山科口では百姓姿に身をやつした政親方の密偵たちが、一揆勢の中に紛れ込んだ。その時、額口の方から喚声が聞こえ、その方角の空が赤く染まった。一揆勢の中からどよめきが上がる。一団の中から誰からともなく

「皆の衆、今、額口の方で政親の軍に攻め込まれたようだ。味方は苦戦しているようじゃ。御大将の慶覚様から、ここにいる者は皆、外濠を伝って額口に向えとの命令が出たぞ」

と声が響いた。同じような呼びかけがあちこちで起こり、やがて一揆衆は松明を手に外濠の土手を列をなして南に向かった。

その頃、一揆勢が移動して手薄になった山科口側の伏見川に面した急斜面では、竹の柵

が外され数百の政親勢が川に向かい、流れが緩やかとなる淵に筏を下ろし次々と乗り込んだ。長い筏には二十人ばかりの兵がひしめき濁流を下っていく。隊を指揮する本郷春親が叫ぶ。

「振り落とされるな。しっかり命綱を握れ」

その時、大きな波が筏に当たり、先頭で操っていた兵が宙に浮き、隣の春親の上に倒れ込んだ。筏は一瞬濁流に洗われたが、すぐに反動で跳ね上がり空を舞って水面にたたきつけられた。春親は鼻からも口からもグエーイと泥水を吐き出し咳き込む。

「大丈夫か」

上に乗った兵に呼びかける。

「何のこれしき」

兵は立ち上がる。春親は部下たちを頼もしく思い、暗い水面を凝視した。


額口では城壁の上から鉄次と権次が、一揆勢の懐深く攻め出してゆく政親勢の騎馬隊を見下ろしている。鉄次は城門の内側に控える兵に告げる。

「よいか、もうしばらくすると、今攻めて行った政親勢は敗走して戻って来る。我らはそれを迎え撃つ。弓隊はこの城壁で配置につけ。槍隊はこの広場でとどめを刺すべく陣を組め」

騎馬隊の先頭を駆ける槻橋弥次郎は、一揆勢が全く無反応なのに違和感を感じ馬を止めた。

「額丹後守殿、これはおかしいぞ。奴らが攻めかかって来ぬ。焚き火も我らを照らし出しているようじゃ」

「なに相手はただの土百姓ども。攻めてきたとて蹴散らせばよい」

「そうであるな。行くぞ。皆の者続け」

騎馬隊と槍組は再び葦原を駆け出すが、しばらく進んだ所で馬止めの柵が闇の中に浮かび上がってきた。馬は棒立ちとなって止まる。一瞬の静けさの後、ホラ貝が闇に響いたと思うや騎馬隊を取り囲むようにかがり火に火がつき、四方の暗闇の中から喚声と共に一揆の兵が襲いかかってきた。

「やはり図られたか。小癪な奴らめ」

騎馬隊は馬止めの柵を破ろうと突進したが、いくつもの長柄の槍が突き上げ馬の脇腹を刺し、武者は鞍から落ち、蹴り上げられる。

額丹後守は兵に守られながら槻橋弥次郎に叫びかける。

「槻橋殿、この場は徒歩兵らに任せ、騎馬だけでも力ずくで突破するぞ。さあ」

額丹後守はわずかの隙を突いて柵をすり抜け道を開き、槻橋弥次郎もその後に続いた。一揆勢の不意打ちに混乱に陥った騎馬隊はそれでも半数以上が駆け抜け暗闇に消えていった。

一方、百姓兵の格好をした政親の徒歩兵二百以上も闇に紛れ、一揆勢の防御網をかいくぐった。

一揆勢に行く手を阻まれた騎馬と槍隊は三方から押し寄せる敵に切り崩され、大きく数を減らしながらも、ようよう額口門にまで逃げ帰った。

額口の外濠の広見で騎馬隊を待ち構えていた鉄次と権次の目の前に、突如、蹄の音と共に引き返してきた騎馬隊が姿を現わした。先頭の若武者が遮二無二駆け上がり、槍を構え権次に襲いかかる。権次は横に飛び鉄玉を唸らせたが、若武者は身を伏せ避け、そのまま一揆の兵をなぎ倒しながら板橋を越え二の門に向かった。その後に槍を高々と構えた騎馬武者が続いた。再び権次の鉄玉が飛び鎖が槍にからみついた。槍を奪われた武者はすかさず腰の太刀を引き抜き、馬上から一揆勢に切り下ろし駆け抜け、あっという間に五、六騎が門の奥に消えた。

鉄次は太刀で、馬上から切り下ろされる刃を跳ね上げ、馬の脇腹を切り上げるや、馬は頭から地面に突っ込み倒れる。落ちた武者はもんどり打って濠に落ちてゆく。のたうち回る馬で橋への道が塞がれ、残った騎馬隊は立ち止まって混乱する。そこへ権次の鉄玉が飛び、若武者は悲鳴を上げ落馬し、一揆勢の槍を受け絶命した。

二の門前の広場では、取り囲まれた政親の兵が狂ったように戦っている。隙を突いて十数人が二の門に駆け込もうとしたが一揆勢に阻まれ、ほぼ全滅となった。

額口に近い三の丸の櫓で山川三河守は門の外の広場に累々と広がる屍に目を見張り、うめき声を漏らした。槍を手にした一揆側の兵が、死体を改めとどめを刺している。三河守は目を閉じ合掌する。暗い下界には無数の焚き火が地の果てまで続いている。それは地獄に墜ちた魂がうめきのたうち回っているように見えた。

漂着

夜明け前の宮腰、孫八の店に漁師の若者が駆けこんできた。

「親方、大変じゃ。大水でものすごい数の竹の筏《いかだ》が海に流されている。それに侍らしいのが何人も流されていっとる」

けたたましい声に、褌《ふんどし》一つの孫八が奥から飛び出してきた。

「なに、筏が。いくつくらい」

「もう数え切れんほど」

「お前はすぐに、戦える者を広場に集めろ。急げ」

屋根裏で寝ていた船乗りたちもあわただしく下りてきた。

「親方、何事です」

「政親の兵が筏で川を下ってきたようじゃ。示野あたりに乗り付けたかもしれぬ。慶覚様から畠山のことは聞いておったが、政親の兵が城を抜け出すとは」

「ここの若い衆は山科と宇ノ気に出ています。宮腰には少ししか残っていません」

「お前たち、手分けしてすぐに村々に知らせ、竹槍を持って示野の方に向かうよう伝えてくれ」

船乗りの若者五、六人は蓑を引っ掛け表に駆け出していった。

夜陰に乗じて筏で高尾城を脱出した本郷春親は、命がけで伏見川の激流を下った。伏見川は示野で犀川と合流し、川幅は数倍に広がる。両岸は葦が生い茂っている。春親率いる隊はその合流地点で南の左岸安原側と北の右岸宗野側の岸に分かれて流れ着いた。安原側に筏を着けた春親は、葦原に身を隠し傍らの部下に尋ねた。

「向こう岸にはどれくらいの兵がおるのか」

「濁流に振り落とされ行方知れずのものが数十、いや百を超えるかと…」

「そうか…向こう岸に連絡を取りたいが、誰か泳ぎの達者なものはおらぬか」

「わたしが行きます」

「ならばおぬしに頼む。今能登の畠山の兵が海沿いにこちらに向かっている。向こう岸の兵は、畠山勢に合流すべく、大野の川に向かい合流するようにと伝えてくれ」

伝令を申しつけられた若者は鎧を脱ぎ、褌に刺し子の肌着一枚で葦原をかきわけていく。

本郷春親は安原側の兵に、隊列を組むよう指示して土手に上がる。皆、髷《まげ》は崩れザンバラ髪を蔓草で縛っており、体にまとわりつく服からは泥水がしたたり落ちている。

「よいか、わしらは敵の百姓に囲まれていると思え。これから高尾城を囲んだ敵の背後に攻め込むぞ。昨夜、我らと同じころに額口から敵に攻め込んだ槻橋弥次郎らとこのあたりで落ち合うことになっておるのじゃが、誰かあのケヤキの木に上って見張っていてくれ」

しばらくして、対岸の宗野の方から喚声が上がった。

「やった、渡り切ったぞ」

伝令の若者が流木とごみにもまれながら濁流を泳ぎ切ったのだった。

示野側の百五十人ほどの兵は伝令から細かい指示を受けるやすぐに、能登の畠山の援軍が着くと思われる須崎の方面に向けて、近隣の村に火を放ちながら、疾風《はやて》の勢いで進軍を始めた。


示野側では、宮腰から偵察に駆けつけた孫八配下の若い漁師が、葦原に身を潜め対岸の本郷隊の動きを観察していた。村から火の手が上がるや、若い漁師は飛ぶようにして孫八のもとへ走り戻った。

孫八は宮腰近隣の村人を引き連れて示野に向けて犀川をさかのぼっていくところだった。馬にまたがり、たくましい肉体に褌《ふんどし》姿、腰には太刀を差し、長柄の槍を抱えている。周りには同じような姿の店の若者十人ほどが付き従っている。そこへ若い漁師が声を張り上げて戻って来た。

「親方、敵はやはり筏で高尾城から川を下ってきたようです。安原側に着いたのは百五十。橋は流され向こうには行けません。川のこちら側の示野に流れ着いたのもやはり百五十ほどで、行く先々の村を焼き払いながら須崎の方角に進んでいます」

「なに、橋がないと。おいお前。お前は若いものを連れて川舟をできるだけ集め、示野にもっていけ。多くの人を渡らせねばならぬ。わしらは須崎に向かう者どもを叩きのめす」

孫八率いる宮腰の一団は二手に分かれた。


朝もやが晴れだした。高尾城では本丸の櫓に戻った富樫政親と山川三河守が下界を見渡している。大地を覆うのぼり旗はますます数を増やし、北から南まで埋め尽くしている。政親の顔は怒りと恐怖で赤黒く染まっている。

「殿、しっかりあそばせ。もう少しすれば河北の沖に畠山の援軍の船が現れますぞ」

三河守は自らを励ますように力を込めた。しかし政親は、これがただの土一揆とは違うことをよくわかっていた。

(都の戦でもこれほどの大軍は見たことがない。門徒衆が揺るがぬ信心で身を捨てて戦う姿はまるで魔神じゃ。これには足利将軍でも勝てまい。それにしても誰がこれを仕切っているのか?)

様々な思いが政親の脳裏に渦巻いていた。その時、三河守のそばに控えていた宇佐美八郎が「アッ」と叫んで河北の方角を指さした。

「あれは、狼煙《のろし》か?」

「いや、あれは村が焼かれておるのです。殿、能登の畠山の軍勢が現れました」

「昨夜、川を下った本郷らはどこじゃ」

「おそらく示野か宮腰《みやのこし》あたりかと」

そう答えた瞬間、一揆勢の前線の陣から攻め太鼓とホラ貝が響いてきた。それを合図に大手門の内側を占拠した一揆勢は喚声を上げて二の丸門に攻め上げてきた。

「殿、落ち着いてくだされ。外側の三つの門こそ破られましたが、それぞれの二の門は容易には落ちません。じき槻橋らが畠山軍と共に、敵を蹴散らしてくれるでしょう。もうしばらく持ちこたえれば、巻き返すことができますぞ」

三河守は内心の動揺を隠すように、努めて張りのある声で政親に進言した。

援軍畠山の敗退

その頃、宮腰の浜では、富樫政親の援軍のため能登から南下してきた畠山の軍を迎え撃つべく、城攻めから急遽駆けつけた七兵衛と孫次を先頭に一揆勢が北へ歩みを進めていた。大野川の木橋を渡り、五郎島から粟崎《あわがさき》を過ぎたころには、周辺の村々から男衆だけでなく老人や女房までもが鎌や鍬を手に隊列に加わり、その数は五百を超えていた。やがて隊は二手に分かれ、孫次率いる組は海側の松林の続く砂丘を北へ進み、七兵衛率いる組は河北潟ぶちの道を大根布《おおねぶ》に向かった。

七兵衛の組の斥候《せっこう》が転がるように戻ってきた。

「どうした」

若者は肩で息をして、苦しそうに振り返り宇ノ気方面を指さし、七兵衛に報告した。

「かすかに煙が見えましょう…、奴らは宇ノ気の村を焼き払いながらこちらに向かっています」

「畠山勢の本隊が潟沿いに向かってきているのじゃな。誰か孫次の隊に伝えてくれ。いいか、我らはこれより二手に分かれる。一組は林側に、もう一組は潟側の葦原に隠れ、敵を待ち伏せるぞ」

一方、森本と堅田の衆のうち半分は高尾城攻めに加わったものの、残りは能登の畠山が山沿いの道を進んでくることも考え、津幡の舟橋まで出て待ち構えていた。隊は雑賀の五郎、堅田の竜三、竜三の娘律、森本の弥吉の娘イネ、そして弥吉の配下の男の五人が采配していた。舟橋の葦原には数十艘の川舟が繋がれ、五百人近い百姓兵が舟床に伏せていた。

ひとまわり大きな船の艫《とも》に立って律が叫んだ。

「お父《とう》、宇ノ気の方に煙が上がっておるぞ」

「なに、やはり海側から来たか。律、お前は二百の兵を率いて狩鹿野《かりがの》から宇ノ気に向かい奴らの背後をたたき退路を断て。敵は宇ノ気を過ぎ内灘に向かっている。わしの組は潟を突っ切って大根布に渡り、七兵衛と共に戦う。すぐに動け」

竜三が告げると、オオーと喚声が上がり、百艘近い小舟が漕ぎ出していった。


河北潟の西岸、七兵衛の組の兵は宇ノ気に近い村のはずれの林や葦原に身を潜めている。その耳に、村を焼かれ泣き叫ぶ女子供の声が聞こえてくる。七兵衛が潟に目をやると水面を覆うように仲間の舟が向かってくるのが見えた。

黒煙の中から、逃げる村人を蹴散らして畠山の先鋒の騎馬十数頭が駆けてきた。七兵衛の組は道の両側に長く広がって身を隠している。しばし騎馬隊をやり過ごしたところで、先頭を行く騎馬の前に七兵衛組の一人が飛び出し行く手をふさいだ。立ち止まる騎馬を槍が取り囲むや、七兵衛の号令で林や葦原から兵が躍り出て騎馬隊に襲い掛かる。不意を突かれた畠山勢は瞬く間に混乱に陥った。

北から回ってきた律、五郎率いる河北の衆は、背後から畠山勢を攻めた。河北潟からはのぼり旗を立てた舟の大軍が押し寄せ、畠山勢は逃げ場を失った。

その少し前、砂丘の松林を北に進んでいた孫次の組に伝令の知らせが入る。

「兄貴、前方から畠山勢の分隊が来るぞ」

「身を隠し左右に分かれ包囲して襲うぞ」

やがて畠山勢が松林の中を近づいてきた。包囲できると見た孫次が

「かかれー」

と檄《げき》を飛ばすと、喚声とともに激闘が始まる。孫次は左手に太刀を握り敵を切り倒してゆく。右手には次郎太に教わった飛礫《つぶて》を握りしめている。前方で味方の兵が倒れ、あわやの時、孫次の右手が唸り、切りかかろうとしている敵の顔面に飛礫がさく裂した。倒れていた漁師の若者は跳ね起きて、敵に銛《もり》を突き刺し、孫次に笑いかけた。

「ありがとうよ、助かった」

「気をつけろ。後ろにも」

とまたも飛礫を放ち、敵を射止める。畠山勢は思いがけぬ攻撃に恐れをなし河北潟の方角に砂丘を駆け下りていく。

「一人も逃がすな」

孫次の組は斜面を駆け下り、槍や太刀で背後から敵兵を切り倒してゆく。

「おおい、七兵衛。そっちに敵が逃げていくぞ」

今や四方を囲まれた畠山の兵はその場にへたへたと座り込んだ。見る間に農民兵ら百人近くが自ら武器を手放した。それを見た騎馬の武将が「逃亡は許さぬ」と百姓兵に槍を向けた時、孫次の飛礫が飛んだ。武将はもんどりうって地面に落ち、そこに七兵衛が槍でとどめを刺した。七兵衛が恐怖に震えている百姓兵に告げる。

「戦は終わりじゃ。家族の元に戻れ」

「戻れば殺される」

「我らは加賀の守護を滅ぼし、百姓の国を建てるために戦っておる。お前たちも、自分たちの手で安楽の国を作ればよい」

（そんなことができるのか…）

能登の百姓兵らは疑いとかすかな希望を胸に、武器を捨て北へと戻っていった。

その時、声が上がった。

「示野の方角で火の手が上がったぞ」

「政親の兵が村に火をつけているのか。しかしどうやって我らの包囲をかいくぐったのだ?」

七兵衛は表情を曇らせる。

「分からん。だが畠山軍と合流を目指していたのであろう。すぐに討ちとらねば」

孫次と七兵衛の組はそのまま示野の方角に向けて動き出した。

竜三もすぐさま舟を集め、合流した五郎や律と共に大船団となって潟を南下し、潟から海へとつながる大野川を下った。並行して陸を進む七兵衛と孫次らは畠山勢から奪った馬や槍、刀で武装していた。孫次らは大野川下流の木橋を渡り宮腰から犀川沿いにと進んだ。

示野側に流れ着いた政親勢の隊は、畠山軍との合流を目指して全速力で須崎に向けて進攻し、途中の村に火を掛けた。

竜三らの船団は大野川を通って南岸の須崎に上陸し、燃え上がっている前方の集落の救助に向かおうとしたが、舟がひしめき合っていたため、五郎と律は舟から舟へと伝って陸に上がり、少数の兵だけを引き連れ村に向かって駆けだした。

前方から村人が悲鳴を上げて逃げてくる。その後ろから政親の兵が槍をかざして迫る。

「罪のない百姓を襲うとは許せぬ。村の衆安心せよ、仲間が来たぞ」

五郎はそう言い放って敵兵たちに対峙した。

「何を。隊を組め。迎え撃つ」

百五十人ばかりの政親方の兵は機敏に隊を組む。そこへ物見の兵が転がるように武将に近づいた。

「畠山勢がつけたと思われる宇ノ気の方角の火は収まりました。次は大根布かと思いましたが、火の手が上がりません。畠山の軍は打ち負かされたのではないかと…」

政親勢の武将たちは一気に動揺する。そこへ、五郎が言い放った。

「やっと気が付いたか。ここまでご苦労なことじゃった。畠山はわしらの仲間が早々に退治し、おとなしく能登へ引き下がっていったぞ」

「何、それは真《まこと》か」

「いつまで待っておっても畠山は来ん」

「うーん、くそったれめ。こうなったら我らだけでも、一揆の百姓どもを後ろから襲うぞ。皆の者、引き返すぞ」

武将は目を血走らせわめき散らす。畠山軍との合流をあきらめた政親の兵たちは、素早く踵《きびす》を返し、南に向けて目にも止まらぬ速さで遁走《とんそう》を始めた。五郎と律はこのまま追うか、竜三らの隊も全員揃うまで待つか決断を迫られたが、村々の被害を最小限にすべく、今いる勢力だけで敵を追走した。

次郎太、安原へ

高尾城本丸では富樫政親と山川三河守が、晴れゆく霧の向こう、遠く宮腰の方を凝視していた。

「爺、何か見えるか」

「宇ノ気の方には一度焼き討ちらしき煙が見えました。畠山勢が進んでいるなら次々と村を焼き払って来るはずなのですが……、それに本郷の隊が畠山勢と合流すれば宮腰と大野の間あたりの松林から狼煙が上がることになっています…まだなのかのう」

「ううむ、遅い」

政親は怒号と喚声の上がる大手の門を見下ろす。すでに焼け落ちた門の巨大な桁や丸太を、蟻がたかったように百姓兵たちが群がり引き倒し、道を広げている。内側の枡形の広場からは、群がる一揆勢が城壁に梯子をかけ攻め上がる。そこへ向けて石垣の上から矢が放たれ、岩が落とされる。百姓兵は岩の直撃を受け、悲鳴と共に広場を埋めた群れの上に落ちてゆく。

「爺、山科口は大丈夫か。額口はどうなっておる」

「物見の者の知らせでは、まだ各二の門は何の心配もないとのこと」

政親はふうーと大きなため息をついた。

「爺、いっそのことわし自ら大手の門より打って出て一泡吹かせてくれようか」

「何を申されます。あの兵の数を見てくだされ。大切な大殿にもしものことがあれば、お家の再興すら水の泡でございます。無茶はおやめくだされ」

「いやこうしていても何にもならぬ。わしが先頭を切って戦局を切り開くのじゃ」

「………」

「分かってくれ三河守。このまま下賤の者の手にかかるのは、何とも無念でならぬ。せめて最期は大名としての誇りを保ちたいのじゃ」

三河守は目をつむり唇を固くかんでいたが、やがて意を決したように言葉を発した。

「…そうまで言われるのであれば、この爺が殿に代わって打って出ましょう。殿には何としても生き延びてもらわねばなりませぬ。戦局が悪くなれば、殿は白山の牛首を越え越前に逃れ、富樫家の再興を図ってくだされ」

「あの百姓どもは気がふれておるのか、死をも恐れず、念仏を称えやみくもに突進してくる。こんな底知れず不気味な戦いは初めてじゃ」

政親は大きくため息をついた後、しばらくぼんやりと宙を見つめていたかと思うと、口ごもった声で独白した。

「わしは夢を見た。恐ろしい夢じゃ。あの大軍が、蟻の群れのようにこの城に迫り、城全体を飲み込んでいった。この城が蟻のように真っ黒に覆われ飲み込まれて…」

その時、ひときわ大きい喚声が額口の方で上がり政親の声はかき消された。政親ははっとして櫓から身を乗り出すが、屋根に遮られ南の方角は見えない。

「額口の門が破られたのか。誰か走らせよ」

若侍が階下へ走る。

西の方角の海沿いには黒雲が広がり、宮腰もかすんで見える。と、その時、遠くで火柱が上がった。

「あれは狼煙では」

「いや、あれは我が方の隊が村に火を放ったのです。畠山は何をしておる…もしや…」

「何、畠山がどうしたのじゃ」

政親は焦りの色を強くする。

「爺、どうなのじゃ、答えよ」

「殿、落ち着いてくだされ。少なくとも本郷は筏での脱出に成功したと思われます。槻橋や額丹後守も安原方面から敵の本陣を後ろから攻め上げるはず。その時は我らも総攻撃を仕掛けましょうぞ」

「……」

黒雲は急速に広がり雨で平野全体がぼやけてきた。雨脚は次第に激しくなり、一揆勢の前線の陣すら見えなくなった。高尾城の本丸にも開け放たれた武者窓から雨風が吹き込み、立ち尽くす政親に襲いかかる。

「天は我を見放す気か」

政親の叫び声は雨の音にかき消され、わき上がる一揆勢の怒号も豪雨に紛れ、現実と夢の境がぼやけだした。政親はこれがすべて夢であってくれればとぼんやりと思った。

遠くで呼ぶ声が聞こえたかと思うと体が激しく揺さぶられた。

「殿、殿」

「おお爺か」

「額口と山科口から連絡が入りました。どちらも苦しい戦いです。倒しても倒しても、地から湧き上がるように攻めてきます。まるで魔物です」

「何が魔物じゃ。たかが百姓ではないか。爺までもがそんな弱気でどうするのじゃ」

政親は叱咤《しった》したものの、その目は焦りの色が濃く表れていた。

伏見川を筏で下り左岸の安原側に流れ着いた本郷春親の隊は、合流する騎馬隊が現れるのを待っていた。ケヤキの上で見張っていた兵が稲田の先に、騎馬らしき影を見つけ、下で待つ伝令に告げた。

「おい、馬に乗った人影が見えるぞ。味方の騎馬数十騎と徒歩兵二百人近くがこちらに向かってくる」

本郷春親は野々市から安原につながる道に出て騎馬隊を待つ。

やがて一揆勢の包囲を切り抜けた騎馬隊と徒の一団がたどり着いた。槻橋弥次郎、額丹後守らは全員が返り血を浴び、煌びやかな馬具は見る影もない。半分の者は布で手当てをしており、まるで敗残兵のようだ。馬上から槻橋が声を絞り出した。

「本郷殿、無事に抜け出すことができましたか」

「大水の中、行方知らずの者が多く出ましてな」

筏で川を下った本郷隊の数は約五百。それに山科口から一揆軍に化けた兵三百が夜の間に伏見川沿いに川縁を歩いて下り本郷隊に合流していた。そこに今、騎馬隊と徒が加わり、政親側の反撃軍の総勢は約千人に膨れ上がり、一揆軍を背後から突く機は整った。雨は小降りになり前方に集落が見えてきた。

「村を焼き討ちにして進むぞ。松明に火をつけよ」

本郷は馬上から指図をして、ぬかるんだ道を駆けだす。村の中央で本郷が采配を振るうと、松明が茅葺《かやぶ》きの屋根に投げられたが、濡れた茅には火はつかず松明は転げ落ちて音を立てて消えた。

「馬鹿者、家の中から燃やせ」

兵は板戸を蹴破って農家に乱入する。女、子供の悲鳴が上がり、裸同然の子供が家から飛び出す。その後を追って女房らが赤子をかかえ、はだけた胸をボロ布で押さえながら雨の中飛び出してくる。後から腰を抜かした老婆がいざりながら戸口に出て来る。女房は振り返り老婆を戸口から引き離すが、その後ろから炎が噴き出し女たちを包む。一瞬にして村中が阿鼻叫喚《あびきょうかん》の修羅場と化し、逃げ惑う百姓は政親の兵に蹴倒されその場にうずくまる。やがて屋根から白い煙が立ち上がり、炎の赤い舌が茅の屋根を舐め尽くし、天空に火柱が上がる。

すでに男たちは兵にとられ、村に残っているのは老人と女、子供だけになっていた。村人は広場に固まり兵の群れが過ぎ去るのを恐怖の眼差しで見送った。軍団は燃え上がる村を抜け、足早に通り過ぎていった。

その頃、大手の門内の枡形に突入した一揆勢は、三方の城壁から攻められ、二の丸門攻めは苦戦を強いられていた。その場で攻撃を指揮する次郎太に、慶覚から前線の陣に戻るようにとの指令が届き、次郎太は作次郎と湯涌谷の山の民に、

「この雨もそのうちやむ。二の丸門を破るために薪と藁束を集めてくれ。油も調達しておけ」

と言い残して前線の陣へと駆けていった。

陣の内では絵図を囲んで慶覚、願生と武将らが話し込んでいる。滝のような雨が屋根から落ちる中、しずくをしたたらせ次郎太が飛び込んできた。蓑をかぶり褌姿で腹にはさらし、その上に鎧をまとい手甲脚絆《てっこうきゃはん》をつけている。足には麻と獣の皮で出来た結お手製のわらじを履いていた。

「次郎太、ここへ」

慶覚に促され雨をぬぐい座に加わると、間を置かず願生が戦況を話し出した。

「宮腰からの連絡では、大きな筏が三十ばかり海に流れ出て、政親の兵も数十人溺れ死んでいたという。おそらく、五、六百の兵が筏で伏見の川を下り、安原か示野あたりに着いたようだ。それと、昨夜、山科口の我が隊に敵の間者が紛れ込んだようだ。額口が援軍を求めていると流言を流し、それにだまされたわが軍の兵が額口に走り山科口が手薄になっ

た。その隙に多くの敵兵が闇に紛れて城を抜け出したのじゃ」

願生は一つ大きく息を吐いて、続けた。

「政親は我らの後ろから切り崩すつもりであろう。急ぎ殲滅《せんめつ》のため兵を送る。河合殿と慶覚殿は配下の兵のうち合わせて二千を次郎太に預けてくだされ。浅野方面や山崎で陣を張っている河北と森本、堅田の衆にも、すでに使者を走らせてある。一万の兵を出させ、それを二手に分けて安原に向かわせる」

願生は次郎太に向き合う。

「次郎太、おまえの力が必要じゃ。馬百騎を引き連れ、山の内衆と兵二千を率いてすぐに安原に向かってくれ。すでに山の内衆は本陣の馬場に集まっている。村々が焼き討ちに合うのを防ぐのじゃ。頼む」

願生の隣で慶覚も汗を浮かべ頭を下げている。

「分かりました。早速向かいます」

次郎太は即答し、雨の中飛び出していった。

馬場では牛ノ谷や倶利伽羅の戦いで手に入れた馬や、加賀全域から集めた馬など百数十頭が出陣を待っていた。次郎太の馬は、先ほどまで大手の門で戦っていた茂三に引かれ出てきた。願生の指図で大手門の攻撃は作次郎に託され、安原方面に戦力を傾注する方針となったのだった。次郎太の隊は野々市の馬場付近で河合藤左衛門と慶覚配下の兵二千と合流し安原に急いだ。

高尾城の本丸では甲冑姿の富樫政親が雨に濡れたまま、視界の利かない宙を見つめている。そこへ息せき切った若侍が駆けこんできた。

「申し上げます。額口はまだ二の門は破られておりません。がしかし、いたずらに矢が使われているように見えます。奴らは近づくかと思うと逃げ回り、矢が尽きるのを待っているかのようです」

続けて山科口からも報告が入る。

「殿、山科口も二の門は持ちこたえています。敵は押したり引いたりで、攻め込むのをためらっているようにも思えます」

「分かった。奴らの中にも混乱が生まれているのかもしれぬ。雨が上がり次第、打って出て城外に追い出す。それまでは守りを固め矢を大事に使うよう伝えよ」

即座に山科口の二の門、大手門内側の二の丸門、額口門の二の門に伝令が走る。霧が晴れだし西の空が明るくなってきた。

「さあいよいよじゃ。安原あたりで煙が上がれば、本郷らが動き出した証拠じゃ。敵の大軍を挟み撃ちにするぞ」

「殿、その時はこの爺が打って出ます」

「何を言うか。このわしを足利将軍の右腕とまで言われる大大名に押し上げてくれたそなたをやすやすと死なすわけにはいかぬ。このわしが打って出るから、後の采配は爺がやってくれ、頼む」

「殿は大切な身にございます…」

「総攻撃に大将が動かぬことなどあろうか。わしが簡単に討ち死にするものか。安心して待っておれ」


宮腰の孫八親方率いる一団は火の手が上がる須崎村の方に向かっていたが、そこへ裸馬に乗った竜三隊の若者が駆けよってきた。

「孫八殿に申し上げる。須崎に向かっていた政親勢は五郎殿や律殿が追い払った。それより、一旦安原側に漂着した政親の兵が、現在野々市に向けて進んでいる。このままでは我らの本陣が危ない。竜三親方からは、孫八殿にはここから引き返し、示野で川を渡り政親の兵を背後から攻めるようにとの指令じゃ」

「承知した。それで他はどう動いておる」

「竜三親方らも政親の兵を追い、浅野、若松の兵二千も犀川を渡り古府に急行している。次郎太様も本陣から二千の兵を連れて、敵を正面から迎え撃つべく安原に進攻中です」

伝令の若者はそれだけ告げると、馬の腹を蹴り、急ぎ竜三の隊へと戻った。孫八の集団は再び踵《きびす》を返し南西へと進路を切った。


犀川下流の右岸示野では土手を五人の屈強な若者が流れに逆らって小舟を引いてきた。いずれも宮腰の孫八の使用人で、褌姿に古びたバンドリを羽織っている。大きな木の幹に麻縄を絡め、対岸を見て話し込む。

「敵は向こう岸に集結し野々市に向かうようだ。わしらはその後ろから攻めねばならぬ」

兄貴分となる男が、昨夜からの雨で茶色く濁った流れを見る。

「舟橋を架けたいが、水かさが引くのを待っていては間に合わぬ。わしが泳いで川を渡る。この細い縄を腰に結んでいくから、その先に舟の麻縄を結んでおけ」

男は川上に移動してから土色の濁流に飛び込んだ。速い流れに流されながらも鮮やかな抜き手で見る間に渡り切り、対岸のケヤキの幹に太い麻縄が巻き付けられた。舟を使った川の渡しが出来上がるや、ちょうどそこに孫八率いる集団が喚声を上げ近づいてきた。若者たちは小舟に乗り込み対岸に渡っていく。そこへ七兵衛と孫次の軍団も現れた。彼らは河北潟付近で畠山の隊を破った後、大野川を渡りここまでたどり着いたのだった。
孫八は息子の孫次を見つけ
「オオイ、孫次。泳ぎのできる者は泳いで渡れ。この小舟の数では間に合わぬ」
と叫ぶと
「分かった。どうせわしらはずぶぬれじゃ」
と笑い声が響き、軍団は次々と濁流を泳ぎ渡った。対岸に渡り切った頃、総勢は二千にまで増えていた。

津幡・舟橋を出て河北潟から須崎村に上陸した五郎と律率いる河北、森本の衆千五百は、政親方の別動隊を追って犀川までたどり着いた。政親方の兵は若宮村に架かった細い板橋を占拠しようと村になだれ込み家々に松明を投げ込むが、村人はかねて準備していた竹槍で応戦。兵たちは慌てて逃げるが、ちょうどそこに河北の衆が追いつき突き立てる。政親の別動隊は散り散りに逃げるが田に足を取られ転げまわり、やがて河北の衆の刃の露と消えた。

反撃軍との戦い

河北の衆は犀川の右岸若宮村から玉鉾村につながる細い板橋を列を成して渡っていく。若宮側の堤の上で馬上の竜三たちは、犀川の対岸上流の堤をさまざまな色ののぼり旗の長い列がこちらに向かって来るのに気がついた。

「ものすごい大軍じゃ。若松と浅野、山崎の衆であろう」

組ごとに色分けされた旗の列は、雨上りの雲間に広がる紺碧の空に映え、祭りのようにきらびやかだ。やがて軍勢は堤を下っていく。

「敵を上手から攻めるつもりか。お父う、われらも北から攻め込むことになる」

律が促すと竜三は

「急がねばならぬ。行くぞ」

と馬を巡らせ、橋を渡った。

次郎太率いる本隊が、野々市で河合藤左衛門、慶覚の隊と合流し、押野方面へ向け北に進んでいた時、古府近くで焼き討ちの火が上がるのが見えた。

「村が襲われている。騎馬隊はわしについて来い。いくぞ」

次郎太について百騎近くが緑の稲田の間を駆けていく。

一方、本郷春親ら巻き返しを図る政親勢は安原から野々市方面へ南進を続けていた。本郷は兵一千を率いて中央を進み、左手には十町(約千九十メートル)ほど離れて額丹後守率いる六百、右手も十町程離れて槻橋弥次郎率いる六百が並行して南進を続ける。

本郷隊は古府で五、六軒の小さな村に出くわした。

「村を焼き払え」

本郷は馬に蹴《け》りを入れ先頭を駆けだし、兵たちが突き進んでいく。

腹かけ一つの村のガキ大将がそれを見つけ、村の外れの大きなケヤキの上に登って大声を発した。

「敵の大軍が攻めてくるぞ。皆に知らせろ」

下にいた子供たちは蜘蛛の子を散らすように家に駆け込み、大声でわめく。村の男たちは戦にとられているため、広場には女子供に老人ばかりが集まった。

「焼き討ちにあう。大事なものを持って、田んぼに隠れるぞ」

村人は次々に稲田の中に隠れた。

「兄い、わしらも逃げんでいいんかい」

と木の下にいた悪ガキが不安げに聞く。

「今からでは遅いわ。お前も早く上がってこい。あっ、敵の大将が村に入ってきた。ああ、分家《あじち》のかかあが…早う逃げんか」

松明を持った兵たちがばらばらと農家に飛び込んでいくと、逃げ遅れた村人が悲鳴を上げて飛び出し、敵兵の間を逃げ惑う。

そこへ次郎太らの騎馬隊が怒濤の勢いで迫ってきた。

「見い、味方が村を取り囲んだぞ」

「やった、こっちの勝ちじゃ。ヤレーヤレィ」

子供たちが枝を揺すって騒ぐ。

「静かにせい、奴らに知れたら矢で撃たれる。枝の茂みに隠れておれ」

ガキ大将が諫める。

村はずれの田の中程に村人が固まって震えている。そこへ政親の兵三人が、刀を振り上げ襲いかかろうとしたとき、次郎太が放った飛礫が風を切り兵の顔面を打ち砕いた。兵はギャッと悲鳴を上げ崩れ落ち、他の二人は何事かと立ち止まった。そこへ間髪入れず飛礫が続けて飛び二人とも稲田に倒れ伏した。

「うわあー、わしらの大将は強いぞー」

泥だらけのガキが金切り声を上げると、あっけにとられて眺めていた村人たちは我に返りドッと喚声が上がる。

村では悲鳴を上げ逃げる女子供を政親の兵が追いかけている。野良着の前をはだけ白い裸身をさらしながら赤子をかかえ逃げまどう若い女房が、石につまずいて倒れる。小さな女の子が駆け寄って泣き叫ぶ。それを狙って政親の兵が白刃を振り上げたとたん、次郎太の飛礫が直撃し、兵は血を吐き崩れ落ちる。

次郎太はじめ後に続く騎馬隊の若者たちは、皆、左脇に長柄の槍を抱え太刀を背負っている。黒装束で塊となって突進してくる様はまるで鬼神のごとく、敵を恐怖の奈落に突き落とした。

次郎太は村の広場に突入し、槍を一振りするや敵兵がなぎ飛ばされる。その横につけた茂三は突き出された敵の槍を太刀で払いのけ相手を切りつける。次郎太は分厚い軍勢に守られた本郷春親の姿を確かめ、その周りに付き従っている百姓兵たちに向けて言い放った。

「政親方に雇われた百姓の兵たちよ。お前らもわしらと同じ百姓で真宗の門徒であろう。御同朋のお前たちを殺めたくはない。我らはこの娑婆に、百姓が統治する仏法に沿った安楽国を築くべく戦っている。すでに政親に勝ち目はない。我らに賛同する者は、武器を捨てこの場から立ち去れ。そうすれば命は助けてやる」

その声に兵の間に動揺が生まれる。

「奴らの甘言《かんげん》に乗るでない。逃亡者は許さぬぞ」

春親は檄《げき》を飛ばし、槍をかざして次郎太に向き合う。見れば北からは若宮から犀川を渡った竜三らの隊ののぼり旗が迫り、東からは弥太郎が若松、浅野の衆を率いて近づいてきた。西の方には舟や泳ぎで濁流を渡った孫八の衆、孫次、七兵衛の軍団の旗印が広がっている。政親側の百姓兵たちの間にはすでに勝負あったと武器を捨て逃げ出す者が現れる。

次郎太も本郷春親も馬から降りる。春親は側近の若武者の槍衾《やりぶすま》に囲まれたまま、じりじりと次郎太との間合いを詰める。次郎太率いる山の内衆は抜き身の刀を下げ、春親を守り円陣になっている相手の兵たちを取り囲んだ。

「かかれ、奴を討ち捕れ」

春親の雄叫びと共に双方が喚声を上げ突進した。春親は槍を構え次郎太に迫る。春親の両脇の若武者が二人一斉に飛び出し槍を突き出した。次郎太は一瞬後ろに引くや、槍を一閃させる。とたんに二人の武者の首から鮮血がほとばしり、真新しい鎧を赤く染め、武者は声もなく前のめりに崩れ落ちる。一瞬の出来事に春親は顔を引きつらせる。

「奴を取り囲め」

春親の側近たちは命令に従おうとするが、茂三らの突き出す槍に阻まれ動けない。

春親は誘うようにツッと前に出て、次郎太の胸元に槍を突き出す。次郎太はとっさに横に飛び春親の方に槍を振り下ろす。春親は肩に打ち付けられた槍の柄をガシッと握る。一瞬、次郎太は槍を空に投げ上げ、背中の太刀を抜き放って春親の槍をかわした。

次郎太は次の瞬間、踏み込みざま相手を袈裟懸けに斬り下ろした。

「ウッ」

春親は動きを止め、胸元から大量の血を吹き上げ前のめりに崩れ落ちた。

「ウワー、敵の大将を倒したぞー」

木の上から子供たちが囃し立てる。

政親勢は周りを囲まれ田んぼの中を逃げ惑っている。武器を手放した兵は両の手を上げ逃げてゆく。一揆勢はそれを見逃す。

「命は助かったが、田んぼはわやくちゃじゃ」

「わしの家は燃えてしもうた」

子供たちはボロの腹がけの上を這いまわるシラミをつまみ、口に入れてプチンプチンと噛んでいる。

「シラミで腹が膨れるんかいな」

「こいつらわしの血を吸いやがって。これでは共食いじゃ。腹なぞ膨れるものか」

村の悪ガキどもは笑い合った。


北から進軍してきた竜三らは、伏見川の浅瀬を渡ると、打ち破られた本郷隊から散り散りになって逃げてくる政親の兵を見つけた。兵は小さな百姓家に飛び込むと火をつけて回った。竜三らは馬で敗走兵一人一人に追いつき容赦なく槍を突き立てた。竜三は配下に命じ、燃え上がる家を引き倒し延焼を防ぐ。

その時、また政親勢の影が近づいてきた。本郷の隊が討たれたことに気付いていない額丹後、槻橋弥次郎の隊が、当初の計画通り古府の村の手前で合流し、村に近づいてきたのだ。

「奴らの軍団を細切れにして倒す。五郎は兵を連れ左右から敵の後ろに回り攻めてくれ。わしは奴らを村に誘い込み討ち果たす」

竜三は配下の者に、敵を小刻みに村内に誘い込むよう指示を出した。

槻橋と額丹後守は兵を引き連れ、古府の村に近づく。

「あの村を焼き討ちしたのは本郷殿の別働隊であろうか。しかし焼けたのは少しだけで消えておるぞ」

槻橋がいぶかしがったその時、村の入り口あたりで争う音が聞こえた。

「本郷殿の隊が戦っておるのか。急がぬと」

と、額丹後は馬に蹴りを入れて駆け出す。

「ついて参れ」

槻橋も号令を掛け、騎馬隊は村に突進してゆく。

迎え撃つ竜三は村の入り口で、褌や野良着姿の一揆軍に指示を出す。

「敵の騎馬隊が全員村に入ったらここを閉めろ。奴らは袋のネズミじゃ。四方から攻めかかれ」

まもなく騎馬隊が地響きを立てて村に突入し、広場になだれ込んできた。しかし広場には大勢の一揆勢が円陣を組み待ち構えている。

「飛礫を打て」

竜三の野太い声を合図に、四方から騎馬隊に飛礫が直撃した。馬は棒立ちになり、武者たちは落馬し蹄《ひづめ》に蹴られ混乱が広がる。馬は一団となって元来た道を駆け出して行き、十五、六人の武者たちが槻橋と丹後守を囲み円陣を組む。向き合った一揆勢の中から一番槍で飛び出したのは、千木村の源太だった。その後から「わあー」と声を上げ、同じ村の兄貴分仙吉が突っ込んでいく。源太は果敢に敵に突進していったが、その槍は武者に易々と跳ね上げられた。

「源太、危ない」

武者の刃が振り下ろされようとしたその時、仙吉の飛礫が武者の顔面に飛んだ。武者はそのまま横に倒れ、源太の横にいた若者の竹槍が首に食い込み、鮮血が源太の顔に注いだ。

それをきっかけに、政親方の武者たちは瞬く間に一揆の兵に飲み込まれ、政親軍の若武者たちはもろくも討ち死にした。

律や五郎らも河北の衆を引き連れ混乱する政親の兵に向かっていく。さらに反対方面からは宮腰から進んできた孫八らの組も加わった。百戦錬磨の政親軍の精鋭も散り散りに逃げ出すしかなく、主を失った馬はたんぼ道を狂ったように駆け、逃げ惑う政親軍の兵たちを踏みつけ蹴上げる。

槻橋と額丹後守の二人の武将は、混乱の中、茂みに身を隠し騒ぎの静まるのを待った。やがて身を伏せたまま重々しい武具を脱ぎ捨てると、近くに倒れていた百姓兵の骸から身ぐるみをはぐと身にまとい、髻《もとどり》を外して一揆兵に身をやつし、高尾城に落ち延びるため日暮れを待った。


本郷春親を討ち取った次郎太は村の子供たちが登っていたケヤキに山の内衆を登らせ、

全体の戦況を見通していた。

「敵の他の軍勢はどうなっておる」

「我が方に取り囲まれ、殲滅されるのも間近でしょう」

富樫政親が頼りとしていた援軍の畠山は滅び、起死回生を狙って城を抜け出し奇襲を狙った政親方の部隊もあえなく潰えた。

「よし、引き返すぞ。皆集まってくれ」

次郎太が指示を出すと、兵に混じって田に身を潜めていた村人たちも戻ってきた。

「到着が遅れ、何軒か焼かれ申し訳なかった」

「いえいえ、これくらいで済んで助かりました。それに村の衆は一人も死んでおりませぬ。本当に助かりました。けが人は私らが面倒を見ますから、早く城を落としてください」

次郎太は村長に、同じ百姓である負傷した相手方の兵の面倒も見るよう頼んだ。

「さあ行くぞ。これから高尾城攻めじゃ」

「おおー」

力強い鬨の声がわき上がった。


高尾城の本丸最上階では武将らが鎧で身を固め、床几《しょうぎ》に腰を下ろし、戦況を見下ろしていた。

能登の畠山の援軍を期待して城の守りを固めていた富樫政親勢であったが、執拗に押し寄せてくる一揆勢を退けるために余りに多くの矢をつがえ、もはや備蓄が尽きかけていた。周囲をびっしりと敵方に囲まれた状態では補給もままならず、政親勢はもはや一か八かの賭けに打って出るしかなかった。

富樫政親は畠山の援軍に一縷《いちる》の望みをつなぎながら、平野に展開する争いの行方を追った。

「示野や古府で火の手が上がったぞ。本郷や槻橋、額丹後守らが奮戦している。こちらからもすぐに打って出て合流し、一揆勢どもの一角を崩せば奴らは混乱に陥る。その間に畠山の軍勢が攻め上げて来れば、我らの勝利は間違いない。安江弥太郎は軍勢を引き連れ山科口より打って出、米泉に向かえ。高尾若狭守は額口より打って出よ。わしと宇佐美八郎は大手の門から打って出て敵の前線の陣を攻め落とす。よいか、勝敗はこの一戦にかかっておる」

いつもは柔和な山川三河守も目をつり上げ真っ赤な顔をしている。

「さあ、打って出るぞ。出陣じゃ！」

「おおー」

武将たちは立ち上がり、慌ただしく本丸を下っていった。

政親出陣

額口で戦っていた権次と鉄次に、願生から、次郎太が抜けた大手攻めに加わるよう命が下りた。一揆軍は大手門を破ったものの、二の丸へと続く堅固な二の丸門を破るのに思わぬ苦戦を強いられていた。大手門の内側は高い石垣に囲まれ、鉤《かぎ》の手に折れた広場に入り込んだ一揆軍は井戸の底にうごめく哀れな獣にも似て、政親方から見れば格好の獲物が迷い込んだようなものだった。

一揆勢は二の丸門攻めにも大手門を破るのに使った焼け焦げた台車を使っていた。

「門を打ち破れ」

権次が号令を掛けると台車が門に突進し、巨大な丸太がズシーンと鈍い音を響かせる。

「矢に気をつけろ。盾で身を守れ」

鉄次が叫ぶと同時に城壁の上から矢が降り注いだ。広場を埋め尽くした一揆勢から悲鳴が上がり、広場は竹製の盾で埋め尽くされる。間を置かず三方の城壁からは巨大な岩が投げ落とされ、一揆軍は悲鳴と共に大混乱に陥る。

「一旦引き上げる。急げ」

鉄次の指令で軍勢は出口に殺到するが、敵はさらに頭上から油を振りかけ火の付いた松明を投げ込む。火は瞬く間に広がり、戦局は一気に火だるまの兵が転げ回る地獄のような様相を呈する。権次、鉄次の隊は苦戦しながら二の丸門から退き、作次郎も権次の隊に合流した。


一方、二の丸門の内側、二の丸前の広場では、政親方の槍隊百人を先頭に騎馬隊三十騎が大将の富樫政親を囲み、号令が下るのを待っている。後ろには二千の軍勢も控えている。

鉤の手の広場を見下ろす二の丸続きの狭間《さま》から旗が振られ、二の丸門が軋みを立てて開かれた。一揆軍が引き上げた広場には無数の死体が転がっている。政親の先兵が屍を片隅に投げやって道を開き、その後を槍隊と騎馬隊が進んだ。

一揆軍の攻撃隊はすでに城外に散っている。大手門は完全に焼け落ち残骸が散乱している。その立ちこめる黒煙の中から政親の軍が姿を現した。先頭には甲冑姿に長柄の槍を抱え緋縅《ひおどし》の煌びやかな軍馬に跨がった富樫政親が悠然と構えている。

一揆軍の前線の陣から菅生願生がその様子を凝視していた。

「いよいよですな、慶覚殿。政親自らが打って出てきましたぞ」

慶覚はぐるりと周囲を見回す。

「願生殿、どうだろう、我ら二十万の軍勢の海に、政親の軍を引き込み呑み込んでしまえば」

願生はあごに手を当ててしばし考え込み、静かに口を開いた。

「政親はおそらくこの一戦に賭けているのだろう。自ら出陣するからにはこのあたりを主戦場とするつもりのようだ。我らはここで一旦前線を野々市の大乗寺まで引くことにする」

そこへ山の内衆の若者が早馬で駆けつけた。

「次郎太様からの使いです。能登から進攻してきた畠山勢は全滅。あと、夜のうちに伏見川を下り安原や示野にたどり着いた政親勢も我らが打ち負かしました。次郎太様はあと半刻で戻ります」

「そうか、ご苦労であった」

願生が笑みを浮かべ労をねぎらう。

「なんと、これで政親の計略はすべて潰えた。願生殿の采配は見事なものじゃ」

慶覚の言葉を受け、願生はあらためて一同を見回した。

「これより、急ぎ前線を大乗寺にまで引き上げる。これはあくまで敵をおびき出す策略である。そして移る際、政親には、あたかも我らが慌てて逃げ帰るように見せかけてくれ。よろしいか。その旨それぞれの配下に申し伝え、太鼓と共に一斉に動く。さあ急いでくれ」

時はすでに午の刻を回り、中天にじりじりと陽が照りつけている。

しばらくして大太鼓がドドンと打ち鳴らされると、南の額口、北の山科口でも太鼓が鳴り、遙か遠い山崎や浅野など四方でも合図が響いて、無数ののぼり旗が潮が引くように後退を始めた。


馬上の政親は、太鼓の音と同時に一揆軍ののぼり旗の群れが野々市へ引き上げるのを目で追っていた。

「奴らの動きをどう見る」

政親は傍らに控える馬上の宇佐美八郎に問いただす。

「我らの動きを知って恐れをなし、本陣を引き上げるようで」

見れば額口、山科口からも一揆勢は後退していく。

「ご覧ください。敵は一斉に引き揚げていきます」

しかし政親の表情は険しい。

「敵は海原のように広がっておるぞ。我らをおびき寄せているということはないか」

「殿、戦とはあくまで我らの周りで起こるもの。後ろにいくら多くの兵がおろうと、動きがとれませぬ。城に残った兵を主力である殿の軍勢に集中させて、一気に野々市の敵の本陣を攻め落とせば、数が多いだけの烏合の衆はとたんに逃げ惑いますぞ。一揆方が不利となれば、泰高殿や鏑木殿、浅田殿も、我らに寝返るやもしれませぬ」

政親の表情が少しだけ緩む。

「うむ…あれら三人には先日から夜陰に乗じてわしの文を届けさせてある」

しかしその文が相手方に届いたという知らせはまだ入っていない。

「今までのことには目をつぶるゆえ、我らにつけと。領地もそのまま認めるとしたためた」

「うまくいけば、一気に奴らをつぶすことができますぞ」

「宇佐美、わしは腹を決めた。本丸の爺に、城に残った兵をすべて本隊に向かわせるよう、今すぐ合図を送れ」

「ははっ」

宇佐美は騎馬隊と槍隊が整列している先頭に馬を走らせ、本丸に向かって金色に輝く軍杯を大きく振った。本丸を守る家老の山川三河守は合図を確認すると、顔に一抹の不安を浮かべ振り返った。

「阿曽殿、いかがしたものか。殿はこの攻撃に命運を賭けておられるようじゃ。泰高殿らからの返事はまだ何とも来ていないのに…」

甲冑姿の阿曽孫六は二の丸広場を埋め尽くした味方の軍勢を見下ろしながら、視線を遠くにやる。

「泰高様に鏑木様、それに浅田様の旗印が、野々市から松任方面にかけて見えております。このお三方が我らにつけば、政親様の大勝利は間違いござらぬが…、わしにはそのように行かぬと思われます」

「なぜじゃ」

「あのお三方の率いる兵は、ほとんどが土百姓どもです。この戦は今までとは全く違い、百姓たちは守護大名の言うことは聞くまいと結束しています。百姓たちの思いに逆らえば領主や城主とて命はありません」

「寝返る目がないとしたら、今我らが攻めて出るのは…」

その時、一揆勢の動きを見ていた若武者が叫んだ。

「家老様、敵の本陣が野々市の方に引き上げていきます。恐れをなして逃げていくようです」

「何、引き上げると。いや、よく見ろ、野々市の方に青田が開けてきた。まるで漁師が網を広げたようじゃ。これは罠《わな》に違いない。政親様の軍勢があの中に呑み込まれれば、下手をすれば全滅じゃ。宇佐美殿に、今すぐ兵を二千連れ殿を守るように伝えてくれ。退路を断たれるのを防ぐのじゃ」

政親は馬上から敵の動きを注視していたが、一揆勢の本陣からはあっという間に主がいなくなり人影も消えた。

「奴らの逃げ足の速いのにはたまげたものじゃ。浮き足だった今が攻めどきじゃ。行くぞ」

ホラ貝が鳴り渡り、政親の本隊が動き出した。それに応え、山科口、額口からもホラ貝と共に軍勢が打って出る。政親の本隊は黒い流れとなって一揆軍の後を追い野々市に向かい、馬替《まがえ》あたりで逃げ遅れた一揆兵に襲いかかる。一方、山科口からの別働隊は伏見川に沿って下っていき、泉のあたりで戦闘を繰り広げる。

おびき寄せ

野々市・大乗寺の賄い場は、近在から集まった女房たちでごった返している。大釜で雑穀の飯が炊かれ、女たちは黒だかりになってにぎり飯を作る。兵が行き交う中、結は黒髪を背に流し鉢巻きを締め、てきぱきと指示を出している。

願生は本堂裏の欄干《らんかん》に手を掛け高尾城から攻め下る政親の軍勢の動きを注視する。その後ろでは慶覚と各武将や坊主が息を凝らしている。そこに伝令が入る。

「古府あたりで戦っていた次郎太様と山の内衆がもうすぐお着きになります」

「おおそうか、慶覚殿、これで陣立ては万全ですぞ。早速、次郎太に陣に加わってもらいましょう」

続けて願生は本堂に向かう途中で賄い場の結を見つけ、

「結殿、次郎太が戻って来るぞ。急いで食うものを用意してくれ」

と告げる。

「はい、わかりました」

結は答えたが、その直後、急な吐き気に襲われた。先ごろから薄々感じていた体の変調は、いよいよ明らかになってきた。

（やはりややが出来たのでは…）

頭の中で暦を思い出し、計算をし出したところで、

「次郎太様が敵を打ち負かしたわ」

と女房の大きな叫び声が響き、結の思いはかき消された。境内を埋め尽くした兵たちから

喚声が上がった。ほどなくして次郎太を先頭に五十数騎の騎馬隊が境内に姿を現し、喚声は一段と大きくなる。

本堂前で慶覚と願生は次郎太らを出迎えた。次郎太は手綱を取り進み出る。

「慶覚様、政親の兵を古府にて打ち負かしました」

境内には再び喚声が上がる。

「よくやった。けが人はどうじゃ」

「死者はいませんが、けが人は百人近く出してしまいました」

そこへ願生が歩み出て、居並ぶ山の内衆に向かって大声を発する。

「見事な勝ち戦であった。疲れているところ申し訳ないが聞いてくれ。現在、我が軍は前線をこの大乗寺に後退させた。これは今朝、二の丸門の前で相当の被害が出たことにもよるが、政親が本隊を率いて総攻撃をかける構えが見えたため、戦場を広げ包囲戦に持ち込むための策略じゃ。政親勢の先鋒が馬替あたりに進んできたところで反撃に出たい。戦から戻ったばかりじゃが、おぬしたち精鋭に先頭に立ってほしい」

次郎太は兵を見回す。

「聞いての通りじゃ。勝利は目の前。もうひと働きするぞ」

喚声と共に身繕いが始まる。

「次郎太、腹ごしらえさせんでいいのか」

「皆、朝早くにぎり飯を持って出て、さきほど食べ終わりました。すぐに動けます」

「そうか、頼むぞ」

次郎太は長次郎に、本堂の大屋根の上から馬替《まがえ》や山科、額の動きを見るよう命じた。長次郎は屋根に鉤縄を引っかけ身軽に駆け上った。

「馬替村あたりで鏑木殿ののぼり旗が政親勢を大きく取り囲んでいる。高尾城から続いていた長い列が食い止められている」

「山科と額の方は」

「山科では門から一里ほどの所で、我らの旗が固まって動きが止まっている。あっ、泉と泉野のほうで若松の衆ののぼりが動きましたぞ。これから攻撃にかかるようです。額では門から半里ほどで金剱宮の信徒や浅田殿の配下の河原衆ののぼりが動き、浅田殿が包囲にかかっています」

「わかった、もう少しそこで見張っていてくれ」

にぎり飯や水を勧めて回る女たちに混じって、結が次郎太に近づく。

「次郎太様、ご無事で」

頬を赤く染め、笑みを浮かべながら見上げる。

「おお、見ての通り、けがもない。心配するな」

願生が結に話しかける。

「結さんも、朝の暗がりから働きづめじゃ。体に気をつけられよ」

「ありがとうございます。願生様、政親様が近くに攻め込んできているとのこと。賄いの人たちがおびえています」

「心配するな。我らは政親勢をおびき寄せるために前線を引いたのじゃ。案に違わず、政親自ら城から出てきた。次郎太も加わって、これから敵のとどめを刺す。落ち着いて働くよう伝えてくれ」

「分かりました」

結は頷いて下を向くと、ぱっと顔を上げ、次郎太を見つめた。

「次郎太様、本当に体には気をつけてくだされ」

「心配するな。簡単には死なん」

その時、本堂の軒先に立っていた長次郎がパッとケヤキの木に飛び、枝を伝いながら次郎太の横に降りてきた。

「次郎太、馬替のほうで苦戦しているようじゃ。急ぎ加勢に行かねば」

願生は次郎太に隊を組むよう命じ、階段を上り境内にいる全員の兵に告げる。

「政親は馬替まで押し出してきた。我らはこれからその本隊を囲み全滅させる。命を賭して戦うぞ。よいかー」

うおー、と喚声が上がり、山の内衆は馬に跨がり、槍隊が列を作った。

「いざ出陣じゃ」

次郎太は片手を上げて叫ぶと、山門から出撃した。

政親、城に引き返す

野々市から馬替村に向かう道沿いは、後方部隊として控えている一揆兵で埋め尽くされている。次郎太の軍団には河北の衆を率いる七兵衛ら他の雑賀衆も加わっていた。

七兵衛が肩にかけたホラ貝を吹き鳴らすと、数多《あまた》広がっていた兵たちはサーッと道を開ける。

「これから我らは、馬替まで攻め出てきた政親勢を取り囲み討ち滅ぼす。お前たちも後に続くがいい」

次郎太が告げながら駆けると、兵たちは続々と加わり、隊は次第に数を増し大きな流れとなって馬替に向かった。

馬替村の外れでは河合藤左衛門と富樫泰高の軍勢が半円状に広がって奮戦している。そこへホラ貝の音と共に次郎太の軍団が到着した。

「慶覚様と願生様の命を受け、政親軍殲滅のためお力添えに参った。我らは政親勢の真ん中に突入して相手を分断させるゆえ、そこを三方から攻めてくだされ。最前線で戦っている先鋒の兵は順番に交代しながら休みなく攻め込んでくだされ。持久戦に持ち込めば数で劣る政親勢は必ず勢いが落ちてくるはず」

泰高と藤左衛門は伝令に指示を伝える。指示を受けた先鋒の兵が後方へ引いてゆくと、政親勢は、相手が力負けして引き下がったのだと勘違いし、喚声を上げたが、政親本人は敵陣の背後にずらりと馬止めの柵が並べられているのを見逃さなかった。

「宇佐美、見てみろ。奴らが引き下がった後ろに、馬止の柵が現れたぞ。何をするか分からぬ奴らじゃ。はじめから三方を柵で囲んでいたとは。我らを取り囲むつもりか」

そのわずかな間に一揆方の前線の兵は入れ替わる。

後方から攻め上がる次郎太が、すかさず「かかれー」と号令を発すると、ホラ貝が響き大太鼓が打ち鳴らされた。次郎太は黒い忍びの姿で白い鉄板入りの鉢巻を締めている。その後ろから、手に槍、背に太刀を背負った百騎近くの騎馬軍団が静かに進む。前方を守っていた兵が道を開けると、次郎太らの騎馬隊は馬市が開かれる大きな馬場に出た。

対する政親勢は、政親を取り囲んで兵たちが円陣を組み、また退却路を確保するために高尾城までの道の両側に延々と兵が連なっている。政親は、目の前に現れた黒ずくめの次郎太の軍団に威圧されひるむ。

騎馬隊は次郎太を中心に左右に広がった。政親が軍扇を翻し弓隊が構えにつくと同時に、次郎太は檄を飛ばし騎馬隊が突進した。一揆軍は駆けながら槍を政親に向けて投げつける。槍は政親を守る騎馬の若武者の鎧を突き破り、武者はドウと落馬する。次郎太が弓隊めがけて次々と飛礫を打つと、兵は悲鳴を上げ顔を押さえる。次郎太の配下の兵たちも飛礫を放ち、敵の弓隊は統制を失う。

続いて一揆軍の槍隊が喚声を上げて政親勢の懐へ突進していった。政親方の円陣は崩れ一瞬で混乱に陥る。山の内衆と雑賀衆の兵は、次郎太の矢継ぎ早の飛礫に守られ、異様なまでの激しさで思う存分暴れ回る。

「得体《えたい》の知れぬ奴ら。殿、一旦引き返し対策を」

宇佐美八郎が進言するが、政親は興奮で我を忘れている。

その時、飛礫が政親の兜に跳ね眉間をかすめた。政親は一瞬目の前が真っ暗になり、流れ落ちた血が右目に入った。政親は左目をカッと見開いたが、再度飛礫が鎧に打ち付け、思わず手綱を引き身をかわす。

「殿、お引き下がりを…」

宇佐美八郎は政親の馬の手綱をとり、次郎太に背を向け駆け出した。

次郎太は引き上げる二人の背中に大声で告げた。

「能登の畠山も、示野に出たお前たちの部隊も、すでに全滅した。命が惜しくば武器を捨てて降伏しろ」

それを聞いた政親勢には動揺が生まれ、力が抜けて座り込む者が続出する。

一揆軍の槍隊は突進を重ねる。口に念仏を称えながら押し寄せ、敵兵一人に対し二人がかりで攻めかかってくる。政親方の兵に突き刺されても念仏を振り絞りながら身に刺さった槍を離さない。

一揆軍はウンカのように押し寄せて、いよいよ政親の間近に迫る。一人の百姓兵が政親の背後から襲い掛かろうとするのを見た宇佐美八郎は馬上から兵を槍で突き下ろす。百姓兵はその槍をつかみ宇佐美を馬から引きずり下ろそうとする。政親は振り返りざま太刀を振るい、百姓兵の首が宙に飛ぶ。首は骸の上に転がりその見開いた眼と、政親の視線が重なる。政親は一瞬、背中に冷水を浴びたように震えあがるが、改めてその首に近寄り覗き込むと、それはまるで仏像のように穏やかな眼差しをしていた。

（馬鹿な。こやつ、この世の地獄に極楽とやらを見たのか。狂っておる）

政親は一向宗の底知れぬ力と恐ろしさを初めて思い知った。

「殿、このままでは全滅です。今のうちに引き上げねば、退路が断たれます」

宇佐美八郎の声に、政親は我に返り高尾城の方角をにらみ、

「全軍、城に引き上げじゃ」

と声を張り上げた。


高尾城の本丸では家老の山川三河守と阿曽孫六が馬替《まがえ》の戦局を見やっていた。苦戦を知るや、三河守は孫六に政親軍の引き上げの手助けを命じ、孫六は二十騎ばかりを従え馬替に向かった。

北の山科口から打って出た軍勢も、久安《ひさやす》から泉にかけて進んだところで、追い込まれ次第にその旗印を減らしていた。

南の額口から出撃した軍勢は、乙丸《おとまる》から粟田《あわだ》に展開し、馬替の本隊と合流しようとしていたが、圧倒的な一揆勢の攻勢に押し返されていた。対峙しているのは勇名を馳せる山の内衆や金劔宮の信徒。更に背後に鏑木徳喜、能美郡、江沼郡からの圧倒的な軍勢が松任城近くまで分厚い層となっている。

いまだかつてこんな大軍は見たことがないと、三河守は呆然としている。

「すべては因果よのう。これもなるべくして成ったことじゃ」

そばに控える若侍たちは顔を見合わせる。三河守は問わず語りに話し始める。

「まだお前たちが赤子の頃じゃ。政親殿は本願寺の蓮如様に頼み込み、本願寺門徒である加賀の百姓たちの力を借りて、富樫家の家督を争っていた弟君の幸千代殿を攻め滅ぼしたのじゃ」

「それで、どうなったのです」

「その時、百姓たちと年貢の減免など様々な約束をしたのじゃが、殿はいつまでも約束を果たさぬばかりか、本願寺門徒が力をつけてくるのに恐れをなし、こともあろうに本願寺に敵対する真宗高田派の力を借りて、蓮如様が拠点にしている越前の吉崎御坊に押し寄せ、本堂や講堂を焼き払い坊主を皆殺しにしたのじゃ」

「蓮如様は今は近江に居られるとか」

「その時にお命を頂戴しておれば、こんなことにならなかったのかもしれぬ…すんでのところで舟で敦賀に逃げられたのじゃ」

その時、遠くを見ていた若侍が叫んだ。

「ご家老、殿が退路を断たれそうです。一揆勢が攻め込んでいます」

「孫六、間に合ってくれ」

「あっ、城から急行した騎馬隊が敵を蹴散らしています。槍隊も逃げ道を作りました」

その馬替の戦場では、富樫政親を守る精鋭たちが、次郎太たちの猛攻に押されながらも奮戦し、じりじりと後退を続けていた。血気盛んな宇佐美八郎は、馬の上から阿修羅のように槍を突きまくる次郎太に狙いを定めビュッと槍を放った。接近戦に集中していた次郎太は、「アッ、危ない」という誰かの叫び声で咄嗟《とっさ》に身をひねり危うく難を逃れた。宇佐美と目が合った次郎太は即座に腰の飛礫を放つ。飛礫は兜を直撃し鋭い金属音が宇佐美の耳を貫いた。宇佐美八郎は一瞬目の前が真っ暗になり、視界が戻ってからも次郎太の姿はぼやけたままだ。

「何者だ。あいつは」

「宇佐美大丈夫か。それにしても、隊を率いるあの男、何という恐ろしい奴じゃ」

その時、伝令が即座の引き上げを再度促した。

「殿、しんがりはこの宇佐美八郎にお任せくだされ。殿は急ぎ城に戻り、次なる策を考えてくだされ」

「残念じゃが、後を頼むぞ」

「さあ、殿を守り城にお連れせよ」

宇佐美はしんがりを務める態勢を整えさせ、槍衾で隊を守り、その後ろから弓隊が矢を射かけながら後退した。


権次の隊は、苦戦を強いられた二の丸門攻めから一旦引き上げた後、城に向かって左手にあるススキの原や雑木林に身を潜めた。脇には先に合流した作次郎の部隊も控えていた。一方、鉄次隊も右手の竹林に隠れた。城から政親の大軍が出撃していくのをやり過ごし、いずれ戻ってくるのを待てとの本陣からの命令だった。その後、阿曽孫六の救援部隊が飛び出してゆき、大手の門前を守るために政親方の衛兵が左右に広がった頃、一揆勢の前線の陣から太鼓が鳴った。

攻撃の合図である。権次と鉄次はのぼり旗を打ち立て左右から一気に奇襲をかけた。権次の振り回す鉄玉がブンブンと音を立てて衛兵をなぎ倒し、鉄次の槍が次々と敵を突き倒してゆく。その後から槍隊が続き乱戦へとなだれ込んだ。

突然始まった門前の戦いに驚いたのは三河守だった。政親の帰城が妨げられてしまうと、三河守はいてても立ってもいられず兜をかぶって本丸から降り、若侍たちを従え出撃の準備をした。

次郎太の軍は、退却のしんがりを務める宇佐美八郎の隊に向かって念仏を称えながら攻撃を続ける。政親方の兵は死体やススキに足を取られ一揆軍の槍の餌食となる。兵は悲鳴を上げ散り散りに逃げ惑うが、その背後からようやく阿曽孫六の隊が現れた。孫六は鬼の形相で一揆勢を睨みつける。その視界に黒装束で身を固めた数十人の騎馬隊が飛び込んできた。中心で槍を手に大軍団を指揮しているのは次郎太である。

見れば一揆勢は最前線で戦う兵が一定の時間ごとに入れ替わり、常に万全の状態で戦に臨んでいる。一方、政親の側は疲れ果て足元もおぼつかない。孫六は計り知れぬ恐ろしさを感じ身震いする。主君政親の旗印はすでにはるか遠い。味方の軍勢が転げながら敗走を続ける中、孫六は大声を張り上げ自身の隊に号令をかける。

「我らは政親様の近習の武者であるぞ。その誇りを持って戦うのじゃ。相手はたかが土百姓の輩じゃ。臆せず切り倒せ。よいか、隊を整えろ」

近習の若侍たちは気を取り直して半円状に広がり態勢を整える。

次郎太は新しい相手の出現に、手を上げて一旦攻撃を止めさせ、槍隊の間を抜け軍勢の先頭に進み出る。

孫六と次郎太はしばし馬上でにらみ合う。栗毛にまたがり鎧兜で身を固めた阿曽孫六は、やおら兜の緒を外し、部下の若侍に手渡した。黒髪を鉢巻で締め上げ、切れ長の目を大きく見開いている。

「わしは富樫政親様の家来、阿曽孫六と申す。一太刀お手合わせを」

次郎太は黒毛の馬にまたがり、鉢巻を返り血で赤く染めている。

「わしは山の内衆の鈴木次郎太。いざ勝負」

二人は槍を構え馬に蹴りを入れるや、槍先を相手の胸元に定め突進する。あわや刺し違えかと見たその時、次郎太の槍先が光り、孫六の槍の槍首を切り落とす。孫六の体は仰向けに浮き上がりドウッと尻から地面に落ちるが、パッと跳ね起き腰の太刀を抜き取る。次郎太は馬を孫六の前に進ませたかと思うと、サッと馬から降りて孫六の前に立ち、背中の太刀を抜き放った。

孫六は正眼、次郎太は下段に構え、じりじりと右周りを始める。孫六は気合をかけ上段に構えて相手を誘い込むが、次郎太は動じない。孫六が一歩踏み込み太刀を振り下ろすや、次郎太の太刀が跳ね上げ火花が飛ぶ。孫六が今度は下から切り上げようとしたその時、一瞬早く次郎太の返す刀が孫六の脇から喉元にかけてキラリときらめいた。

ピタリ、と、孫六は動きを止める。

次郎太がすっと太刀を上段に構えなおすと、孫六はガクンと膝を折って前のめりに頭から地面に崩れ落ちた。

次郎太が太刀を払い、馬にまたがると、我に返ったかのように一揆勢から歓声が上がる。

「皆、大切な命を無駄にするな。武器を捨てて家族の元に帰れ。罪は問わぬ」

次郎太が改めて敵に降伏を促すと、主を失った兵たちは武器を捨てて逃げだす。それを見た孫六子飼いの武者たちも我先に城の方へ走り出す。一揆兵たちは打ち捨てられた武器を拾い集める。次郎太が再び隊の態勢を整え、手にした槍を高々と差し上げ追撃の鬨の声を上げると、一揆勢は大きな喚声とともに高尾城に向け進み始めた。


鎧兜に身を固めた山川三河守は馬にまたがり兵を率いて大手の門外に姿を現し、不意に反撃を始めた権次や鉄次率いる一揆勢に向き合った。

「上に逆らい世を乱す土百姓どもよ。我らが武士の誇りにかけ退治してくれる」

三河守の配下の武士たちはウオーと雄叫びを上げ、一揆勢を押し返していった。権次は鉄玉をうならせるが敵方の武士の巧みな作戦で次第に孤立してゆく。

人足として城に潜り込んでいる五平と与一が、その様子を二の丸門の城壁の上に這いつくばって見ていた。

「兄き、権次殿がやられるぞ。誰か助けに行けぬのか」

五平が思わず声を上げると、与一がサッとその口を押えた。

その時、権次の後ろの方で動く者があった。竹で作った胴着をつけ、猿のようにすばしっこく人の波を飛び越え権次に近づいていく。

「おお、あの動きは作次郎に違いない」

与一の目に輝きが戻る。

「権次行くぞー」

作次郎は絶叫しながら政親勢に襲い掛かる。政親の槍隊は太刀を右下段にして迫る作次郎の胸元を狙い槍を突き出す。作次郎は槍を跳ね上げながら敵の胴を切り上げる。のけぞる兵を足で蹴倒し、後ろの兵に槍を構える隙を与えずそのまま上段から切り下ろす。そのすさまじい光景に政親軍はたじろぎ、一角が崩れる。

後方の異変に気付き、政親の兵が背を伸ばして振り返ったところに、権次の鉄球がさく裂した。異様な悲鳴が城壁に響き、政親勢は徐々に後ずさりを始める。

三河守は、雄叫びを上げながら突き進んでくる異様な風体の男に目を凝らし「アッ」と息をのんだ。形相こそ凄まじかったが見覚えのある横顔は、あの安吉村の棟梁作次郎ではないか。築城にあたって有能な大工として信頼を置いていた作次郎。面倒見が良く、孫娘の碧までもが慕うあの男が…。いやこれは何かの見間違いだ、と頭を振ったその時、西の方から喚声が上がり富樫政親を守る騎馬団が城に向けて駆け上がってきた。が、瞬く間に一揆勢に囲まれてしまった。

三河守は主君の危機に気づき、

「皆の者、殿を救うのじゃ」

と兵を率いて駆け下り、背後から一揆軍を突き崩した。政親を守る部隊は、味方の兵が敵の背後から道を切り開き近づいてくるのに心を強くし、力を振り絞り戦い、まもなく三河守の隊と合流した。

「殿、ご無事で」

「爺自ら出迎えとは面目ない。若武者に劣らぬ戦いぶりであったぞ」

「何のこれしき、さあ、引き上げますぞ」

二の丸門がわずかに開きすぐに閉められた。

女たちの想い

高尾城二の丸御殿の物見櫓で、富樫政親の奥方は小さな狭間《はざま》から下界の戦場を見下ろしていた。その姿を娘の瞳姫《とうひめ》はうつろな思いで見ている。後ろには家老や各武将の奥方や、さらに下女たちが打ち掛け姿で控えている。

「ああ、殿が帰ってきます」

突然、奥方が歓喜の声を上げた。女たちは狭間に近づき安堵の笑みが広がったが、瞳姫だけは暗い表情である。

「姫様、どうされました」

家老の奥方が尋ねても、瞳姫は顔を伏せ黙している。瞳姫の脳裏に父政親と思いを寄せる次郎太が殺し合う姿が浮かんだ。父の槍は次郎太の胸を貫く。

「やめて！　わらわの大事な人を殺さないで！」

姫の絶叫に、居合わせた女たちは顔を見合わせる。

「姫は戦で心が乱れておるのであろう…せめて殿が無事戻られるのを明るく出迎えてくれ

ぬか」

奥方が狼狽《ろうばい》して言い聞かせると、瞳姫はワッと泣き崩れた。

あふれ出る涙の奥に、初めて次郎太と出会った時のことがまざまざと思い浮かんだ。むせるような梅雨明けの日、馬草小屋の前で若い女を助けた次郎太と目が合った。その涼しげな切れ長の瞳の光が瞳姫の心に突き刺さり、深いとげのように消えることはなかった。

真夏、密かに潜り込んだ清沢の講堂で、多くの若い男女に、人は生まれながらにして平等だと説き、世の中を作り変えることを熱く訴えていた次郎太の姿が目の前に浮かぶ。自分が守護の子ではなく百姓の身分であったなら、どうなっていたであろう。そう考えると、瞳姫は混乱し、深い闇の中へ引きずり込まれそうになるのだった。そして、

「あの方には生き続けていてほしい。できることならあの方に我が身をゆだね付いてゆきたい」

と、心の奥からの願いが響いてきた。

その時、

「瞳、見なさい。殿様が帰って来られます」

という母の叫び声で、瞳姫は我に返った。

やがて政親の無事帰還が告げられると、女たちは喜びの声を上げるが、瞳姫の視線は、

一揆軍の中でも異様に人目を引く黒い騎馬団に引き寄せられていた。騎馬団は引き上げる政親勢に激しい追撃を加えている。

「姫様、あの黒い集団は何者でしょう。味方のしんがりの兵をなぎ倒しています。まるで鬼のようではありませぬか」

侍女の切迫した言葉とはうらはらに、瞳姫は集団の先頭に次郎太を見つけ、思わず懐かしさと熱いものがこみ上げる。

(かの方は生きておられた)

熱い涙が視界をかすめた。

侍女たちは、鬼じゃ、魔物じゃと口々に恐れののしっている。

瞳姫は馬上で戦う次郎太の姿を目で追う。

(あの方が人を殺めている…本当にかの方なのか…間違っていて)

と心の中で拝んでいると、

「むごいことをして…、天罰が下ればよいわ」

侍女がうめく。その声に、瞳姫は思わず袖で顔を覆った。

(私の知っている次郎太様はそんな人ではない。多くの人に仏の心を教え、皆から信頼され優しく導いてくださった…)

その記憶と、阿修羅《あしゅら》のように人々をなぎ倒してゆく眼前の姿の差に、姫は混乱する。

「なにをそのように騒いでおる」

奥方は侍女たちをとがめ、狭間の向こうを見下ろすと、暴れ回っている集団の先頭に見覚えのある顔を見つけた。かつて一度その姿に接し、仏のような思いやりと、女なら誰でも惚れ込んでしまう男ぶりに、娘が恋心を抱いてしまうのも無理はないと感じた事を思い出した。あの次郎太が、今、鬼神のようにわが城を攻めていることに、奥方は愕然《がくぜん》とした。

同時に、叶わぬ恋にもだえる我が娘の不憫《ふびん》さに、遠い日の我が身を重ねた。


……………


奥方が熱田《あつた》神宮の神官の娘だった頃、一つ年上の庭番の男に恋をした。親の目を盗み、男の親子が住まいする粗末な小屋に近づき、男の顔を盗み見していた。やがて親の決めた富樫家に嫁ぐことになったとき、一大決心をして巫女《みこ》姿で男の小屋を訪ねた。夕暮れ、黄昏《たそがれ》が迫る中、男が小径を近づいてくる前にふわりと立ちはだかり、ためらわず抱きついた。

「あっ、姫様何を…」

男の口を押さえ、林の奥に手を引いて消えた。あのときの草いきれが今も胸を躍らせる。体中に走る生まれて初めてのうずき。男の胸の中で、気が遠くなるような陶酔に埋もれた。

気づいたときにはあたりはすでに暗くなっていた。

男は我に返り青ざめた。

「姫様、このことが知れたら私は殺されます。早くお帰りを」

「お前様はわらわをどう思っていたのじゃ。ここを去る前にそれを聞きたいのじゃ」

男はおどおどして、

「私は…姫様がお小さい時から、お慕い申しておりました」

「まことに」

「毎日お顔が見たく…見られない日は夜も寝られず」

「わらわもじゃ…明日お前様とは今生《こんじょう》の別れとなる。このようなはしたない振る舞い。ゆるしてくだされ」

……………………

若き日、情熱を燃やした誰にもいえぬ思い出が走馬燈のように脳裏に浮かんだ。

その時、

「ああ、また兵が殺された。神様、どうかあの黒い魔物を殺してくだされ」

と侍女が大声を発する。奥方は、手で顔を覆って立ち尽くす瞳姫の肩をそっと抱きしめ、

「これが戦というものじゃ。なんの恨みもない者同士が殺し合う。この世は地獄じゃ」

と自らに言い聞かせるようにつぶやいたが、重ねて、
「お互い生きておれば、また会うこともできます。さあ」
と姫の手を取り、女たちを従え主君の出迎えのため階下に降りていった。

大手の門では、戻ってきた政親勢を、右翼から権次と作次郎、左翼から鉄次が迎え撃った。そして執拗に政親勢を追い立ててきたのは次郎太の軍勢だった。敵兵たちは戦意を失い逃げ回った末、次々と一揆勢の槍に倒れる。その様子を見て次郎太が馬上で手を上げると、駆け寄った兵がホラ貝を吹き鳴らし、一揆軍は一斉に攻撃の手を収める。その隙に政親勢は先を争って城内に駆け込んだ。

次郎太はいったん兵を引かせ、野々市、大乗寺の本陣に向かって合図のホラ貝を鳴らすと、見渡す限りの平野を埋め尽くしている軍勢のそれぞれの組頭が集まってきた。

次郎太はあらためて、広大な荒れ地や田畑に広がった戦場を見渡す。折からの西日に累々と数知れぬ死体が照らされている。いつの間にか次郎太の周りには十人衆が集まっていた。返り血を浴びた顔をほころばせ、互いの無事を喜び合い、持ち場に引き上げた。

戦場には、手負いの者や死人を集め村に連れ帰る兵の列が幾筋もできる。夕闇が迫る中、近隣の村々からは食料を積んだ荷車の列が松明をともして戦場に散らばってゆく。野々市

の本陣から出た荷車の列の先頭では結が馬の手綱を握り、碧の姿も見える。列が手負いの者たちで埋め尽くされた大手門前に到着すると、娘たちが松明を手に広場に入ってきた。

「飯じゃ、飯が来たぞ」

兵の中から歓声が上がる。

「さあ、並んでくだされ。腹いっぱいお食べください」

結は娘たちに采配し、兵たちに飯を配る。

その娘たちの中には、安吉の城主浅田源左衛門の娘・碧の姿もあった。父が一揆の農民側に付いたことにより、祖父の山川三河守や幼なじみの瞳姫らと戦うことになるこの戦で、自分はどう振る舞えばよいのか、碧はさんざん悩んだ。そしてその末に、命を賭けて未来を切り開こうとしている領民たちの力になることに意を決した。その決断の裏には、瞳との〝冒険〟で知り合った、若者衆の頭次郎太の不思議と人を惹きつける魅力もあったし、密かに思いを寄せる館の使用人作次郎のこともあった。だがそれ以上に碧をとらえたのは、次郎太の妻である結の、女性としての気高さと優しさであった。

「こんな人たちにならば、きっとこの地の未来を託せるはず」

そう思い、碧は本陣で賄いや兵站《へいたん》、そして傷病兵の治療などを担う、娘たちを中心とした後方部隊に自ら志願したのだった。

広場が沸き返る中、結は隊を見渡している次郎太を見上げる。碧は作次郎を目で探している。その様子を見て、結も視線を巡らせる。城壁の近くでは負傷した政親の兵がうごめき、よろめきながら門の内側へ逃れようとしている。

結は一揆軍の前線で指示を飛ばしている権次と作次郎を見つけた。

「碧様、あそこに、大手の門前の広場に、作次郎がいますよ」

「え、どこに…本当に、本当にあれは作次郎ですか」

「間違いありませぬ。ここは皆に任せ、作次郎の元に行きましょう」

二人は兵士をかき分け、門の前に走った。

「手負いの者は見逃すのじゃ」

権次と作次郎は目を血走らせた若い兵たちを槍の柄で押しとどめる。

「落ち着け。お前らが手負いになればどう思う。何とか生き延びようと願うであろう。あれらはもう戦えん。むやみに人を殺《あや》めるでない」

その時、後ろから結の声が聞こえた。

「おお、結様じゃ」

兵士たちは地獄に観音を見るかのように結に見とれた。

「結様、こんなところに…何か」

進み出た権次はさながら仁王か閻魔《えんま》のようである。

結が目で碧を指す。碧は白い鉢巻きを返り血で赤黒く染めた作次郎に近づく。碧は瞳に涙を浮かべている。

「作次郎…お怪我はありませぬか」

とその体に触れると、周りの兵たちは、それぞれの身近な家族や想い人のことを思い出した。狂人のように戦った戦場に、不意に日常の時間がよみがえり、兵たちに安堵の表情が浮かぶ。

「皆の衆、戦はまだ終わっておらんぞ。もう二、三日、最後まで気を緩めるな。今は体を休め明日に備えるのじゃ」

権次が気合を入れると、兵たちは「おお」と力強く応える。

結と碧は、兵士たちの無事を祈り、広場に設けられた陣に戻っていった。

夕明かりが消えると、無数の篝火《かがりび》が高尾の山を埋め尽くした。対する一揆軍も見渡す限りいくつもの焚火が天を焦がした。

仮小屋では次郎太が何か考え込んでいる。

「どうした次郎太。何か不都合でも」

鉄次が問う。

「いや、これからどうするか考えていた。二の門を落とすのは思いのほか難しい」

「そうよなあ」

「鉄次、明け方までに、山の内衆や河北の衆、石川郡、江沼、能美郡の衆に海の衆など、我らの仲間をここに集めてくれ。わしと作次郎は今夜、城に忍び込み政親の動きを探り、城に潜んでいる仲間と会ってくる。帰るまで皆を待たせておいてくれ」

そこへ結が近づく。

「次郎太様、今から大乗寺に帰ります。何か願生様に伝えることはありませんか」

「わしらは額口と山科口の裏の谷から攻め上がる。そのため伏見の谷川と額川にかける橋の丸太を用意してもらいたい。敵に悟られぬよう慎重にと伝えてくれるか」

「はい、分かりました。次郎太様、どうかご無事で」

「お前も大事にな。自分だけの体ではないのだから」

結はハッとしてお腹に手を当てる。

(次郎太様に気付かれたのか？　戦のさ中、本当のことを言ってはいけない。今は明かせない)と、結は己に言い聞かせる。

やがてけが人と戦死者を乗せて数十台の荷馬車が、夜の道を野々市・大乗寺の本陣に向かった。

本丸での合議

高尾城の本丸の櫓で、緋縅《ひおどし》の鎧を赤黒く血で染めた富樫政親は落ちてゆく夕日を見つめていた。その後ろには命からがら生還した重臣たちと、馬回りの武士たちが控えている。政親が振り返り、全身を血で染めた山川三河守《やまごみかわのかみ》に告げる。

「引き上げた兵は二の丸広場に集め、各武将は持ち場を固め皆に酒をふるまうよう。それから主だった者を二の丸の広間に集めてくれ」

そう言って、

「昨日打って出た槻橋《つきはし》と額丹後《ぬかたんご》らはどうなった」

と一同を見回す。

するとざんばら髪に目をくぼませた男が手を突いて苦渋に満ちた声を絞り出した。

「殿、面目ありませぬ。何とか敵陣を切り抜け帰還しました」

二人が深々と頭を下げる。

「おお、槻橋に額丹後。よく無事で帰ってきてくれた」

政親は労をねぎらうが、あまりにも憔悴《しょうすい》し果てた二人の様子に言葉が継げない。

「…して本郷春親は」

一同顔を見合わせる。槻橋がためらいがちに口を開いた。

「本郷殿は多くの犠牲者を出しながら伏見川を下って安原、示野近くに至りました。その後、この槻橋や額丹後守らと合流し一揆勢の背後から攻め上げたのですが、敵は素早く城攻めの精鋭を後方に回し、我々は海の民にも挟まれ苦戦を余儀なくされました。本郷殿は古府の村で雑賀の若い頭、鳥越の鈴木次郎太の隊と戦い、討ち死にしたと聞いております。あの剛の者の本郷殿が…無念です」

一同顔を見合わせ、声が出ない。

「ウヌー、馬替の馬場で黒装束の異様な軍団を見た。あの頭が次郎太なのか？　敵ながら見事な采配だった」

政親が低くつぶやく。憤懣《ふんまん》やるかたない様子の政親を促し、一同二の丸広間の軍議に向かう。すでに日は落ち平野には見渡す限り焚火や鬼火が揺らめき、低く悶《もだ》えるうめき声が沸き上がって聞こえている。

本丸の石段には至る所に負傷兵が横たわり介抱されている。政親は目をそらし、家老は慰めの言葉を掛けながら長屋へ向かう。長屋の両側にも傷ついた兵が横たわっていた。中には痛みに転げまわる者もいる、血なまぐささと死臭が立ち込め、政親は息を詰まらせ二の丸へ歩みを速める。

その時、突然、横たわった百姓兵が血まみれの手で政親の足首をわしづかみにした。政親は血に濡れた床板に足を取られ、前のめりに転がる。手は足首を離さない。政親は何度も蹴り放し立ち上がろうともがいた。抱きかかえようとした三河守も足を滑らせ、二人は駆け寄った若侍に抱き上げられ、ようやくその場を脱した。

二の丸へ向かう政親の背を、横たわった百姓兵のしゃがれた叫び声が追いかけた。

「殿様、わしが死んでも約束の米を家に届けてくだされ。そうでないとわしは死んでも死に切れませぬ…」

悲鳴にも似た絶叫に、長屋を埋めた負傷兵たちは頭をもたげどよめく。政親を守る馬回りの若侍は即座に百姓兵に駆け寄り、太刀を抜き放ち喉首に突き刺す。抜き取るとどす黒い血しぶきが空に吹き上がった。

十数本の大きなろうそくが二の丸御殿の広間を照らしている。政親は鎧姿で正面の床几《しょうぎ》に腰を下ろし、左右には家老と譜代《ふだい》の武将が控える。広間だけでなく廊下も兵で埋め尽くされ、政親の一言一句を聞き漏らすまいと静まり返っている。腕を組み天井を睨んでいた政親は、一同を見回して口を開いた。

「多くの者を死なせてしまった。なんと詫びてよいか」

政親は床几を後ろに下げ、床に平伏したまま動かない。広間はどよめき、家老の三河守は政親の腕を取る。

「殿、ご自分をお責めくださるな。我らの力不足ゆえ…」

政親はゆっくりと立ち上がり、床几に腰を下ろす。

「おそらく明日は奴らが総攻撃を仕掛けてくるはず。今日まで死をいとわず戦ってくれた皆の者に、なんと言ってよいものか…」

「殿、そんな弱気では…」

「いや、今の状況を皆も分かっておるはず。すべての合力の望みが絶たれた今、どのようにすべきか腹の底からの声を聞きたい」

三河守は狼狽《ろうばい》しつつも覚悟を決めた様子で、あらためて居住まいを正し、

「殿がそこまでおっしゃるのなら、私も考えをお話しさせていただきます」

と、膝を乗り出した。

「事ここに及んでは、まず奥方様と姫様をはじめ、各々《おのおの》重臣の奥方たちやおなご衆を逃がすことが第一です。城を出て越中を回って奥方様のご実家の尾張の熱田神宮に行ってもらいます。一方、男たちは、武勇に優れた者二百人ばかりで殿をお守りして城の裏山から尾根伝いに岳の砦に向かい、それから牛首峠を越えて越前大野に抜け、朝倉殿に一時世話になり、お家再興のために…」

そこまで話したところで広間は水を打ったように静まり返った。三河守の横の槻橋弥次郎が声を振り絞る。

「わしは、城を枕に戦い、武士らしい最期を遂げる。それでよいのではないか」

「いやなりませぬ。奥方やおなご衆を道連れにはできませぬ」

と、どこからともなく声が上がった。

「先ほどの爺の案だが、この状態でどのようにして城から送り出すことができる」

政親の問いに、三河守は穏やかな表情で答える。

「敵の大将、木越慶覚殿に申し出てはどうかと考えております」

「敵の大将に！　それはまたどうして」

「実は木越慶覚に信頼され右腕のように働いている若者がおります。わしの孫娘の碧はその者に何度か会っているようなのです。その男は次郎太と申します」

「何、それは噂に聞くあの鳥越の次郎太か？」

「殿はあの者を知っておいでか」

「馬替《まがえ》の馬場での戦で、刃を交えたあの男に違いない。敵ながら見事な戦いじゃった」

居並ぶ面々がざわつき顔を見合わせる。

「その次郎太にございます。面目ない話ですが、孫の碧は瞳姫様と連れ立ってよく遠出をし、次郎太らの仲間と何度か会っていたようです」

「何、瞳が敵の頭と会っていたとな。しかも何度も。その者はわしの娘と知っておったのか」

「それは分かりませぬが、仏法の講の場で会っていたようで、瞳姫様は次郎太の話に熱心に聞き入っていたそうです」

「まさかわしらの動きが漏れたのでは」

「それはありませぬ。碧の話では次郎太はただ仏法を説いていただけで、二人の娘たちは初めて聞く仏法の話にも次郎太にも心ひかれたということです」

「何と…、爺、瞳はその次郎太を男として好いておるのか」

「分かりませぬが、多くの若者から慕われている男なら、姫様も慕って無理はないと思いますが」

「……」

「それで、私の策は、その次郎太に姫様や奥方様の逃亡を助けてもらうということなのです」

「そのようなことを引き受けるのか」

「今申したように、姫様とはすでに親しい間柄。加えて仏法の慈悲の心を持った男でございます。よもや命乞いする力弱きおなごを無下に扱うことはございますまい」

「そうか」

富樫政親はひとまず頷いたが、三河守が繰り返す仏法には納得がいかぬ様子である。蓮如が北国《ほっこく》の地に来てからというもの、百姓は分をわきまえず世は乱れまくっている。政親には、仏法は世の中の秩序と道理を破壊する元凶との思いしかなかった。

「仏法仏法というが、それは何を言っておるのだ、爺」

「一言でいえば、人は生まれながらにして平等であり、念仏するものは身分も努力精進の差も関係なく、皆等しく阿弥陀の大悲に救われる、というものです」

「ははっ、何を言うか。それは世の仕組みを無視したたわごとじゃ」

「しかし殿、この地の土民の身になって考えてみなされ。領民は京の朝廷や寺社の奴婢で、馬や牛より値のないものとされています。土にまみれ働きづめに働き、子を作り、苦しい暮らしの末やがて死んでゆく。その子も同じ道をたどるしかありません。一方、都の公家や神官、大寺の坊主たちは彼らに支えられ、優雅な暮らしを送っています」

「それがどうした。当たり前のことじゃ。大昔からそのようになっておる」

「そうなのです。そうなのですが、殿。城の外の一揆の者たちを見てくだされ。誰から銭をもらったわけでもないのに、命がけで戦っています。勝利を信じて戦い、安らかな笑みをたたえて死んでゆくその死に顔を見たとき、わしは気が付いたのです。この百姓たちを、同じ人としてわが子のように思い政《まつりごと》を行っていたら、ここまでのことにはならなかったのでは、と」

「もうよい…今更手遅れじゃ…わしを倒してどのような国を作るというのじゃ。倒すなら倒してみろ。足利将軍は甘くはないぞ。全国から兵を引き連れ土民の乱を平定し、別の守護を据え今までと変わらぬ国にするまでよ」

やけになった政親の荒い息が治まるのを待って、三河守は話を戻した。

「そこで奥方様の話でございますが」

「……」

「富樫家再興に望みをつなぐには、奥方や姫様にお逃げいただくしか方策が思い浮かびません」

その言葉を受けて、宇佐美八郎が進言する。

「殿、お家のために奥方様や姫様を無事尾張にお送りすることができますれば、我らも心おきなく戦うことができます。どうかお心を決めてくだされ」

力がこもった言葉に、家臣一同も
「なにとぞ…」

とひれ伏す。

政親は腕を組んだまま、しばし目を閉じ黙考した。

「無念じゃが、腹を決めよう。爺、先ほど申しておったように取り計らってくれ」

「殿、ありがとうございます。早速、明日の早朝、慶覚殿に申し入れます。彼らには国境の倶利伽羅峠まで送ってくれるよう頼みこみます」

そこからは、女たちは瑞泉寺の勝如尼《しょうにょに》にゆだねられることになる。

勝如尼は北陸における本願寺の一大拠点、井波瑞泉寺を開いた本願寺五世綽如《しゃくにょ》の孫娘で、加賀から西越中にかけての真宗寺院の要《かなめ》的存在となっていた。

三河守は勝如尼への依頼の文を慶覚に託すつもりでいる。

「そのようなこと、奴らは引き受けてくれるであろうか」

「あれらが真に仏法領の住人だというなら、そうしてくれるでしょう」

「そうか、今となってはそれに頼るしかあるまい。爺もう一苦労かけるが頼むぞ」

政親は振り返り一同に告げる。

「今夜は城中のすべての者にできるかぎりの馳走と酒をふるまってくれ。すぐ賄いの者に伝えよ」

三河守は政親の覚悟の深さを感じながら、広間を後にした。三河守の曲がった背が暗闇に吸い込まれてゆく。政親は、幼い頃から身を張って自分を守ってくれた爺が、このままこの世から消えてゆくような恐れに襲われ、こみ上げる涙が視界を揺らした。政親は血のこびりついた手の甲で眼をこすり上げ、目を見開いたが、もうそこには漆黒の闇が広がるばかりだった。

最後の交渉

焼け落ちた大手門の周囲は一揆軍で埋め尽くされている。門を見下ろす二の丸の城壁の上に一つの人影が現れた。燃え上がるかがり火に浮かび上がったのは、家老山川《やまご》三河守である。護衛の者もつけずただ一人、血を浴びた緋縅《ひおどし》の鎧が不気味に光る。兵がどよめく中、三河守のしゃがれた声が響いた。

「木越慶覚殿はござるか。わしは山川三河守じゃ。木越殿にお願いしたき儀がござる。お取り次ぎ願いたい」

と二度にわたって呼び掛けた。やがて大柄な権次が歩み出た。

「どのような儀でござる」

「木越殿にじかに話したい。木越殿にそちらまでお出まし願えぬか」

「用件は大将でなければと言われるか」

「そうじゃ。三河守が会いたいと申しておると伝えてくれ」

「あい分かった」

権次は馬で野々市の本陣に向けて駆けだした。


本陣が置かれた大乗寺の境内は無数のかがり火で赤々と照らし出され、所狭しと並んだむしろに兵の亡骸が並べられている。本堂で木越慶覚、河合藤左衛門、菅生願生が中心となり合議を行っているところへ権次が入ってきた。

「政親方の家老、山川三河守殿が今しがた、大将の木越慶覚殿と話したいと申し入れられた。用件を聞いたのですが、直接に話したいゆえ木越殿を連れてきてほしいとのこと」

「何の用件かのう」

一同がどよめく中、慶覚が立ち上がる。

「火急の用件と思われます。すぐにでも」

と、その合議に出て願生の後に座っていた次郎太も立って慶覚と共に、急ぎ馬を走らせ高尾城の大手の門に向かった。


焼け落ちた大手の門の前で、かがり火に照らされ組頭の鉄次が城壁を見上げている。城壁の上では山川三河守が仁王像のように微動だにせず立ち続けている。その後ろから二段構えの弓隊が進み出で、一揆勢を威嚇するように矢をつがえた。その時、遠くから蹄《ひづめ》の音が近づいてきた。

「鉄次、野々市の本陣から慶覚様が参られたぞ」

次郎太は馬から飛び降り、慶覚の馬の手綱《たづな》をとる。山の内衆が道を開く中、次郎太は焼け落ちた門を抜け慶覚を内側に案内する。門の残骸から白い煙が立ち込め異臭が鼻を突く。慶覚がかがり火で照らし出された城壁を見上げると、黒い空を背景に三河守の姿が浮かび上がって見えた。後ろには居並ぶ弓隊の無数の矢先が光っている。

「わしが木越慶覚じゃ。じかに話がしたいとの申し出でここに参った。何の話でござる」

「お呼び立てしながら無礼なふるまい、お許しくだされ。さあ下がれ」

と三河守は背後の弓隊を退けさせる。

「洲崎和泉守入道慶覚殿に、この山川三河守がお願いしたき儀とは、富樫政親様の奥方様と姫様、そして城内の女房子供衆を尾張の熱田にお送りしたき儀のことである」

「何？　奥方と姫様を尾張に帰す？　そのようなこと、わしとは何のかかわりもないこと」

「申される通りじゃ。我々は敵同士の間柄。そこをあえてお願いしたいと申しておる。おなご衆だけでも城から出したいのじゃ」

「何い、今何と申された。よく聞こえなんだ」

「奥方はじめ女子供を城から逃れさせたい。貴殿の力を貸してほしい」

「無事に城外に…わしらにはそんな義理はござらぬはず。お断り申す」

城内からざわめきが起こる。

「慶覚殿、おぬしを大将の器と見込んでの頼みじゃ。政親様は奥方様と離縁されてまで、奥方の父君、熱田神宮の神官様の元に帰したいと強く願っておられる。この戦の中、無事に送り出すには、そなたらの力がぜひとも必要じゃ。これはわしの一存でお願い申しておるのじゃ。なんとしても聞き入れてくだされ」

「そのような重大なこと、わし一人で返事はできぬ」

「それはそうじゃ。どうかお歴々と相談してくだされ。…しかし、これだけは分かっておいてくだされ。もしどうしても受け入れてもらえぬということになれば、仕方がない。我らは女子供の一行を丸腰で城内より送り出すまで。そしておぬしらが女子供ばかりの集団を皆殺しにするようなことになれば、蓮如様の言う浄土真宗とはそのようなむごい教えかと、噂は国中に広がり、末代まで言い伝えられることになるが、それでもよろしいか」

「……」

三河守は、相手が折れかけているのを感じながら、もう一押し踏み込むところと続けた。

「ところでそちらに、清沢の次郎太と申す若者がおられるか」

慶覚は後ろを振り返る。

「次郎太ならここにおるが、何用じゃ」

「おお、そこにおられたか。丁度よかった。次郎太とやら、おぬしは政親様の娘、瞳姫様と知り合いだそうじゃな。わしの孫娘の碧から聞いたのじゃが、碧の話ではおぬしはなかなかに立派な心根の男だそうで、仏の心を持ち誰からも慕われておるとか。孫娘の話を聞いておって、わしも妙に心惹かれたわ。そこでじゃ、次郎太。先ほど慶覚殿に申し上げておった件、貴殿に護衛を引き受けてもらえまいか。戦は男が始めたもので、おなごにはかかわりがない。なにとぞお願い申す」

敵味方の間からどよめきが沸き上がる。

「姫様と知り合いとはまことか？」

慶覚は次郎太に問う。

「はい」

「どこで知り合うた」

「我ら若い衆の講に百姓姿でお忍びで何度か来られ、二、三言葉を交わした程度で…」

次郎太は、瞳姫から熱い想いを告げられたことはおくびにも出さぬよう言葉を選んでいたが、慶覚はかがり火に浮かぶ次郎太の表情の変化から、二人の間に顔見知り以上の何かがあったであろうことを感じ取った。

「しばし刻をくれまいか。皆の者と相談せねばならぬ」

慶覚が返すと、三河守は
「分かり申した。無理難題を言って申し訳ない。よろしくお願い申しますぞ。わしはここにて返事を待つ。一刻も早くお願いいたす」

とどっかと腰を下ろした。


一揆勢の前線は一時退却した大乗寺から高尾城大手門の前に戻され、再び陣が敷かれた。

小高い丘の上はかがり火で赤々と照らし出されている。慶覚は馬で丘を上り、組頭や武将はじめ山の内衆らが大勢たむろする中へ駆け込んで、出迎えた若者に馬を渡すと、床几に腰を下ろし大きく息を吐いた。

「どうであった」

河合藤左衛門が尋ねてきた。

「政親の奥方と姫、それに城内の女房たちを尾張に逃してくれ、と申し入れてきた」

「まことか。政親も最後の覚悟を決めたか…。それで受け入れたのか」

「いや、何かの策略かもしれぬ。しかも戦の真っ最中であるからな。一旦話を持ち帰ってきた。向こうが言うには、次郎太のことは噂でよく聞いているらしく、ぜひ護送を引き受けてほしいと言うことじゃった」

それを聞いて本陣の人影がざわめく。

「お前はどう思う」

慶覚が次郎太に意見を聞く。

「確かに、無抵抗の女子供まで殺めることになれば、浄土真宗の評価は地に落ちましょう。ですからそれはぜひとも避けねばなりません。それに、この国の情勢を鑑《かんが》みればこれは決して損な取引ではありませぬ。というのは、もし我らがこの戦で勝っても、朝廷が全国に呼び掛け再び加賀に攻め込んでくれれば、基盤の弱い我々の体制はあえなく瓦解《がかい》しましょう。それを避けるには、都での後ろ盾が必要です。熱田神宮の娘である奥方を送り返せば、熱田神宮と近い関係にある細川政元様は喜びましょう。幕府の有力者で足利将軍と不仲な細川様の後ろ盾を得られれば、慶覚様も富樫政親殿の後に泰高殿を立てやすいというもの。来るべき百姓の国も安泰ですぞ」

富樫泰高は、中央の政治と先の動きまで見通した次郎太の卓見に驚きの表情を浮かべている。慶覚も、うーんとうなった。

「そこまで考えていたか。それは願生殿から聞いたことか」

「いえ、雑賀《さいか》の者たちや忠兵衛様の出入りの人々の話をつなぎ合わせれば、そのように思えまして…」

「確かに次郎太の言うことは道理だ。わしは同意するぞ、のう皆」

河合藤左衛門は周囲に同意を求める。

「どうじゃ皆の衆、すぐにも返事をせねばならぬのだが、この申し出、受けることにしたいが、それでよいか」

慶覚が一同を見回すと拍手が起こり、「よし」と気合のこもった声が広がった。

重大な取引きゆえ、一揆勢の首領格が頭を揃え高尾城に出向くべきではあったが、政親や山川三河守と姻戚関係にある三人の武将は顔を出さぬほうがよいとの判断のもと除かれ、慶覚、願生、河合藤左衛門ほか組頭が、次郎太の先導のもと松明の列を連ね城へと向かった。

松明の列が近づいてくるのを見て、城壁の上の山川三河守は立ち上がった。次郎太と慶覚は門の前で馬から降り、鉤の手の広場の中程に進んだ。次郎太の持つ松明から火の粉が舞い上がり、慶覚と次郎太の顔が暗闇の中に浮かび上がる。

「山川三河守殿、長らくお待たせ申した。先程の貴殿の申し出、我ら、しかと申し受けることにした。それでどのようにされたいのじゃ、話していただこう」

慶覚の声が城壁に響いた。

「お引き受けくださり、この三河守、心より有難く思いますぞ。我らとしては、越中井波の瑞泉寺の勝如尼《しょうにょに》殿に、倶利伽羅の国境まで迎えに出向いてもらったうえで、無事に熱田まで送り届けていただきたいと考えておる。まずはその意を瑞泉寺に伝えて頂きたい」

「何、勝如尼殿に熱田まで送り届けさせる重荷を背負わせると…」

「厚かましい願いじゃが、勝如尼様はおなごの心をよくわかった情け深い方と聞いておるゆえ、無理を承知でお願いしたいのじゃ」

「そこまで言われれば、向こうも断るわけにもいかぬじゃろう。早速、早馬にて瑞泉寺に知らせよう。で、我らが送るのは倶利伽羅峠の国境までじゃな」

「その倶利伽羅峠まで送っていただく護衛の役目を、先ほど話していた次郎太殿にお願いしたいのじゃ」

「次郎太に…」

戦が山場を迎える中、次郎太を戦場から外すのは避けたいと、慶覚は考えていた。

「慶覚様、わしは行きます。越中側に引き渡し次第、馳せ戻りますゆえ」

慶覚は頷き、再び城壁を見上げる。

「分かった。それでおなご衆は幾人くらいになる」

「子供を入れれば、二百人くらいかと」

「何、二百人も…で、出立はいつのおつもりか」

「明日の午の刻(正午前後)、九つに出立したい。これから明後日の亥の刻四つ(午後十時ごろ)まで、我らは戦を止める。慶覚殿の方でもそのようにしていただけぬか」

「わしが今ここで決めるわけにはいかぬ。血気にはやる者たちも多いでな。ともかく何とかして明日の夕方までに森本まで行けるようにしよう」

「やむを得ぬ、そのように決めよう」

「では明日九つに、我らはここにて迎え、お送り申す。それではこれにてご免」

「慶覚殿、無理難題を申したが、本当に礼を申しますぞ。おなご衆をよしなに頼み申す」

そう言い残し、三河守は闇に消えた。

別れの宴

三河守はせかせかとした足取りで二の丸の広間に戻り、政親にしばらく耳打ちしたかと思うと立ち上がった。

「今しがた洲崎慶覚殿と話し合い、奥方様と姫様、それに我ら家臣の女子供、おおよそ二百人を尾張に送り出すことを承知していただいた。明日の午の刻に送り出す。それにあたって、明後日の亥の刻までは一切の戦闘をしないことで話がついた」

広間がどよめく。鎧姿の槻橋弥次郎が立ち上がった。

「奥方様が無事熱田まで行ける保証はあるのか」

「無論じゃ。倶利伽羅までは信用できる兵に護衛してもらい、越中からは瑞泉寺の勝如尼様にお願いする」

「されば、越中から飛騨を越えてゆくのじゃな」

「勝如尼様は慈悲深いお方。引き受けてくだされば行く先々で真宗の門徒が護ってくれるはず」

「真宗と敵対している側のおなご衆を、そのように扱ってくれるものだろうか」

「阿弥陀を信ずる門徒衆には仏の慈悲心が備わっていると、わしは信じたいのじゃ」

政親は顔を上げ、充血した目で槻橋弥次郎を見る。

「心配は皆同じじゃ。爺が言うのじゃから間違いはなかろう。そうしようではないか」

「これで後顧《こうこ》の憂《うれ》いなく戦えるぞ。お家再興のため生き抜く覚悟で戦うのじゃ」

三河守が気合を入れると、「おおー」と決意を込めた声が響く。

「わしの力不足のため、皆に苦労をかけ申し訳ござらぬ。許してくれ…」

政親は立ち上がり深々と頭を下げる。一同は静まり返る。あちこちですすり上げる音が聞こえる。

「さあ、各々《おのおの》方、これより奥方様と姫様とのしばしの別れの宴を行うぞ。腹いっぱい飲んで食べてくだされ。城中の皆にも伝えてくれ」

三河守の明るい声に一同は元気づき動き出した。

二の丸の広間には整然と御膳が並び、主だった武者たちが居並ぶ。大きなろうそくが周りを囲み、明るく照らし出している。

「各々方にはご苦労を懸けた。この至らぬ政親に力を貸してくれ心より礼を申す」

上座に座った政親が深々と頭を下げた。

「今宵は心ゆくまで酒を酌み交わしてくれ」

広間は水を打ったように静まり、皆、息をのんで政親を見上げる。

「さあ、宴を始めましょう」

三河守が手を鳴らし、我に返った一同が盃をとる。政親は一口口に含むと座を立って、広間から奥の奥方の部屋に向かい、襖を開けた。

「奥はおるか」

「今、瞳姫と広間の方にうかがおうと」

奥方は笑みを浮かべことさら明るく振る舞う。政親にはその心中が痛々しい。

「戦の疲れを癒やすための酒盛りじゃ」

「それはさぞ皆様も喜んでおいででしょう」

広間から笑い声が聞こえる。城内にたむろする兵たちもかがり火に照らされ戦勝の宴のように酒盛りをしている。鎧姿の政親はやにわに奥方の前に座り、顔をじっと見つめた。

「今宵は一段と美しゅう見えるのう」

「あら、いつにないことを…恥ずかしゅうございますわ」

奥方が大きな瞳を見開き、﨟長《ろうた》けた白い頬を紅に染め政親を見上げる。政親は目に光るものを浮かばせながら切り出した。

「奥よ、よく聞いてくれ。明日、午《うま》の刻に姫を連れ、女房衆と城を出るのじゃ。そこからは越中を抜け尾張に向かう。手配はできておる」

「えっ、尾張に…どういうことで…」

「わしは奴らを甘く見ていた。まさか姻戚に当たる領主らまでがわしを裏切り百姓方につくとは…見ての通り一揆軍は見渡す限り地を埋め尽くしておる。我らは援軍も途絶え孤立無援となった。この戦は先が見えておる、奥と姫は家臣の女子供たちと熱田に赴き、生きながらえてくれ。わしらはここで戦い抜く」

「何を申されます。この身は殿に捧げた身。共に死ぬる覚悟でございます」

「わしは必ずや越前に逃れ再興を図る。もしそれが叶わぬとなった時は、そなたは京にて出家しわが菩提を弔ってくれ。それが妻としてなすべきこと」

「わらわは、殿と共にこの地で自害いたします。許してくだされ」

「いや、ならぬ。まだ若い姫を死出の旅に供させるわけにはいかぬ」

「……」

政親は声を殺して泣く奥方を強く抱きしめる。燭台の灯りに二人の影がゆらめく。

「わしのわがままを許せ。せめて奥と姫はわしの分まで生きてくれ」

その様子を、瞳姫は襖の隙間から涙を流しながら見ていた。

政親は奥方からゆっくりと手を離し、

「瞳、いるのか。ここに来てくれるか」

と闇に向け声を掛ける。

瞳が襖を開け無言のまま入ってくる。

「そこの短冊と筆を持って参れ」

衣擦れの音をさせ、瞳姫が床脇《とこわき》の棚の上にある箱を政親の前に置く。瞳は面長の白い顔に大きな目を見開き父と母の顔を見続ける。

「今更何をまじまじと見ておる…」

政親はかすかな笑みを浮かべるも、すぐに真顔に戻った。

「今の話、聞いたであろう。越中まで送ってもらうよう敵の大将の慶覚殿と話が付いておる。慶覚殿の側近の若者が送っていってくれる。信用できる男じゃ」

政親は立ち上がり、床脇に置かれた琵琶と笛を奥方と姫の前に置いた。

「これはわしの形見として持ってまいれ」

奥方は手に取り、いとおしむように優しくなで、じっと見入った。
政親は黙したまま筆を執り短冊に筆を運ぶ。

秋風の
露の草葉を吹きわけて
同じく消えぬ
身を如何にせん

奥方は涙で潤んだ瞳を大きく見開いて何度か読み返し、政親の差し出す筆を受け短冊にさらさらと書き始める。

神懸けて
末の世契る梓弓
引留べき
袖にあらねば

奥方は無言で短冊を政親に差し出す。何度も読み返す政親の目に涙が光る。

広間からは人々のざわめきが聞こえてくる。

「今生の別れになるやも知れぬ宴じゃ。家来たちに奥方からねぎらいの声を掛けてやってくれぬか。瞳も一緒に広間に」

政親は二人を促し広間に向かう。

燭台の灯りで昼間のように明るいが、広間にはどこかしんみりとした空気が漂っていた。

地獄のような戦で生死の境をさまよった侍たちは、女房子供達との別れとなる宴に臨んで涙を浮かべていた。そんな中でも三河守は、家臣たちに酒を注ぎながら一人一人をねぎらって回った。

「爺、皆は楽しんでおるか」

「おお殿、お見えでしたか。奥方様に姫様も」

三河守は立ち上がり声を張り上げる。

「皆の者、殿に奥方様、姫様もお見えじゃ」

一同は着飾った奥方と姫の姿にどよめき、席を立っていた者も己が座に戻る。

「長い年月よく仕えてくだされた。礼を申すぞ。このたびの戦いでは多くの者を亡くしました。なんと申してよいか…」

奥方が声を詰まらせ袖をぬぐう様子に、三河守が、

「我らは先代から大恩ある殿に惚れ込んで仕える身じゃ。家臣郎党、喜んで命を捧げる所存。皆もそうであろう」

と語気を強めると、

「そうじゃ、殿と奥方のためならこの命、惜しゅうはないわ」

と声がわき上がる。

この日ばかりは、政親は家臣たちにねぎらいの言葉を掛けながら、酒を勧めて回った。奥方も煌びやかな打ち掛け裾の衣擦れの音とかぐわしい香りを振りまきながら御酒を勧め、家臣たちは感涙にむせぶ。酒宴は城内のあちこちに広がり、歌や踊りの声が夜空に響いた。下弦の月はただ静かにその姿を見下ろしていた。


大手門前に置かれた一揆方の陣で、次郎太は鎧を脱ぎ黒装束の忍びの姿で腕を組み高尾城を見上げている。黒い山並みを背景に、長く広がった城は燃え上がるように浮かび上がり、今更のようにその大きさが迫ってくる。城内からはこれで最後となるかもしれぬ宴の声が聞こえ、次郎太は人の世の哀れと虚しさを感じるとともに、一途な想いを寄せてくる瞳姫の眼差しを思い出した。

前線の陣では先ほどまで、総大将の慶覚と河合藤左衛門を中心に願生に富樫泰高、鏑木徳喜、浅田源左衛門ら十数人で城攻めの談合が行なわれていた。大手門やその他の門は落としたものの、そこは堅固な高尾城のこと。政親方は女子供を城から送り出した後で、背水の陣で死力を尽くして挑んでくるに違いなく、味方には多大の戦死者が予想され、話し合いは難航した。

高尾城は白山から連なる山地が加賀平野と向き合う末端に位置し、南北約3キロに連なる広大な山城である。城郭群は前衛の山の平野に面した斜面に築かれ、その背後には尾根が連なり天然の巨大な土塁の役割を果たしていた。尾根の裏手は深い谷が刻まれ、急斜面は来る者を寄せ付けなかった。谷の山肌は木が切り倒され土がむき出しとなっていて、身を隠すところもない。

願生の作戦は、誰も攻めてくるとは思っていない、その裏手の谷から攻撃を仕掛けるというものだった。城の北側、山科から伏見川の谷を遡上し、城の背後の谷の斜面を上り詰め尾根を越して攻め込む。もう一つは、城の南の額口から裏の沢を遡《さかのぼ》り、そこから斜面を上り尾根を越えて背後から襲いかかる作戦であった。しかし谷の斜面を上がる時に丸太や岩を投げ落とされれば全滅は免れない。

願生は次郎太に、何か良い方法はないかと問いかけた。

次郎太は、今、政親方に紛れ込んでいる我らの仲間に呼びかけ、城裏の守りの兵にまじりながら援護してもらうということを考えていた。その連絡のために、今夜、次郎太と権次、それから城内を熟知した作次郎が城に忍び込むことになった。

次郎太の後ろで権次と作次郎が高尾城を見上げている。権次がつぶやく。

「次郎太、まだまだ宴は終わらぬようじゃ、あれくらい明るければこの姿では露見してしまう…どうしたものかのう」

「作次郎はどう思う」

「この黒装束でもあの明るさでは、与一と五平に会うのは難しい。そうじゃ、相手方の兵になりすますというのはどうか。政親の兵の死体から剥ぎ取った印入りの小袖を着て行けば、見つからずにすむかも…」

「敵兵の血なまぐさいやつを着るのか。何やら気持ちが悪いのう」

「権次、でかい身体をして気の小さい事を言うな」

次郎太は笑い、丑《うし》の刻(午前二時ごろ)作戦開始と決めた。

富樫の兵に身をやつした次郎太ら三人は、山科から伏見川をさかのぼり、本丸の裏手に位置する深い谷を進んだ。大きく枝をのばした枝に鉤縄《かぎなわ》をからませ、縄を伝って対岸に渡る。生い茂った雑木を抜けると、急峻なむき出しの山肌が尾根の頂きまで続いている。

「次郎太、これは手強い斜面じゃ」

権次が低い声で唸る。

「静かに。今、岩や丸太を落とされたらひとたまりもないわ」

尾根の上に見張りの兵の松明が数本うごめいている。

三人は竹のくいを赤茶けた谷の斜面に突き刺しながら、斜面を登り切り、見張りの兵が遠ざかった隙に尾根を越えた。

城郭の中では至る所で兵たちが焚き火を囲んで飲み騒ぎ、酔い潰れる者も多く見られた。それらに混じって泥酔した振りの三人が、酒盛りで賑わう間を抜け、与一らがたむろする二の丸の門の方に進んでいった。

与一と五平はすでに酔いつぶれ、一団の中で肩を寄せ合い眠っていた。作次郎は目ざとく与一を見つけ、その背にもたれ掛かった。

「ええい、酒はもう要らぬわ」

与一は物憂げに振り払う。その耳元に、

「与一、わしじゃ、作次郎じゃ」

「…なにい、作…本当に」

「そうじゃ、しっかりせい、わしじゃ」

一気に酔いの覚めた与一は作次郎に導かれ石段の影で次郎太、権次と合流した。次郎太が与一に問いただす。

「おそらく明後日には総攻めになる。この城内に我らの息のかかった者は何人くらいおる」

「二百人くらいはおるが、それが…」

「今ついている持ち場から離れることは無理か」

「離れれば組頭から焼を入れられる。下手をすれば斬り殺される」

「あの城の裏の谷の持ち場には仲間は何人くらいおるか」

「二、三十人くらいかと」

「三日後の未明、作次郎を頭に裏の谷を攻め上げるから、上から手助けを頼む。城内に潜入している味方側の百姓衆には、皆立ち上がって我らに力を貸すよう伝えてくれ。また、政親に雇われた百姓衆には、〝ここで我らのために戦わねば戦が終わった後で肩身の狭い思いをするぞ〟と、口づてに伝えてくれるか」

「ほとんどの雇われ百姓兵は、金や米のためにと来たものばかりじゃが…それでも大手を振って村に帰れるのか」

「当たり前じゃ。最後は城の内側にいる者の力を借りなければ勝てんのだ。心配するな。わしが保証する」

「次郎太様がそう言うなら間違いはないわなあ、作次郎」

「心配するな。それとこの事は久造親方にも必ず伝えてくれ」

「分かった」

「それで決まった。間違いなく頼むぞ。わしらは戦のさなかに、〝百姓の同胞よ、我らの側に立ってくれ〟と声を上げるから、それを合図に戦いを止めて、皆して安全なところに集まって身を守るように。間違いなく伝えるのじゃぞ。忘れるな」

次郎太は念を押し、三人はそのまま音もなく闇の中に消える。

星空の下、一人残された与一は「勝利は我らに！」と、大声で叫びたい衝動に駆られていた。かがり火で埋め尽くされた下界をゆっくりと見渡しながら、与一は一揆勢の勝利をありありと思い描いていた。

奥方一行、尾張へ

晴れ渡った中天に陽が輝き、せわし気な蝉の声が高尾城を包んでいる。すでに焼け落ちた大手の門、そこに架かる橋の外の広場で、一揆軍は隊を組みなおし整然と居並んでいる。総大将の慶覚と河合藤左衛門、その横には奥方ら一行を護衛する役目を担った次郎太と二十人の山の内衆が馬を引き連れ控えている。

やがて二の丸門が軋みながら開くと、中から政親の近習の武士団が現れ、大手門から板橋を渡って城外に出てきて、慶覚らを背にして一列に居並んだ。政親の兵は、二の丸門から大手門、板橋、広場まで、奥方が出てくる道を作るように両側に整然と並んだ。二の丸門の内側で出立の声がかかり、鎧兜姿の富樫政親と山川三河守を先頭に、奥方の輿と姫の輿、その後ろに旅姿の女に交じって幼子を連れた列が、ところどころ血の色に染まった砂利を踏み鳴らしながら大手門に向かった。列は焼け崩れた大手門を出て橋を渡り、広場の隅で止まった。近習の武士団は片膝立ちになって主人を迎える。

そこへ慶覚と河合藤左衛門が進み出る。次郎太は馬を引きその後に続く。山の内衆の騎馬隊と徒歩組の五十人が隊列を組む動きを見せると、政親の近習の武士団の間に緊張が走った。政親の後ろで奥方と姫の輿《こし》が下ろされ、奥方と姫が出てくると、その美しさにどよめきが起こる。奥方と姫がきらびやかに着飾った姿は、まるで輿入れのように華やかで、落ちゆく者の道行きとは思えぬ気品が漂っていた。政親と三河守も敗色濃い武将には見えず、それどころか広場の傾斜の高みに立って、敵将を見下ろす風情であった。

瞳姫は鎧姿の若武者と視線が合う。

「ああ、次郎太様」

思わず発せられた娘の小さな声に政親は振り向き、先日の三河守の話を思い出した。

「あれが次郎太と申す者か。瞳、お前はあの者を知っておったのか」

「……」

脇で三河守が

「おお、あの者が次郎太か。敵ながら見事な武者姿じゃ」

と独りつぶやく。

「何故、あの者を知っておったのじゃ」

政親は重ねて問いただす。

「……」

黙ったままの娘を助けるように奥方が言葉を挟む。

「あの…昨年、清沢の祭りを見に参った折に、忠兵衛の店で会ったような…」

「そうか」

政親は頷き、目を転じると次郎太と視線が合い思わずたじろいだ。が、その瞳の奥に政親が見たのは敵意どころかかえって人を惹きつける不思議な力であった。

「あの者であれば安心して奥と姫を預けられるかな」

政親はごくりと生唾を飲んだ。

「左様で、わしもあの者にどこかで会ったような。孫の碧が言っていたことは本当であったか…」

「何を申しておった」

「いや…今は無事送り出すことが肝要かと」


なにやら延々と話し込んでいる政親らの様子に、引き受ける側はいら立ちを見せ始める。やがて慶覚が踏み出した。

「三河守殿、いかがなされた。夕刻までに森本の宿場に送り届けたいのじゃが」

「これは失礼いたした。じゃが殿にとっても永の別れとなる。その思い察してもらえまいか」

政親は娘との別れそのものよりも、心を尽くして育てた娘が百姓兵たちの若頭に心奪われていることに衝撃を受けていた。政親は自らの全てを否定されたような怒りと悲しみに、顔を真っ赤にして息を荒げる。

「殿、落ち着いてくだされ。今生の別れゆえ、お心をお静めくだされ」

奥方は心配そうに政親を見上げる。

「これよりは慶覚殿にお任せいたしましょう」

早く事を進めようとする三河守の注進に、政親は無理矢理心を静め無言で頷く。

「姫様、殿とは今生の別れとなるやもしれませぬ…殿に何か」

三河守に告げられ、瞳姫は我に返り父を見上げた。かわいがってくれた様々な思い出が駆け巡り涙があふれ、幼子のように父の懐に抱き込まれた。

「慶覚殿、時をとらせ申し訳ない。奥方やおなご衆をよろしくお願いしますぞ。このたびの件、この三河守、心よりお礼申し上げますぞ」

「そちらの望み通り、清沢の次郎太とその配下に一行を守らせ、国境の倶利伽羅峠までお送りいたします。瑞泉寺の蓮乗様と勝如尼様には早馬にて文を送り届け、倶利伽羅までお出迎えくださるよう計らってある。安心してくだされ」

三河守は丁重に礼を述べ、

「殿、お別れの時です。ささ、奥方様も姫様も輿に」

と促す。

「達者で過ごせよ」

政親は抱きかかえるように姫を輿に乗せる。奥方も輿から政親を見上げる。

「貴方様も…」

後は言葉にならず、涙のあふれる目で政親を見つめ続ける。

三河守が輿に近づき、片膝つく。

「御免、御達者で」

輿の御簾が静かに下ろされ、政親方の男たちは全て城に引き上げる。

広場には輿と二百人の女たちの列が残された。次郎太が片手を上げ左右に振ると、徒歩組の兵が女たちの列の左右を固め、先頭としんがりには騎馬隊がついた。

「出立じゃ」

先頭の馬にまたがった次郎太が号令をかけると、騎馬隊が、続いて輿が動き出した。列は一揆勢の兵の間を抜け里の街道に下っていく。

野々市の大乗寺前の街道筋は、守護富樫政親の奥方一行が来るとの噂が広がり、町衆や一揆軍の兵たちで埋め尽くされた。その中を次郎太ら騎馬隊が道を分ける。一行が大乗寺の山門に近づいてきた。門の脇の人だかりの中に、結と碧の姿も見える。門の前に奥方の輿が置かれ、菅生願生が近づき声を掛けると、御簾《みす》が上げられた。奥方の顔が見えると、集まった群衆の中からため息が漏れ、念仏の声とともに憐れむ声も聞かれた。

その時、碧が人込みを分け輿に駆け寄った。

「瞳姫様」

その声に御簾が上がり、白く美しい姫の顔があらわれた。碧が手を差し出すと、姫はきゃしゃな手を出し、ふたりはしっかりと手を握り、しばし無言のまま涙にくれた。いつの間にか碧の後ろに結が立っていた。瞳姫は結に気づきそっと頭を下げる。

「出立いたすぞ」

鉄次の声が響き、すすり泣きと念仏の声に送られ輿が動き出す。碧は手を握ったまま列についていったがやがて離し、その場に立ち尽くす。瞳の手が名残惜しそうに別れを告げ人込みの中に消えていった。

一行は犀川と浅野川を渡り、大衆免《だいじゅめ》の道場に立ち寄って小休止し、柳橋の茶店を過ぎ森本の旅籠に着いたのは夕暮れ時で、この日はこの宿で泊まることになった。

女房衆は旅姿のまま口数も少なく、沈んだ面持ちで広間を埋め尽くした。夕闇迫る中、下女たちが持ち込んだ行燈がぼんやりと広間を照らし出す。鎧姿の次郎太が太刀を手に広間に入ってきて一行を見渡す。奥のほうでは奥方と姫が、武術を心得た侍女たちに囲まれ座っている。次郎太は奥方の前で片膝を立てて控える。

「奥方様や皆様には心労でお疲れかと存じますが、我らがお守りいたしますゆえ、ご安心を」

笑みを浮かべる次郎太に、一同ホッと顔を見合わせる。

「次郎太様には本当にお世話になり、ありがたく存じます」

奥方が深々と頭を下げるその横で、瞳姫が食い入るように次郎太を見つめている。その熱い視線に、次郎太は慌てて視線を逸らす。

「しばらくお待ちくだされ。形ばかりの夜食を用意しております。明日は倶利伽羅峠でお迎えの方と会う手はずになっております。今夜はゆっくりとお休みください」

亥の刻(午後十時)過ぎ、次郎太が宿の離れの開け放たれた縁側で床几に腰を下ろし夜空を見上げている。明るく照らし出されている南の方は高尾城の方角にあたる。次郎太は奥方と姫の寝所を守るため、目だけを閉じ腕を組み、神経を研ぎ澄ませて座ったまま夜を過ごす。

夜風がさわやかに肌をなでる。蛙の鳴き声も少しおさまり、広間の女房衆も寝込んだようだ。宿の賄い場からは、まだ下女たちの働く声が聞こえてくる。

奥方が寝付けぬまま眼を開けると、簾戸《すど》の向こうに次郎太の影が見えた。隣で伏している瞳姫の寝息が途切れたかと思うと、かすかな衣擦れの音と共に、音もなく蚊帳が揺らぎ、月の光の中に打掛一枚をまとった姫が立つのが見えた。

次郎太は背後に気配を感じながら、座ったまま動かずにいたが、次の瞬間、ふわりと打掛の裾が体を包んだかと思うと、若い娘の香りと共にほの温かい滑らかな肉体がまとわりついた。頬と頬が触れ、温かな吐息が迫ってくる。

二つの影は重なったまま、音もなく動かない。奥方は闇の中で目を見開き、息を殺してその影を見つめた。そして再び、己が婚礼の前日、許されぬ恋に我が身をささげ燃えたあの時の感情がわき起こり、全身に熱い血が駆け巡った。わが娘もあの時のような気持ちなのであろうか。できるなら想い人に連れ去って行ってほしい、と娘にあの日の我が思いを重ねた。

姫は黙したまま、ひしと後ろから次郎太の首に腕を巻き付ける。甘い香りと熱い吐息が次郎太を包む。次郎太は座したまま、心の中で葛藤していた。自分を慕う気持ちはよくわかっている。落魄《らくはく》の身の姫を慰めたい気持ちもある。いとしさに抱き締めてやりたい衝動にかられるが、指一本触れられぬ己が現在の立場に、ただ身を固く黙するほかなかった。

耳元で姫があえぐようにささやく。

「抱いてくだされ」

次郎太は、体の奥底から燃えるような血が沸き上がるのを感じたが、

「姫様、なりませぬ」

とだけ答え、こぶしを固く握りしめる。

「わたしはもう姫ではありませぬ。この望み、一度だけ聞き入れてくだされ」

燃えるような頬を摺り寄せ、姫はひしと次郎太にすがりつく。しかし次郎太は、大仕事の完成を目前に己が感情に振り回されるわけにはいかぬ、と、身じろぎしない。懇願する姫を哀れに思い、胸は苦しく涙が頬を伝う。

どれほど時がたったのか、闇の奥から、

「瞳はどこじゃ」

と奥方の声がした。次郎太はそっと姫の手を解き、

「御免」

と耳元に小さく告げ、音もなく母屋の方へ消える。その先を見つめる瞳姫の目から一筋の涙が伝い、ほの白い月の光にキラリと光る。

「ああ、そこにいたのか。眠れぬのか」

奥方は、何食わぬ顔で縁にたたずむ姫の後ろに近づく。

「あの空が明るくなっているあたりが城のようじゃな。今頃殿はいかがなされておるやら」

と姫の肩に手を置き、

「戦が憎い」

ポツリと漏らした。いまだ耳を離れぬ、家臣と家族の悲痛な別れの声。一方、瞳姫もつい今しがた捨て身の行動をとった自分自身に、胸の鼓動が止まらない。それぞれの思いを秘めて立ち尽くす母娘に、月は柔らかな光を投げかけていた。

倶利伽羅の別れ

姫に思いを告げられ、次郎太は激しく混乱していた。廊下を抜け縁から素足のまま庭を抜け、街道の真ん中に出ると、まるで邪気を払うかのように真っ暗な道を全力で駆けだした。がむしゃらに風を切り、息が上がって足が止まりそうになった時、南の百坂《ももさか》あたりから数十騎の蹄の音が聞こえてきた。前方を注視すると騎馬隊の影がこちらに向かってくる。次郎太は我に返ってあわてて街道を駆け戻ると、宿の前でかがり火を囲んでいる兵たちに向かって命じた。

「何者か分からぬが騎馬隊が近づいてくる。皆、持ち場につけ」

仮眠していた兵も慌てて起き上がり、数十人が整列する。

「次郎太様、何者で？」

組頭の男が問う。

「分からぬ。が、政親方ではあるまい。とすると我らの側か、何かあったのだろうか」

やがて騎馬団が到着した。

「次郎太はおるか」

「おお、その声は五郎か。どうしたのじゃ」

「慶覚様の命令で、足腰の弱い女子供は馬にお乗せするようにと、護衛の徒組《かちぐみ》に替わって我ら騎馬隊三十騎が奥方様一行をお送りすることになった」

「国境に早く送り、急ぎ戻れというのじゃな」

「おお、年老いた者や足腰の弱った者がいると、峠越えはままならぬからな。その者らは馬に乗せて運ぶようにと。あと、送り終えたなら、次郎太らは急ぎ馬にて本陣に戻るようにとのことじゃ」

「分かった。誰か徒《かち》の者たちに、急ぎ高尾に戻るよう告げよ。わしは奥方に知らせてくる」

この時点で約半分の徒組が本陣に戻ることになった。

次郎太らが宿を発ったのは、東の医王の山並みが白く浮かび上がる頃だった。次郎太はおなご衆の長い列の先頭にいて、井上の荘の京の二条家の大きな館の前を通り過ぎる。館の門扉は固く閉じられ、人影は見えないものの、館内からは多くの視線が感じられた。京の二条家から派遣されている代官がこの列が何の列かに気付けば、富樫政親の敗北が近いことが知られ、その情報は数日後には京の二条家にも届けられるであろう。そうなれば朝廷や都の公家、社寺はどのような動きに出るであろうか。次郎太の脳裏に一抹の不安がよぎる。

つい先日、上杉・畠山の軍勢と戦った竹橋《たけのはし》の葦原は、早くも自然が争いの痕跡を覆い隠し始めていたが、草いきれの中に混じったかすかな血のにおいが鼻を突いた。

畠山との戦いで相手の馬約五十頭を確保し、近くの村に預けてあったのを加え、全部で八十あまりの馬すべてに女子《おなご》衆を乗せ、次郎太を先頭に兵たちがたずなをとり山間の道を峠に向かった。物珍しさに集まった村人たちは畑仕事の手を止め行列を見送った。

奥方は馬に揺られながら、谷間の田畑や家々から立ち上る煙を見て、これが長年住み慣れた国の見納めかと涙する。馬を引く次郎太の横顔に、殿を死に追いやる者と知りながら、なぜか恨む気持ちが起きない。そして昨夜の出来事を思い出し、一途な情熱を燃やすことのできる娘の若さをうらやましく思いながら、後ろに目をやれば、雑賀の五郎に引かれた馬の上から、娘瞳は燃えるような目で次郎太を見つめている。

見晴らしの良い山道の中腹あたりで小休止となり、次郎太は奥方を馬から下ろした。

「あなた方に無事に送っていただいたこと、わらわは生涯忘れませぬ。それで、お願いなのですが、これから峠まで、次郎太殿は娘の馬を引いてくだされぬか」

「瞳様のですか」

「ええ、お願いです」

「…わかりました」

次郎太は五郎に入れ替わるよう耳打ちし、松の根方で休んでいる瞳姫に近づいた。

「姫様、これからわしの馬に乗ってくだされ」

瞳姫は一瞬驚いたが、すぐに満面の笑みを浮かべて頷いた。

雲も晴れ、夏のような陽射しが新緑の木陰からキラキラと漏れてくる。姫は馬上で揺られ、手綱を持つ次郎太のたくましい姿を目に焼き付けていた。

「もうすぐ峠か」

次郎太が独り言のようにつぶやく。

「もう倶利伽羅の峠ですか。ここでお別れなのですか」

「瑞泉寺の方が来ているはず。ああ、人影が見えますぞ」

指さす方に大勢の人影が見えた。姫は母を振り返る。

「もうすぐ峠です」

奥方は慣れぬ馬のせいか、無言のままぐったりとうなだれている。

「母上、大丈夫ですか。次郎太様、馬を止めてくだされ」

「いいえ、大丈夫ですよ。このままお迎えの方の所まで行ってくだされ」

奥方は苦しそうに身を起こし
「もう少し…」

と自らを励ます。

峠には越中の福光《ふくみつ》から出迎えに百姓衆が登って来ていた。そこから数人の子供が「次郎太様じゃあー」と叫びながら坂道を駆け下りてきた。その中にはかつて福光城主との戦いで瑞泉寺に逃れた避難民の子供もいた。

「うわー、きれいなお姫様じゃ。次郎太様のお嫁様かいな。花嫁様がお通りじゃぞ」

はやし立てる子供たちを見回し、

「本当に次郎太様の花嫁様なら良いのにのう」

と瞳姫は寂しく笑いながら次郎太を見下ろす。次郎太は素知らぬふりで子供らを制しながら進む。まもなく一行は峠にたどり着いた。

百人近い門徒の中から小柄な尼僧・勝如尼が歩み出た。

「足元の悪い山道をようこそ。次郎太様もご苦労様でした」

よく通る声で一行を迎え、

「ああ、何とお美しい姫様じゃ…それに奥方様も」

と、思わずため息を漏らす。

姫は馬から下りようとして、倒れかかるようにして次郎太に受け止められる。つややかな小袖の裾が谷から吹き上げる風に巻き上げられ、パーッと花が咲いたようになり、百姓衆からどよめきが起きる。

次郎太は、続けて抱きかかえるようにして血の気の引いた奥方を馬から下ろし、道ばたに休ませた。

「ありがとうございます」

「少しお休みになれば、疲れもとれるかと」

「本当にお優しい」

奥方は次郎太を見上げる。

「仇《かたき》であっても、あなた様を憎むことはできません。どんなに恐ろしい方かと思っていましたのに、昨日今日と何とお礼を申して良いやら」

そこへ勝如尼と井波の町衆である大工の職人衆が歩み出てきて奥方に頭を下げた。その中には、瑞泉寺の戦いを勝利に導いた町衆の一人松三の姿もあった。次郎太は奥方に、「これから送っていただく方々です」と紹介し、その場を五郎に任せると、自分は物見のために峠の頂きに駆けていった。

峠の頂に出ると空にはいつの間にか雲が湧き、吹き上げる風が木々のこずえを揺らした。次郎太は遮るもののない頂から越中側を見下ろした。ふと、風の中にほのかな香のかおりが混じった。遠くから次郎太の姿を見つけた瞳姫が、女たちの集団を抜け、小袖を翻して急坂を登ってきたのだ。次郎太が振り返ると、すでに瞳姫は次郎太から二間ほど離れたところで、大きな瞳の奥に哀しみの色を漂わせてじっと見上げていた。

「どうなされた姫様」

瞳は息を弾ませながら無言のまま次郎太に近づき、あふれる涙をとどめようともせずひしと抱きついた。突然のことに次郎太はあいまいに両の手を姫の背に回した。

「次郎太様と、これで今生のお別れかと思うと…」

瞳は涙声で告げた。

「瞳は貴方様を初めて見た時から、毎日貴方様のことを想い続けました。こんな苦しい想いをしたのは初めてです」

「申し訳ない、わしには…」

「分かっております。貴方様には立派な結様がいらっしゃいますものね」

「姫様とわしとでは生きる世界が違います。仇同士ではありませぬか…」

「瞳はそんな事は思っておりませぬ。心から慕っているお方なら、どんな身分の方であれかまいませぬ…親を捨てろと申すならば親をも捨てます」

「なんと申される。許して下され…わしには成さねばならないことがあるのです」

「それはどんな」

「この生き地獄の娑婆で苦しんでいる多くの民百姓が、安心して生きていける、戦のない安楽の国を造る。わしはそのためにこの身を捧げるつもりです」

「本当にそんな夢のような国が出来るのでしょうか」

「わしは、出来ると信じている。この現世を人が人らしく生きられる安楽の国に作り変えるのです」

「そのために父と戦うことになったのですか」

「……」

「父はこれまで、将軍や朝廷から言われるままに戦をし、多くの人を殺してきました。何が正しいのか私には分かりませんが、なにやら今の次郎太様の話は分かるような気がします」

「姫様とはこの峠でお別れです。どうかお体を大切に。お幸せになってくだされ」

足元の林から姫を呼ぶ侍女の甲高い声がする。

「次郎太様、最後に一つだけお願いです。今生の別れにどうか強く抱きしめてくだされ」

「……」

次郎太は思い切ったように、瞳を抱きすくめた。二人はじっと見つめ合い、唇を重ねる。熱い血が全身を駆け巡る。瞳は次郎太の首に腕を巻き付け、目を閉じ息も止まらんばかりの夢心地に身をゆだねた。

「姫様、姫様」

茂みから声が響き、次郎太はゆっくりと身を離して「御免」とわき上がる霧の中に消えた。

一人残された瞳姫は吹き上げる風の中に立ち尽くした。固く閉じた目に涙がにじんだ。

「姫様、いかがなされました」

侍女の声に姫は我に返る。

「姫様のお姿が見えなくなり、お探ししたのです。どなたかとご一緒のようでしたが」

「いや一人じゃ。ここから高尾城が見えるかと思ってな…。もう二度と見ることはあるまいと…」

もう一人の侍女が息を弾ませ登ってきた。

「越中よりの迎えの者が多勢待っております。姫様早くお願いします」

峠の広場はすでに人馬で埋め尽くされていた。奥方と姫は馬に乗り、松三のかけ声で女子供の長い列が峠を下っていった。

総攻めへ

野々市の大乗寺の山門に、次郎太を先頭に騎馬団が駆け込んできた。

「結様、次郎太様がお帰りになりました」

賄い場に野袴姿の碧が駆け込んできた。

「今行きます」

結は思わず笑みを浮かべたが、竈《かまど》の煙に巻かれ、手にした布で目をぬぐう。

「ああ、結様、その顔は。すすで真っ黒」

碧が思わず笑う。結は慌てて水桶の水でさっと顔を洗い、本堂の方に駆けてゆく。

「おかえりなさい」

本堂で出迎えの鉄次らと話していた次郎太は、結の声に振り返る。

「おお、今帰った…結、何じゃその顔は」

「きれいな顔が台無しじゃ」

次郎太は腰にした布で結の顔を拭おうとするが、結は笑いながら両の手で顔を隠す。次郎太は結の手をどかし、布で汚れを拭き取ろうとするがすすはきれいにとれない。

「顔を洗ってくるとよい」

結は慌てて駆け戻っていく。

本堂の上り口に慶覚が現れた。

「おお、帰ってきたか。無事、井波の衆に渡してくれたか」

「はい、無事に」

「ご苦労じゃった。皆腹ごしらえをして、次郎太は早々に本堂に来てくれ」

慶覚は笑みを浮かべ本堂の奥に消える。

本堂には城攻めの前線から戻った主だった者たちが詰めかけている。そこへ次郎太と権次、鉄次が戸口近くに腰を下ろす。

「次郎太。お前もここに来てくれ」

慶覚が声を掛ける。

「わしがですか」

「お前たち若者が先頭に立って戦ったことが、戦局を有利に導いた。これから厳しい城攻めとなる。全員総掛かりの戦じゃ。政親勢が死にものぐるいで向かって来るのは間違いない。しかしこの戦に勝利すれば、いよいよお前たちの時代が来る。よく心してくれ」

本堂を埋め尽くした人々を分けて、武者姿の次郎太が慶覚の後ろに回り腰を下ろす。

清沢の忠兵衛は目を細めて娘婿の次郎太を見る。

「婿殿は立派な武者振りでございますな」

隣に座った本吉(現在の白山市美川地区)の正五郎が声を掛けた。

「おかげさまで、我らには過ぎたる婿殿ですわ」

二人と視線が合った次郎太はぺこりと頭を下げ、白い歯を見せ笑う。

「笑うと子供っぽいところが、また良いのう」

正五郎が忠兵衛の耳元でささやく。

慶覚と願生は座を少しずらし、次郎太に前に出るよう促す。次郎太はにじり出て深々と頭を下げた。慶覚が立ち上がって一同を見回す。

「明日は何としても高尾城を攻め落とし、戦を終わらせる。全力で勝利するのじゃ」

ワッと喚声が響き渡る。慶覚は静まるのを待って続けた。

「明日は早朝から大手門と山科、額の門から同時に攻めあげる。前面の全ての城壁からも同時に攻め上げる、政親勢には足利将軍の旗本として名を馳せた精鋭部隊がおる、しかし政親勢の中には我らの同朋が数多く潜んでいる。武器を手に向かって来る者には容赦せんでよいが、同朋は殺すでないぞ。そして敵兵に向かって『これからは百姓の世が来る。我らに味方するものは武器を捨てて逃げろ』と呼びかけ続けるのじゃ。無駄に人を殺してはならぬぞ。分かり申したか皆の衆」

その時、中程に腰を下ろしていた江沼郡の頭が立ち上がった。

「難攻不落とうたわれた高尾城では、いまだ四万の兵が守りを固めている。いくら我らが多勢でも、狭い城内では戦いは五分じゃ。攻める側にも多くの犠牲者が出るのでは…」

「今、頭の方が言われた通り、敵の守りは依然堅い。じゃが、先ほど言ったように、城中の兵や人足の多くは我が方と示し合わせていて、時が来たら我らの側について立ち上がってくれることになっているのじゃ。それともう一つ、政親勢を壊滅させる手立てがある。それは次郎太ら山の内衆の精鋭が命を賭けて成し遂げてくれる」

「分かった。成功を祈りますぞ」

「皆の衆も命を無駄にするでないぞ。必ずここでまた会おう」

「分かり申した」

「さあ、皆の衆。この地に安楽の国を創るのじゃ。いざ、出陣じゃー」

「おおー」と喚声が湧き上がる。いつの間にか次郎太の後ろに凛々しくいで立ちを整えた山の内衆の精鋭が集まっていた。本堂を埋め尽くした武者たちは全員立ち上がって道を開ける。次郎太を先頭に十人衆が足早に本堂から出て行くと、境内全体から一層大きな喚声が湧き上がった。街道筋は押しかけた町衆や近在から集まった老若男女で埋めつくされている。

「次郎太様、みなさん。無事を祈っています」

「作次郎、無事で帰って来てー」

結と碧の声援を受け、次郎太らは街道筋を高尾城に向かう。晴れ上がった午後の陽は傾き、高尾城に向かう隊列が、野を埋め尽くした一揆軍の兵の中を進む。その背を蝉時雨が追いかけて行った。


夜明け近い高尾城の本丸の物見の櫓。一番鶏の鳴く声がし、山の稜線がかすかに白く浮かび上がる。富樫政親と山川三河守はじめ武将たちは、城を取り巻く十数万の一揆勢を見下ろしている。平野には薄暗がりの中、一面にかがり火と無数ののぼり旗が広がり、静けさの中で魔物がうごめくような気配が漂う。どこからともなく血や屍の何とも言えぬ嫌な臭いが吹き上げてくる。

足元の外濠は一揆兵で埋め尽くされ、城壁は崩され、山科口、額口、大手、いずれの門も焼け落ち、今や戦いは山科口と額口の内側の二の門、大手門内側の鉤の手や二の丸の門にまで迫ってきていた。

「殿、あれを」

見れば野々市辺りから、一団の騎兵を先頭に大規模な軍勢が、朝日を浴び黒い糸のように連なって城に向かってくる。やがて各々持ち場につくべく印旗《しるしばた》が分かれ、先頭の一団は本陣辺りで動きを止める。

「殿、いよいよ総攻めで御座る。敵将が配置に着きました」

三河守が告げると政親は歯ぎしりする。

「奥方様や姫様は、五箇山を抜け尾張に向かっている頃。勝如尼様は女性《にょしょう》でありながら福光城主の石黒殿との戦いの際に越中の門徒をまとめ、病弱の蓮乗殿を助け奮戦されました。聡明なお方で我らの約束は必ず守ってくれるはず。尾張までの道筋には真宗の寺や道場が多くあり、受け入れていただけます。奥方様らはきっと無事に尾張に着かれることでしょう」

「そんな山奥まで真宗の門徒がいるのか」

「今や真宗は民の中に燎原《りょうげん》の火のように拡がっていますゆえ…」

それを聞いて政親は安堵とも困惑ともとれぬ表情を見せる。三河守は続けて進言する。

「殿、殿は奥方様や姫様のためにも、何としてもここを抜け出し、生き伸びて富樫家の再興を御計りくださらねばなりませぬ」

「いやしかし、わしを慕って命がけで戦っておる臣下《しんか》を見殺しにするわけにはいかぬ。臣下と共に、ここで討ち死にしよう」

「なりませぬ。この爺が戦っている間に尾根伝いに岳の砦に向かってくだされ。そこから牛首を経由して越前の朝倉様の元に…」

「越前に向かうならば、わしは武士らしく大軍を率いて敵を正面から打ち破り、堂々と海沿いに行くぞ」

三河守は黙したまま重臣たちを見る。槻橋弥次郎がぐっと政親を見上げる。

「殿、三河守様の言われたことに従って下され。わしの捨ててきた岳のふもとの槻橋城はすでに焼け落ちてしまいました。四十万《しじま》の向こうに立ち昇っている煙がそれでございます。

その城の奥山に岳の砦がありますゆえ、三河守様の言う通り、奴らの目をかいくぐり、なにとぞ岳の砦を経由して逃れてくだされ」

南に視線を移した政親の目に無念の涙が浮かぶ。

「もう、これまでじゃ。わしも武人のはしくれ。敵に尻を見せて逃げたとあっては末代の恥。敵陣に攻め入り、ひと泡吹かせてやらねば収まらぬ。皆の者、一団となって敵の本陣を蹴散らし、越前を目指して駆け抜けるぞ」

もはや正面突破を主張する政親の意志をくつがえすことはできなかった。

「…やむを得ませぬ…しかし殿、その前に城の裏山から敵が攻め上げてきたら、我らは四方から攻められ全滅しますぞ。如何なされます。この宇佐美が総力上げて防ぎますぞ。尾根には岩と丸太が山積みにありますれば」

「そうであった。奴らは猿のように身軽な奴ら。何を仕出かすかわからぬ。殿、後ろの守りを宇佐美に任せては」

三河守が言った。

「そうであったな。宇佐美頼むぞ」

「さあこうしてはおれぬ。殿を中心に隊を組み、三つの門から攻め出て、敵を打ち破り、越前で会おう。わしは殿のしんがりを務める。その後から宇佐美の軍団も付いてきてくれ」

「はっ」と馬廻り組と重臣が階下に下って行く。

政親と二人残された三河守が静かに告げる。

「殿、わしらの兵の中には百姓の者が多くおりまして、いつ裏切って逃げるやも知れません。もし切り抜けることができぬとなれば、城に引き返し、即座に岳の砦に引き上げて下され。わしが殿を守りますゆえ」

「爺はそこまで考えていてくれたのか…」

政親は兜の奥の眼を見開いた。

「爺には苦労をかけたのう。若い頃の不遇の時から大名になるまで、それにこの苦難の時も…かたじけない」

政親は三河守にすがって声もなく大粒の涙をハラハラと流した。

その時、朝もやの中、太鼓が響き出陣のホラ貝が鳴って「南無阿弥陀仏、南無阿弥陀仏」と低く圧すような声とともに、無数ののぼり旗が押し寄せ、ついに一揆方の総攻撃が始まった。

突入

　その数刻前、作次郎は山の内衆と若き精鋭を引き連れ、本丸の裏の谷に回るべく、伏見の川沿いに深く分け入っていた。谷川を渡り雑木と竹やぶが生い茂る急峻な崖を登り切り、むき出しの開けた斜面に出た。作次郎は南北に高く連なる尾根を見上げ、岩や丸太が山積みされていることを思い出し、今更のように恐怖に襲われた。

　尾根を越えれば本丸、大手門は近い。

（攻め太鼓の音を合図に、政親方に潜んでいる与一や五平らが仲間を率いて来るはずなのだが）

と思ったその時、雑賀の五郎が土塁の上を指差し叫んだ。

「作次郎、身を隠せ」

　先ほどまで人けがなかった土塁の上に何本か松明の火がうごめき、土塁の底を照らしだす。

　城の北側の伏見の谷からは五百の兵が、一方、南の額谷方面からは長次郎と七兵衛を頭に五百の兵が、それぞれ裏の谷から攻めあげ奇襲をかけることになっているが、尾根の上から岩や丸太を落とされればひとたまりもない。雑木に身を隠し作次郎と五郎らは低い声で話し合う。

「どうしたものか。次郎太は、身の軽い者が岩や丸太を避けて谷を上り兵を倒せと言うが。五郎はどう思う」

「大変じゃが、やるしかない」

「仙吉はどう思う」

「やるならまだ暗いうちに少しでも多くの者が登り、身を隠して時を待つのがよかろう」

「わしもそう思っていたのじゃ。攻め太鼓はおそらく夜が明けてからになろう。その時点で登っていたのでは上から丸見えじゃ。与一らは太鼓の合図で動くはず。よし、予定より早くやるぞ。今からわしの組から上がる。それぞれ決めてある十人を連れ、後に続いてくれ」

「尾根の上は松明であんなに明るいが大丈夫かな」

仙吉が不安げに見上げる。

「明かりは下の方までは届かぬ。わしが先に上がって指図する。よいな、行くぞ」

作次郎は先頭を切って猿《ましら》のようにするすると這い上がって行き、見る間に松明の近くに至った。敵の衛兵が行き過ぎるのを見て、するりと尾根を越え城郭が建っている側の斜面にへばりつき、後ろから回り込んで衛兵のみぞおちを突き上げるや、片手で口を押さえて抱きとめ、斜面に横たえたかと思うと猿ぐつわをはめ素早く縛り上げる。作次郎は奪った松明を掲げ、

「早く上がれ」

と裏の谷側の斜面にへばりついていた味方に告げる。

隊の者は次々と尾根を越え、瞬く間に十人ばかりの衛兵を倒した。そのまま二百人ほどの一揆勢が本丸近くに侵入し物陰に身を隠した。間もなく大手の門辺りから攻め合う声が聞こえ、城内は騒がしくなってきた。

その時、本丸の後ろ辺りの尾根の崖下で「敵が襲って来たぞ!」と声が上がった。

同時に大きな岩や丸太が投げ落とされ、下の方から一揆勢の悲鳴が上がる。作次郎は尾根を駆けながら敵の槍を取り上げ、衛兵たちをなぎ倒す。衛兵は悲鳴をあげて裏の谷に落ちていく。

「かかれ、かかれ!」

作次郎は物陰に隠れた仲間に命じ、五郎、仙吉、茂三らも部下を引き連れ尾根の上の政親勢に襲いかかる。騒ぎを聞きつけ下の二の丸の方から政親方の兵が大勢登ってくる。そ

の間にも一揆軍は続々と谷の斜面を登って来る。作次郎は身軽に飛び回り阿修羅のように暴れまわりながら、

「我らの仲間として城に潜入した者たちは、共に戦え」

と大声で告げる。加えて
「政親方の兵にも百姓が多くいるであろう。わしらはお前たちを傷つけるつもりはない。すぐに武器を捨てて逃げろ」

と呼びかけると、政親方の百姓兵の多くは一瞬たじろぎ、やがて一人二人とその場を離れ散り散りに逃げて行く。逃げ場を失った何人もの人夫も土塁を滑り降り林に逃げ込む。武器を捨てない政親の兵は、攻め込んだ一揆勢に突き倒され谷の底に落ちていく。

その時、本丸の南の裏手に位置する額谷の谷底から多くの味方の悲鳴が聞こえてきた。

「五郎、皆を率いて額谷の衛兵を倒しに行け。ここはわしに任せろ」

作次郎が叫んだ。

「分かった。みんな来い」

五郎は五十人ばかりを引き連れ尾根の上を南に走る。

足下から攻め太鼓とホラ貝が鳴り渡り、本丸の南の三の丸の方から槻橋弥次郎率いる軍勢が城の後ろの谷を護るべく尾根に押し上げてきた。その数、七百。作次郎が本丸近くか

ら見下ろすと、すでに本丸から北の二の丸にかけての裏の斜面は味方の五百の兵で埋め尽くされ、一揆軍は山科側の尾根を確保したようだったが、南の額谷の方は混戦模様が続いていた。

それより少し前、大手門の前には次郎太の率いる山の内衆の精鋭軍団が控えていた。左翼に展開する越前屋の吉蔵が引き連れる軍勢は、牛ノ谷の戦いで一揆側についた越前・朝倉の兵たち。右翼では孫次が宮腰の海人を率いている。その数合わせて千人。そこに、相手の岩や丸太を消耗させるべく大手門の内側の鉤の手で小競り合いを繰り広げていた味方の兵が合流した。その後方には松任城主の鏑木徳喜、笠間家次の率いる一揆軍が続く。

一方、山科口では鉄次と大衆免の菊次郎や、竜三、律、弥太郎が河北郡と浅野の兵を率いて敵と対峙している。

額口では権次が兵を率いる。その後には金劔宮信徒に山の内衆、浅田源左衛門配下の河原衆の軍勢が配置につく。

本陣で大太鼓が鳴り、ホラ貝が鳴り渡る。

一揆軍は地鳴りのような喚声をあげて門に殺到する。崩れ落ちた城壁に無数のハシゴが掛けられ、攻め上げて行く。怒声と喚声が湧き上がる中、大手の門から突入した次郎太は、

「盾をもてー。かかれー」

と号令を出す。兵たちは大きな竹製の盾で身を守り、鉤の手広場に突入する。頭上から一斉に矢が放たれるが盾にはじき返される。次郎太は盾の隙間から城壁の上を見上げる。

（あのあたりに長島村の与一らがいるはずなのだが…）

岩や丸太は絶え間なく落ちてくる。与一らはまだ動かぬのか、と次郎太は盾の上に顔を出し大声を張り上げた。

「城内の兵に告ぐ。長年我らを苦しめてきた守護大名を倒し、我らの安楽国を造るぞ。政親方の百姓の兵は武器を捨てて、我らと共に戦ってくれい」

一瞬城内がざわめいた。が、即座に城壁の上に一人の侍が立ち、

「何を小癪な土百姓めが。これでも食らえ」

と大きな岩を持ち上げ投げ下ろそうとした、その時、侍の胸元を一本の槍が貫いた。城に潜伏していた長島の与一が背後から突き立てたのだった。侍は岩と共に落ちて行く。

「さあ、みんな。今こそ立ち上がるぞ。よいか、我らの敵は政親じゃあ」

与一の雄叫びに応え、城内で喚声が上がり、城壁の上で乱闘が始まる。間髪入れず
「かかれ！」

と次郎太が号令をかけると、無数の鉤縄が放たれ柵にからみつき、黒ずくめの若者がスル

スルと城壁を駆け登る。先頭の次郎太は奪った槍で政親の兵に襲いかかる。

「次郎太様が来たぞー。我らの仇《かたき》をやっつけろー」

政親方に潜んでいた百人近くの一揆方百姓兵は、今こそと正体を明かし、政親勢に襲いかかる。政親方の兵は混乱に陥り、武器を捨て逃げ出す者も現れる。次郎太の精鋭に加え、吉蔵、孫次の仲間たちも勢いに任せて敵に切り込んで行く。

乱戦の中、与一は次郎太に駆け寄る。

「次郎太様、私等は打ち合わせ通り額側の尾根に加勢に向かいます。槻橋勢が大勢尾根の方に向かっていますゆえ、我らはその後ろから襲います」

「分かった。ここは任せて作次郎に合力してくれ」

その間にも続々と一揆勢が城壁を登って来る。次郎太は内側を護る政親の兵に飛礫を浴びせ、敵が顔を押さえのけぞる隙に切り込んでゆく。鉤の手側から二の丸門に油がかけられ火の手が上がる。やがて内側のかんぬきが放たれ、燃え盛る門扉が重い音を立てて開かれ、喚声と共に寄せ手の一揆軍が一斉に乱入し政親勢は逃げ惑う。

山科側の谷から攻め上げた作次郎率いる五百の軍勢に、槻橋弥次郎率いる七百の兵が迫り乱戦となる。その後ろから額谷の尾根を攻め上がった長次郎と七兵衛の一団が、本丸の近くで逃げ惑う政親の兵を追い散らしながら尾根を駆け下りて来る。

西の空に湧いた黒雲はいつの間にか城のあたりにまで押し寄せ、大粒の雨が降り出した。乱闘は城内全体に広がった。

二の丸門を過ぎると小さな広場があり、そこから坂を登ると二の丸広場に出る。二の丸はその広場の奥にそびえている。次郎太らは二の丸門を破り小さな広場に突入したが、二の丸広場まではまだ長い距離と高低差があった。

一揆軍は燃えさかる二の丸門を押し破って、次郎太らの切り込み隊と合流し、城方の二の丸門の守備隊と一進一退を繰り広げる。一方、広い二の丸広場に結集していた政親の本隊はそれを待ち構えている。二の丸広場の入り口近くで政親は馬上でしの突く雨に打たれながら、遙か下の二の丸門の守備隊が苦戦しているのをにらみつけている。雨は地面をたたき水しぶきを跳ね上げる。政親の栗毛の愛馬は荒い息を吐きながらいらだったように泥を跳ね上げ、血のにおいに怒り狂ったかのようにたたらを踏む。

競り合いの続く二の丸門付近目がけ、政親の馬回りの騎馬団が、しぶきを上げて殺到した。振り回す長柄の薙刀《なぎなた》が稲妻に鋭く光り、地響きを立てて迫ってくる。戦っていた双方の兵は、その凄まじい勢いに逃げ惑い自ずと道が開け、次郎太と孫次が騎馬団の前に立ちはだかる格好になった。猛烈に迫ってくる騎馬団を見据えながら、次郎太が策を繰り出す。

「孫次、頼む、わしを飛ばしてくれい」

「分かった」

孫次は走り出て背中を丸め構える。孫次は長柄の槍を脇の地面に突き刺している。騎馬団がいよいよ間近に迫ってきたとき、次郎太は槍を手に駆け出し、孫次の背中を踏み台にしてふわりと宙に舞い上がるや、孫次が槍を引っこ抜き敵の一番手の馬に突き立てる。馬は悲鳴と共にドウッと倒れ込み、武者は跳ね上げられる。空に舞った次郎太は騎馬団の上を飛び越え、二番手の武者の胸元に槍を突き立て、兜を足蹴にして着地した。

一瞬にして数頭の馬が折り重なって倒れ道をふさいだ。騎馬隊は虚を突かれて立ち尽くし、引き上げようとするが、味方の軍勢に退路を阻まれ右往左往する。そこへ山の内の兵と孫次らの軍勢が一斉に槍を突き立て迫り、騎馬団はあえなく全滅する。そのありさまに政親の兵は恐れをなし後退してゆく。

馬回りの猛者の集団が一瞬にして崩されるのを目の当たりにして、政親は逆上し、目を血走らせ薙刀を振り上げて突き進もうとしたが、側近の武者数人が馬の轡《くつわ》を押さえた。

「殿お待ち下され。無駄死になされませぬな。落ち着いて下され」

「何を言う。その手を離せ」

三河守は本丸下の馬場から戦況を注視していた。二の丸門から一揆勢の大軍が黒い流れとなって小さな広場になだれ込み、城方の勢力と一進一退の攻防を繰り広げ、二の丸広場に徐々に迫る。さらに裏の谷からも一揆軍五百が二の丸広場を目指し尾根を越え始め、槻橋弥次郎の軍勢がそれを迎え撃つが、その後ろから一揆方に回った数百の百姓兵たちが政親方の陣笠をつけたまま襲いかかり混乱が広がってゆく。政親方に潜んでいた兵が一揆方に寝返る動きは、山科口や額口でも発生し、どれが敵か味方か分からなくなっていると、三河守のもとに知らせが入った。

（このままでは殿が危ない）

三河守は配下の兵に、

「本丸と岳の砦への間道《かんどう》を死守せよ」

と命じ、

「わしは殿を助け、ここに戻って参る」

と、身軽な手綱さばきで坂道を駆け下り、泥水を跳ね上げながら二の丸広場の軍勢に駆け入り、政親に告げる。

「殿、ひとまず本丸にお戻りくださ い。皆の者、殿を本丸にお連れもうせ。早うせい。行くのじゃ」

近習の武者たちは政親の轡を引き一団となって本丸に駆けて行く。それを見定め、三河守は二の丸門前の広場に向けて馬を走らせる。

「皆の者、我に続け」

三河守は薙刀《なぎなた》を振り回しながら、馬に蹴《け》りを入れる。老いの片りんも見せず、ただ一人、一揆軍に立ち向かっていく姿に、兵たちは驚くとともに奮い立ち、我も我もと後に続いて一揆勢を押し返してゆく。

その事態に次郎太は
「皆のものは引けい。わしに任せろ」

と大声で命じ、馬上の三河守の面前に立ちふさがった。その姿は黒ずくめの忍びの衣に黒い鎧、全身に雨と返り血を浴び、あたかも阿修羅のようであったが、三河守は聞き覚えのある声に表情をやわらげた。

「おお、その声は、鈴木次郎太殿…お会いしたかったぞ。奥方と姫様を無事送っていただいた。このような場で申し訳ござらぬが、心から御礼を申すぞ」

白いものが混じった眉と髭を返り血に染め、三河守は元の柔和な表情を見せる。

次郎太も笑みを浮かべ、三河守を見上げる。

「これは三河守様…礼には及びませぬ。無事にお送り致しました。ご安心ください」

「それを聞き安心した。そなたとはこんな形で会いたくはなかった。敵味方に分かれ命のやり取りをせねばならぬとは…だが、最期だけは武士の誉として戦って死にたいのじゃ。許せ」

と薙刀を振り上げ戦いを挑む。

「三河守様ご覧くだされ。勝敗はもはや決まったも同然。我らの中にも三河守様を恨む者は一人もおりませぬ。政親様と我らの間に立ちお世話下さったあなた様を死なすわけにはいきませぬ。我らの為にその力をお貸し下され」

「……」

振り上げた薙刀を持つ手がわなわなと震え、三河守の目には涙が光る。

「…それはできぬ。主君に仕える武士《もののふ》のせめてもの誇りじゃ。ごめん」

三河守はやにわに薙刀を振り下ろす。次郎太は長柄の槍で受け止め火花が散る。三河守の返す薙刀が首の間際を掠め、次郎太は身をそらしながら、とっさにその手で薙刀の首を掴むと手前に引いた。三河守はたまらずころげ落ち兜が飛ぶ。その脳天に次郎太の手刀が打ち下ろされ、三河守は気を失う。次郎太は横たわる三河守に近づき、抱き起こして馬の鞍に乗せると、

「政親殿のところに連れて行け」

と相手方の若武者に手綱を渡した。いつの間にか雨も上がり西の空が明るくなった。若武者が急ぎ引き上げるのを見届けた次郎太は、城内に向かって大声で叫んだ。

「政親方の兵に告ぐ。戦の勝敗は決した。これ以上血を流すことはない。武器を捨ててこの場から去れ」

政親方には動揺が生まれ、一人二人と武器を捨てて逃げ出す者が現れる。ほどなくして政親方の兵たちは武器を捨ててその場にへたり込んだ。

作次郎と三河守

山科の裏の谷から尾根を越えて高尾城に攻め込んだ作次郎の隊は、槻橋弥次郎率いる部隊と戦っていた。はじめは互角の戦いが続いたが、突然、槻橋の隊に混乱が起こった。隊の後方、二の丸の方向から、政親側の陣笠をつけた数百の徒歩の集団が喚声を上げて襲い掛かってきたのだ。

「与一らが立ち上がったか…、みんな、仲間が来たぞ。かかれー」

作次郎は檄《げき》を飛ばし切り込んでいく。その先に槻橋弥次郎らしき武将が槍で兵をなぎ倒すのが見える。槻橋は作次郎が高尾城本丸の築造に従事した折、常に三河守に付き従い指示を下していた武将である。槻橋は目の前に躍り出た作次郎に驚き、一瞬動きが止まる。

（あの誠実な大工の作次郎が、殺気だった黒ずくめのいでたちで槍を構えている…）

槻橋は我が目を疑った。

「お、お前は安吉《やすよし》の作次郎…、棟梁ではないか」

「ああ、わしじゃ。あの折には世話になった…」

「うぬ、そういうことだったのか。貴様、容赦はせぬぞ」

「槻橋様に恨みはないが、わしらは安楽国を造るためにこうして立ち上がったのじゃ。やめるわけにはいかぬ」

「安楽国、そんな夢のようなたわ言を信じて命をかけるのか」

「そうじゃ」

槻橋弥次郎は有無を言わさず槍を突き出す。作次郎は素早く槍で払い上げ身構える。

「うぬは、どこで武術を身につけた」

それには答えず、作次郎は下弦から槍先を突き上げ、槻橋の喉首でピタリと止めた。槻橋はあまりの早さによけることもできず身を固くする。

その時だった。横で戦っていた千木村の仙吉が足を滑らして倒れ、そこへ敵兵が槍で狙いを定めた。作次郎は視界の片隅でその動きをとらえ、仙吉に向けて槍が振り下ろされようとした瞬間、槻橋の喉首に当てていた槍を翻し、その敵兵の槍を跳ね上げて脇腹を突き刺した。その時、槻橋の横にいた若侍が、

「殿、三河守様が馬で本丸の方に戻って行かれます」

と叫んだ。見ると、本丸への坂道を引かれていく馬の旗刺しものが目にとまった。

「殿、ここは我らに任せてくだされ。早く本丸に…」

若侍は槻橋と作次郎の間に立ちふさがる。

「作次郎、勝負はまたの時じゃ」

槻橋はそう吐き捨て本丸の方に駆けて行く。若侍も槻橋の後を追う。すんでのところで命拾いをした仙吉が作次郎に駆け寄る。

「危ないところじゃった。しかし、あの武将との勝負はお前の勝ちじゃったぞ」

「人のことより我が身を守れ。それに勝負はまだついていない。さあ行くぞ」

二人は再び乱戦の中に斬り込んで行った。

三河守は馬の背に乗せられ本丸の櫓に戻ってきた。

「おお爺、無事であったか」

「殿もお怪我は…」

「大丈夫じゃ」

三河守は欄干から身を乗り出し、北の山科口から南の額口まで見回す。山科口の櫓の方から火の手が上がる。至る所から蟻の大群のように一揆勢が湧き上がってくる。加賀平野には見渡すかぎりのぼり旗が林立し、十数万の兵がウンカのように押し寄せている。そうするうちに、北の二の丸御殿から火の手が上がる。南の三の丸は、と見れば真っ黒な煙が天を焦がしている。本丸の下の広場には追い込まれた政親の軍勢が引き上げ、最後の戦いに備えている。三河守の目に絶望の色が走る。

その時、槻橋弥次郎が階段を駆け上ってきた。三河守はすかさず、

「本丸はわしに任せて、そなたは退路を断たれぬうちに殿と共に岳の砦に向かってくれ」

と政親の逃亡を槻橋に依頼する。

「分かり申した。配下の兵二百を連れて行く。ご家老も後から来てくだされ。岳の砦でまた会いましょうぞ。さあ殿、行きましょう」

「爺、後を頼むぞ。爺には世話になった。わしが至らぬばかりに苦労をかけ…」

政親は絶句したまま階下に降りてゆく。

政親は愛馬にまたがり、槻橋弥次郎に随《したが》って三の丸の裏から額谷へと続く間道を進んだ。

その後ろに近習の武者と武将、二百の兵が続いた。岳の砦までは山道を一里ばかり進むことになる。

三河守は政親の一行が木々の向こうに消えるのを見届け、西側の狭間から二の丸の方を見ると、次郎太率いる一揆勢本隊が味方の兵を切り開きながら、本丸へと迫ってきていた。本丸の馬場に陣取った政親勢の弓隊はそれへ矢の雨を降らせる。

「盾で身を守れ」

次郎太は政親の兵の亡骸を盾にして身を防ぎ叱咤する。後方から盾を構えた兵が駆け上がって来て、前方に壁を作り喚声と共に押し上げていく

作次郎勢は燃え上がる山科口の櫓の方から攻め込んだ河北の軍と合流し、次郎太率いる本隊に合力すべく、左翼から馬場の政親勢に切りこんでいく。とたんに弓隊は崩れ、馬場は乱戦に陥る。

三河守が意を決して馬場に集結した軍団の中に降りていくと、山科側から逃れてきた味方の兵が三河守の回りに集まった。それに対峙する一揆勢の先頭に、三河守は作次郎の姿を見つけた。全身血まみれで鉢巻も赤黒く染まっている。

「お前は、安吉村の作次郎か」

三河守が声をかける。

「ああ、殿様……ご無事でしたか」

五間ばかり先で作次郎は気まずそうに笑みを浮かべ、頭を下げて立ち止まった。

「…こんな姿で申し訳ございません」

「やはりお前も百姓であったか。これも娑婆の因果じゃ。仕方あるまい。お前等のいう安楽国がこの娑婆に出来れば極楽じゃ。お前たちが創るというその国、民の心を大切に、末代までもたすことじゃ。しっかりやるのじゃぞ」

三河守を守るべく十数人の兵が駆け上がって、家老の前に立ちはだかった。作次郎は殺気立つ仲間の兵を手で制する。

三河守は本丸に入ろうと石段を登っていく。作次郎はその後ろ姿に死への覚悟を見て取った。

「三河守様。もう戦の勝敗は決まりました。何卒《なにとぞ》生き永らえて下され」

哀願するような声に、双方の兵がハッと動きを止める。三河守は扉に手をかけ振り返る。見上げる作次郎の目に大粒の涙が浮かぶ。

「作次郎、これも定めじゃ。思い残す事はないが、わしの力が及ばず多くの人の血を流すことになった。お前等百姓の上にあぐらをかき長年に渡り苦しめてきた。政親様はお前たち百姓との約束を守らず、わしは殿を諭すことができなかった。その果てがこの有様じゃ。慶覚殿に、どうか許してほしいと伝えてくれぬか。わしの最後の頼みじゃ。それと孫の碧をよろしく頼むぞ。…さあ皆の者、戦は終わりじゃ。命を粗末にするな、武器を捨てて女房子供の元に帰れ。よくここまで政親様に仕えてくれた。礼を言うぞ」

言い終わると三河守は白髪頭を巡らせ、重い扉を開いて振り返り、

「作次郎、お前も立派な若者になったものじゃ。わしはお前の造ったこの本丸で本懐を遂げるつもりじゃ」

と本丸の中に消えた。

本丸炎上

作次郎は石段を駆け上がり扉を開けようとする。しかし扉は内側から頑丈なかんぬきが掛けられビクともしない。

「作次郎、政親も本丸の中に居るのか」

追い上げてきた次郎太が横に立ち尋ねる。

「解らぬ。しかし三河守様はここで最期を遂げる覚悟じゃ。内からかんぬきをかけられた」

「中には入れぬのか。抜け道は無いのか」

「二層階段の欄干に鉤をかければ登れるが、縄が届くか」

「誰か、縄を持たぬか」

次郎太が叫ぶと、近くで戦っていた宮腰の孫次が麻縄の束をタスキに抱え走って来た。

「おお、孫次助かった。あの欄干に絡ませられるか」

「たやすいこと。荒海で海賊と戦うことを思えば、これくらい朝飯前よ」

掛け声と共に鉤はスルスルと伸び、欄干に蛇のように絡みついた。

「わしが行くか」

孫次が聞く。

「いや、わしの造った本丸じゃ。任せておけ」

作次郎が返したその時、一層階の狭間から黒煙が吹き出した。

「あっ、三河守様が火をかけた」

作次郎はするすると縄を上り、振り子のように振ってその勢いで下屋の屋根に飛び移ったかと思うと、素早く鎧を脱ぎ捨て黒衣の忍び姿となり二層階の窓から本丸に入った。作次郎は一気に最上階の物見櫓まで駆け上がるが、人影がないと見届けると、すぐに一層階まで駆け下りた。油がまかれた床は全体が真っ赤に燃え上がっている。奥で数人の人の気配がし、東の隅から苦しげな声が呼び掛けてきた。

「作次郎か…出て行け。ここで死ぬことはない。命を大事にしろ」

かすれてはいるが三河守の声に違いなかった。作次郎はその方向に向かって床を這い進む。焼け焦げる炎熱《えんねつ》の中、しばらく手探りで進むと、一瞬、手が三河守らしき身体に触れた。その時、入り口のかんぬきが外された。数人の近習《きんじゅう》の兵が外に飛び出すや、外気が一度に流れ込み紅蓮《ぐれん》の炎が天井から階段口に吹き上げた。その炎の強烈な明かりで、立ちこめる煙の中に三河守の姿が浮かび上がった。だらりと首をたれうずくまったその姿はすでに切腹を遂げたことを物語っていた。作次郎は三河守を背中に背負い、火の海の中、出口に向かおうとした。その時、小梁が音を立てて裂け落ちて、背中の三河守に当たり、作次郎は床にたたきつけられ身動きが取れなくなった。そしてついにすべてが炎に飲み込まれようとした時、次郎太が駆け込んで来た。次郎太は小梁をどけ作次郎を抱き起し、三河守を背負って本丸を脱出した。すぐに孫次や吉蔵らが駆け寄り、本丸の裏山の高台に抱えて行った。

その直後、本丸は折からの風を受け大きな炎に包まれた。

すでに勝負は決まった。次郎太は高台に立ち城の内を見渡す。門、長屋、山科の櫓、二の丸、三の丸、本丸が炎上し幾つもの巨大な煙の柱となって空を焦がした。城内では依然多くの一揆軍の兵士が蠢《うごめ》いていた。加賀平野には一面一揆軍の幟旗《のぼりばた》がはためき、徐々に戦勝の報が広がり、沸き立つような歓声が大きな塊となって押し寄せてきた。次郎太は壮大な景色に身を委ね、全身で勝利を味わう。閉じられた目からは大粒の涙があふれ出た。

その足元には三河守の遺体が横たわっている。大の字に体を投げ出し天を見上げる作次郎の眼がうるんでいる。額側から攻め上げた権次、長次郎の一団と、山科口から攻め込んだ鉄次、菊次郎、堅田の律らが、歓声をあげ登り旗を高々と振りながら近づいてきた。

権次は鉄玉の鎖を首に巻き息を切らしている。

「皆、無事だったか。我らもかなりの死者と怪我人を出したが、わしはこのとおりじゃ」

「相変わらず権次は不死身じゃのう。我ら本隊も多くの犠牲を出したが、わしらはなんとか生き残ったぞ」

その隣には作次郎が倒れ込んでいる。

「おお、作次郎、怪我をしたのか」

権次に問われて、作次郎は顔を上げる。

「少しばかり火傷をしただけじゃ、心配するな」

「火のついた本丸に入ったのか…。何故じゃ、」

「政親様と三河守様を探すために…」

「無茶をして。これから棟梁としてますます大事な身じゃ。それで、政親は居たのか」

作次郎が辛そうに首をふる。

「やっぱりそうか。わしの部下が、尾根沿いに南に向かう兵の一団を見たと言っていたが、あれは政親だったのか…」

「そうか、そうであれば今日の夜半には岳の砦に着き、おそらく明日には山沿いに白峰に向かうであろう。こうしてはおれぬ。わしは一旦、大乗寺の本陣に戻る。権次、急ぎ十人衆を大手門前の陣に集めてくれ」

そう告げると次郎太は下の馬場に走り、馬で駆け出した。残された作次郎は再び地面に体を横たえた。

十人衆はそれぞれの戦場から部下を連れ次々と大手門前の陣に集まってくる。

二の丸広場には里から多くの荷馬車が運び込まれ、無数の怪我人を乗せて里の村に送り出されていった。遺骸は運び出されるものもあったが、多くはその場に残された。やがてどこから来たのか無数のカラスが頭上を旋回し、寄ってたかって屍《しかばね》をついばみだした。バタバタと羽を打ち合い、争いながら骸《むくろ》を食い荒らす様を見て、自分も死ねばあのようになるのか、と百姓兵たちは眼を背けながら槍で払いのけるが、中にはいきり立って向かって来るカラスもいる。追い払っても追い払っても、カラスは黒煙渦巻く空に舞い上がってその場を離れず、ますます数が増え騒がしくなっていく。

作次郎はしばらく伏せていたが、やがて身を起こした。傍らには背中が焼け肉がただれた三河守の骸が横たわっている。

（背負っていた三河守が、燃え落ちて来た小梁から我が身を守ってくれたのか）

作次郎はぼんやりとした意識のまま手を合わせる。カラスはいよいよその数を増し、争って死肉を食い漁る。雲間から出た血のような夕陽がその地獄絵を紅く染める。現実とは思えぬ光景を、作次郎は脳の随がボウッとしたまま呆然と見つめていた。かすかに「作次郎」と呼ぶ声がする。身体を揺られ、作次郎は、大声で耳元で叫ばれていることに気付き我に帰る。

「おお、気が付いたか」

権次が食い入るように覗き込む。

「なんだその顔は。わしは生きておるぞ」

作次郎は照れ笑いを浮かべ、頭を手で撫ぜるとザラザラと髪の毛が落ちる。

「少しくらい髪の毛がなくなっても心配するな。ハチマキのお陰で顔が焼けなんだ。この色男が」

権次の豪傑笑いにつられて、皆がドッと笑う。

「まだ戦いは終いではない。政親の後を追うぞ」

鉄次が皆に檄をとばすと、軍団は喚声を上げて大手の門に駆け下りて行った。作次郎はゆっくりと立ち上がる。

「仙吉、馬を引いて来てくれ。三河守様を大乗寺にお運びするのじゃ。頼むぞ」

作次郎は焼け落ちた本丸御殿を仰ぎ見た。三河守と共に建てた御殿が、己が追い込んだ三河守の手で焼かれたことに無性に涙が落ちる。血とススで汚れた頬を伝う涙を拭いもせず、作次郎は皆の後について城を下っていった。

岳の砦へ

野々市の大乗寺は境内じゅう怪我人で溢れ、女房らがその手当に駆け回っている。悲鳴や泣き声が飛び交う中、至る所に敷かれたむしろには戦死者の遺体が安置され、家族が取りすがって泣き叫ぶ。次郎太が馬を馳せながら野々市の町に入ると、多くの町家が門口《かどぐち》を開きけが人の世話をしていた。けが人は街道にまであふれていた。次郎太は山門をくぐると兵に馬を預け、ごった返す人々をかき分け本堂に向かった。

本堂後ろの回廊では慶覚と願生、河合藤左衛門が暮れゆく高尾城を見つめていた。全山《ぜんざん》炎と黒煙に包まれた高尾山は、西の海に沈む太陽に照らされ紅に浮かび上がる。霊峰白山も煙にかすみ、やがて峰々は漆黒の闇に閉ざされる。高尾城の炎が闇にゆらめき、落城を弔うかのように無数の焚き火が平野全体に広がっていった。

「政親は打ち取ることができたのか」

ぽつりと河合藤左衛門がもらす。

「まだ前線から連絡がない。…ところで、次郎太は無事なのか」

慶覚は心配気に願生を見る。願生は黙したまま燃える高尾城を見つめている。

その時、回廊の向こうから勇んだ足音が聞こえてきた。その響きはまさしく次郎太のものだった。願生の顔に笑みが浮かぶ。

「慶覚様はどちらですか」

次郎太は戦を終えたばかりの姿で報告に上がった。

「おお、ここじゃここじゃ。無事であったか。…で、政親はどうなった…」

「残念ながら取り逃がしました。申し訳ありませぬ。自害した山川三河守様のご遺体はこちらに向かっています」

「して、政親の行方は」

「百姓に身をやつし高尾の峰づたいに岳の砦に逃げたと思われます。今夜は砦におるかと」

「間違いないか。さすれば山越えに牛首から越前の大野に向かい朝倉の庇護《ひご》を受けるつもりじゃな」

慶覚が次郎太に尋ねる。

「わしもそう思います」

「次郎太、山の内衆と江沼、石川、河北郡の者たちは無事か」

慶覚は最後の詰めを仕掛ける決意でいる。

「怪我人を除けば…三百はいるかと。皆には大手門前の陣で待てと命じてあります」

「そうか、早々に彼らを率いて岳の砦に向かってくれるか。途中にある槻橋城は兵たちが高尾城の戦に合流していて、もぬけの空だったため、たやすく落城した。岳の砦へ敵の援軍が来る心配はない。幾つか峰を越えることになり難儀だろうが、頼むぞ」

慶覚は高尾城から南に連なる山並みを見る。次郎太もそれを眼で追う。

「これからすぐ陣に戻り、岳の砦に向かい明朝早々に斬り込みます。ではこれにて…」

言い残して次郎太は立ち去る。

「気を付けてな。部下の命を大切にあつかうのじゃぞ」

願生の呼びかけを背で受け止め、次郎太は人込みの向こうに消えた。

その頃、大手門前の陣には次郎太の十人衆と精鋭部隊三百人が集結していた。結や碧ら多くの村娘がかいがいしく兵の世話をし、陣の中は笑い声と活気にあふれ先程まで地獄のような戦いに命をさらしていたことを忘れさせるほどである。その中で一人作次郎は、腰を下ろし背中を丸めたまま黙々と握り飯を口に運んでいた。権次が近づき、肩を抱いて横に腰を下ろした。

「作次郎。お前が建てた本丸が焼け落ち、さぞ残念なことだろう。もっともわしには計り知れぬことだろうが…」

「気休めはやめてくれ。わしにとってあの本丸は一生一代の大仕事じゃった。それが一瞬で…。三河守様と細かなところまで何度も打ち合わせ、久造親方から教わった技をすべてつぎ込んだ。あの本丸にわしは命を懸《か》けたのじゃ。お前らにこの気持ちが分かってたまるか…ああ、自害なされた三河守様と一緒に、わしも命を絶つべきであったか…」

いつの間に来たのか、次郎太が黙したまま二人を見下ろしている。権次も返す言葉もなく黙り込む。次郎太は作次郎の横に腰を下ろし、ぽっりと自問するように話し出す。

「戦とはむごいものじゃのう。わしもこうしている間も、気を緩めるとこれまで殺めてきた多くの兵の無念の形相が頭に蘇るのじゃ。身震いするほど怖い…」

焼け落ちた本丸を見上げる作次郎は、様々な恐ろしい光景が頭をよぎるのか、振り払うかのように顔を振る。涙か汗か分からぬ雫《しずく》が次郎太の顔にふりかかる。それをぬぐおうともせず次郎太は続ける。

「わしらは、何のために戦をし、人を殺めてきたのか。そう自分に問いかけることがある。本当はこんな事は誰一人したくはないはずじゃ。しかしわしらは百姓が畜生以下の暮らしを抜け、人らしく生きられるためと己に言い聞かせ戦ってきた。畜生は思うまま草を食って生きて死ぬことができる。しかし奴婢であるわしら百姓は、がんじがらめに支配され、死ぬ思いで産んだ子も物を作る道具として扱われてきた。これでは畜生以下ではないか。わしらはこの娑婆を夢の持てる世につくり変えるため、命をかけたのじゃ。わしはそう自分に言い聞かせている」

権次と作次郎は黙したままうなずく。

そこへいつの間にか十人衆が集まってきて三人を囲む形になった。声をかけるのがためらわれるような微妙な空気を破るように千木《せぎ》村の仙吉が声を発した。

「作次郎、火傷がひどいのか。…棟梁がしっかりしてくれねば棟まで上がらぬぞ。頼むぞ棟梁、みんな頼りにしているのじゃ。しっかり頼むぞ」

作次郎は苦笑いを浮かべ立ち上がる。

「もうよい。三河守様は最後にわしに、安楽の国を作ったら末代まで守れと言ってくださった。わしはそれをこれからの支えにする。もう吹っ切れた。さあ、最後の詰めじゃ。次郎太、政親を追って岳の砦を攻めるぞ」

「よし、怪我をしていない者を集め岳の砦に向かう。急げ」

次郎太が声を掛けると、若き精鋭部隊は勇んで広場に集結した。先頭に次郎太の騎馬隊、その左右に鉄次、権次、作次郎と各組頭が騎馬にまたがる。

「よいか、相手に気づかれぬよう松明はいらぬ。幸い月が我らの味方をしてくれる。山ではなるべく音を立てず、声も発さぬこと。そうやって岳の砦の城までよじ登る。よいな」

「おおー」と喚声が夜空にこだまする。精鋭軍は丘を下り月明かりの中、燃え落ちた山裾の槻橋城を横に見て、黒い流れとなって幾つかの峰を越える。深い谷間のせせらぎに木の間を洩れる月の光がはねる。突然鳥がバタバタと羽音を立てて舞い上がる。血の匂いを嗅いだか藪蚊が、顔と言わず首、手足に羽音を立てて群がり襲ってくる。沢沿いの斜面は次第に急になり、鎧がきしむ音や兵が沢に転げ落ちる音が暗闇に響く。沢を登りつめれば大池がある。先頭の次郎太が立ち止まる。

「鉄次、もう大池が近いぞ。一旦皆を休ませ、お前とわしとで物見に行こう。権次と作次郎はここで待ってくれるか」

その時、暗がりの奥から悲鳴が上がった。

「ひえー、首に何やらヌラヌラとするものが」

「馬鹿者、声を立てるな。この辺りはヒルが上から降って来るのじゃ。払い落とせ」

暗がりの中から聞こえる兵の声を後にして、次郎太と鉄次は沢をよじ登っていった。

沢を詰めると大池に出た。二人は土塁のような土手のぬめりに足を取られながら進み、崖に取り付き這い上がる。しばらく登って下を見ると月の光が大池の水面にはねてその美しさに見とれるが、頭上に被《かぶ》さるナラの木の枝からは絶え間なくヒルがバラバラと落ちてくる。中腹から見上げると頂のあたりにぼんやりとかがり火の灯りが見える。二人は岩に張り付き音もなくよじ登っていく。高度を上げると眼下に木々が黒い海となって広がる。この月明かりでは、自分たち二人の姿は上からはっきりと見えるに違いない。次郎太は手で鉄次の動きを制し月を見上げる。東の空から一塊の雲がゆっくりと月にかかろうとしていた。

「月が雲に隠れた時に動くぞ」

崖の上で人の声がする。やがて月が雲に隠れると、二人は素早く崖を上りきり、身を伏せて声の方を見る。岳の西側は大池まで切り立った崖になっているが、東はなだらかな斜面で幾つかの山城が築かれている。それを取り囲むように十数カ所でかがり火が焚かれ、城内に入れぬ兵がかがり火を囲んでうずくまって寝込んでいた。時折かがり火の薪がはじけパッと明るく火の粉が散る。その先には数十頭の馬がつながれている。次郎太は二百か三百くらいの兵がいると見た。ふと見上げれば雲間から月が顔を出そうとしていた。二人は素早く崖下に下り真っ暗な樹海に消えた。

岳の大池

一揆方の隊が待機する深い谷間は風はないものの下界ほど蒸し暑くはない。川筋に沿って無数のホタルが青白い光を放ち人魂のように乱舞している。

突然「ウヒャー」と異様な叫び声が上がった。

「何じゃこれは。気味の悪い。うわあ、蛇じゃ！」

「どうした権次」

「ま、まむしじゃ、首に巻きついていやがる。何とかしてくれい作次郎」

作次郎はクスクスと笑いながら蛇の首を掴む。

「まむしではないわ。まむしなら今頃首筋に噛み付いておろう。こいつは青大将じゃ。こんなこともあろうかとわしは袋を持って来た。山ウナギじゃ。美味いぞ」

その様子に、

「鬼も逃げ出す権次が、蛇ごときに悲鳴を上げるとは…」

と周りから低い笑い声が湧く。

「わしは蛇が苦手じゃ。気味が悪いものは仕方あるまい」

権次の言い訳がまた笑いを誘う。

「みんな、この辺はヒルばかりではないぞ。蛇のたまり場じゃ。まむしもおる。気を付けろ。見つけたら捕まえて、持って帰って食うのじゃ。うまいし精が出るぞ」

作次郎の声に、

「わしは二匹も捕まえたぞ」

と暗がりから仙吉が応える。その時、

「みんなおるか」

と物見から鉄次と次郎太が戻ってきた。

「次郎太、砦はどうだった」

権次が問いかける。

「大池から崖を上がって月明かりで見たが。砦の中と外に二百くらいの兵がたむろしていた。崖の上は見張りが少ないが…」

大池は周囲約三百間（約五百四十メートル）、北東から南西に細長い形をしている。砦のある岳はその南東にそびえていて、北に長く延びた尾根を持ち、西は大池から急峻に突き上げる崖、東と南も急斜面となっている。

「どのように攻め込んだらいい」

「鉄次とも相談したのだが、権次の組は大池の土手を回り、北の尾根伝いに攻め、作次郎と七兵衛の組は崖を迂回して大池の裏側の東から攻め上げる。長次郎と弥太郎、孫次の組は南の斜面を這い上がり攻め込む。西側の崖はわしと鉄次、そして身の軽い五郎の組で攻め上げる。夜明け前に位置に着くのじゃ、良いか。権次の組は先に北へ向かい、次に作次郎の組、その後にわしの組と長次郎の組が続く。さあ急いで組ごとに持ち場に向かってくれ」

やがて暗い谷川から先発隊が動き出した。

岳の砦のかがり火は火力が落ち、火種が赤く残るだけとなり、物見の兵の姿も見えない。西の崖から攻める次郎太は岩や切り株に何本も麻縄を巻き崖下に投げ下ろし、岩陰にへばりつき砦を伺う。その間にも次々に兵が崖を登り、見る間に数十人が頂に集まった。北の尾根から攻める権次は、鉄玉の鎖を首にかけ雑木の影に伏せる。後に続く兵は一団となって後の藪に待機し合図を待つ。

一方、東に回った作次郎は笹藪に身を伏せ山城を伺う。城の広場の隅に薪や笹が山積みしてあるのが見える。

「七兵衛、仙吉。あの薪と笹で城に火をかける。行くぞ」

音もなく黒い一団が笹藪からはい出し、薪の山に向かう。作次郎は見張り兵がたむろして眠っているのを見て、消えかかったかがり火に薪を投げ入れる。

「…ううん…、まきが燃え尽きたか。すまぬな」

兵の一人が、寝ぼけ気味に言葉を発する。

「お互い様じゃ、わしがやるから休んでおれや」

作次郎と仙吉は何食わぬ顔でかがり火の中に薪を投げ込んでいく。その間に、七兵衛らは砦の回りに薪と笹を立て掛ける。

かがり火が再び勢い良く燃え上がり、砦の周りが明るく照らし出される。次郎太は遠くから動く人影を確認する。

「鉄次見ろ、あれは作次郎と仙吉のようじゃ。敵兵になりすましておる。砦に火をかけるつもりでおるぞ」

「まるで気付かれておらん。さすが作次郎、やることが大胆じゃ。おお砦に火が放たれた。次郎太われらも切り込むか」

「まて、火が回ってからじゃ」

やがて砦の周りから火の手が上がり物見の兵が騒ぎだす。それを合図に次郎太の本隊は無言のまま広場に突き進む。その後から縄を伝って崖をよじ登ってきた無数の兵が、黒い塊となって続いた。

北の尾根からは権次の隊が押し寄せた。広場や雑木の林にたむろして休んでいた百数十人の政親の兵は寝起きを襲われ、暗がりの中で右往左往する。

「敵襲じゃ、敵襲じゃ」

悲鳴と怒号が湧き起こり、火が回った城からも武者や兵士がおっとり刀で飛び出してくる。炎はみるみる勢いを増し、夜明け前の空を焦がし、逃げ惑う兵たちを照らし出す。

馬場で馬がけたたましくいななき、砦の中からは続々と武士と兵が飛び出してくる。武者たちに囲まれ鎧姿で走り出てきたのは富樫政親その人だった。政親が長柄の槍を高々と掲げ、雄叫びを上げて自ら乱戦の中に切り込んでいくや、敵、味方とも悲鳴を上げて倒れる。政親はまなこを見開き、魔人のように辺りを睨みまわす。取り囲んだ一揆軍はその迫力にたじろぎ後ずさる。次郎太と鉄次、権次の三人は少し離れて政親をさえぎるように立ちはだかった。

兵は敵味方ともただならぬ緊張感に身を引き、政親は三人と直接向き合った。

いつの間にか朝日が上がり、白山の山肌を輝かせ、岳の戦場にも光の矢を放つ。

「おのれ何者じゃ。名を名乗れ」

政親は大声を上げ睨み付ける。

「……」

「もしや鈴木次郎太か…」

「……」

「答えんか、この土百姓め」

「わしは、そのただの土百姓の兵じゃ」

次郎太は静かに答える。

「ただの土百姓じゃと」

政親は長柄の槍を次郎太の胸元に向け構える。

「小癪な奴め、成敗してくれる」

「……」

次郎太は澄んだ眼で政親を見返す。

政親は目にも止まらぬ速さで槍を繰り出す。

「次郎太あぶない」

鉄次の甲高い声に、政親の目に驚きの色が走る。

「やはりお前が次郎太！」

政親の槍先は次郎太の鎧を浅く切り裂いたが、次郎太は衝撃をかわしながら後ろにのけぞり、ばね仕掛けのように舞い上がった。次郎太は宙で孤を描いて地面に降り立つと、右にふわりと跳び、目にも止まらぬ速さで飛礫を放った。飛礫は馬上の政親の右目を直撃し、政親は激痛にのけぞるが、ぐっと叫び声を抑え、血が噴き出した右の目を意にも介さず、左の眼《まなこ》をカッと見開いた。次郎太は切り裂かれた鎧を投げ捨て、背に担いだ太刀を抜き放ち正眼に構えた。朝の風に束ねた長い髪が揺れる。

「お前が次郎太か」

次郎太は無言のままうなずいた。

周りの兵たちも動きを止める。顔を出したばかりの朝日が二人を照らし、別世界のような静けさが流れる。

「姫と奥を送ってくれたのはそなたか」

無言で認める次郎太に、

「この政親、礼を言うぞ」

と六尺豊かな大将の政親は頭を下げる。

そこへ、燃え上がる砦から槻橋弥次郎ら数十人の武者が飛び出してきて、政親の周りを囲んだ。

「殿、お怪我は…」

「大丈夫じゃ。弥次郎わしに構うな」

「殿には、何としても越前に…」

その時、鉄次が、

「みんなひるむな。かかれー」

と声高に叫びながら武者の一団に斬りかかった。激しい怒号と悲鳴が岳の砦に広がる。政親を取り囲んだ武者の一団は引きながら馬がつながれている雑木林に向かう。一揆軍は一団を追い攻め立てるが、相手も死に物狂いで反撃し一進一退が続く。その時、乱闘を切り抜け、騎馬の一団が南の尾根に向かった。

「逃げるぞ、逃すな」

一団に向かって数本の槍が飛ぶ。権次の投げた槍は一際高く弧を描いて一団の中に吸い込まれた。

「うわー」

「殿！」

一団の中ほどで馬が激しくいななき、前足を高々と跳ね上げる。その背で政親は手綱《たづな》を引き締めてこらえている。槍は政親の脇腹をかすめ、愛馬も傷を負い政親を乗せたまま暴れながら一団から離れ、次郎太のほうに突進して来る。政親は次郎太と視線が合うや、馬上から長柄の槍を次郎太の胸元めがけて突き出す。次郎太は一瞬早く横に飛び槍を突き上げるや、槍は政親の脇腹に食い込んだ。政親の槍は次郎太の脇腹をかすめただけで、怒り狂った馬は荒い息を吹きかけて次郎太の目の前を過ぎ、池に面した西の崖に走った。政親は槍を引き抜き、苦痛に耐えながら手綱を引くが馬は止まらない。

「殿！」

後ろで声が上がる。その時、政親を乗せた馬は強く地を蹴り、まるで天馬のように天に向って飛んだ。晴れ上がった空に投げ出された政親は薄れゆく意識の中、激痛は消え、頭の中に一瞬、遠くに見える海の向こうに飛んでゆくような夢想がよぎる。体は重力にあらがうことを止め、そのまま緩やかに深い闇の底に吸い込まれていった。

「あっ！」

敵味方の兵たちは、その時、人馬が崖の上から放物線を描いてはるか下の大池まで落下していくのを見た。深い木立の枝がバキバキと折れ、大きな水しぶきが上がる。人も馬もそのまま水底に消えた。

「次郎太、大丈夫か」

後を追ってきた権次、鉄次、作次郎の三人が次郎太に駆け寄る。崖の上からのぞき込むと、遥か下の水面に白い泡が湧き上がり、大きな波紋が拡がるのが見えた。

「政親は死んだのか」

権次が次郎太に尋ねる。

「どれほどの傷を負ったかは分からん。わしは池に落ちた政親を探す。権次は池の近くで待っていてくれ。鉄次、この場を頼むぞ」

次郎太は太刀を外し権次に預けると、五、六歩下がり勢いをつけて崖を蹴り空に飛んだ。しなやかな肉体は大きく弧を描いて落下し、遙か下の大池に吸い込まれた。

「わしはここから次郎太の動きを見守る。権次は大池の土手で次郎太を手助けしてくれ」

作次郎は子供の頃から、岳の大池には魔物が棲んでいるから近づいてはならぬ、と聞かされてきたことを思い出していた。次郎太が浮かんでこなければ即座にここから飛び込んで救いにいくつもりで残ったのだ。

一方、権次は駆けつけた兵を連れて麻縄を伝って崖下に下りて行く。鉄次は敵の残兵を討つために砦に向かって駆けて行った。

次郎太は水の中でもがいていた。飛び込んだ際の衝撃で頭はもうろうとし、大池の冷たい水が肌を刺す。目を開けたものの、水は濁り無数の泡が目の前をよぎる。水をかきながら政親の姿を探すが、手に当たるのは沈んだ古木やヌルヌルする木片ばかり。

息苦しさが強まり焦りながら底に向かう。痛みをこらえながら目を見開くが何も見えない。その時、水面に陽が差したのか周囲が明るくなった。紅い血の色が感じられた方向に手を伸ばすと兜らしき物が触れた。政親に違いないと相手の首に腕を巻きつけ引き寄せるが動かない。そこで後ろに回って両脇を抱え、池の底に沈んだ馬の背に足をかけ持ち上げようとするがそれでも動かない。息が切れて意識が薄れかけた時、頭上で水音がした。水の中を人影が進んできて、政親を前から抱えると馬の背を蹴り水底を離れた。次郎太とともに政親をかかえ、水を蹴り浮上していく。頭上が明るくなり、やがて次郎太、続いて作次郎がガバッと水面に顔を出し、激しく咳き込む。

「作次郎、有難う。死ぬかと思ったわ」

次郎太が、土手の上で叫んでいる権次に向かって、

「おーい権次、縄を投げてくれ。急げ。池の底に引かれていきそうじゃ」

と呼びかけたその時、崖下に巣食っていた蛇の群れが異変に鎌首をもたげ、次郎太と作次郎に向かって泳いできた。次郎太は権次から投げられた縄を、だらりと首をたれ動かない政親の体に巻き付けた。

「引け、急げ」

次郎太たちはゆっくりと水面を引かれていくが、それを追って蛇の群れが追ってくる。

「次郎太、後ろから蛇が。作次郎、太刀で蛇を切り捨てろ」

権次の声に作次郎は振り返り、背中から太刀を抜き放って、鎌首を上げた一際大きいヤマカガシ目がけて振り下ろした。水しぶきが上がり鮮血が飛び散る。作次郎は続けて青大将を切り捨てた。

二人は危ういところで堤にたどり着き引き上げられ、熊笹の生い茂みに倒れ込んだかと思うと、飲み込んだ水を吐き出し激しく咳き込んだ。やがて落ち着いたところで、大きく空気を吸い込み長く息を吐き出した。作次郎は明るく澄んだ紺碧の空を見上げ、押し上げてくる大きな開放感に包まれ眼を閉じた。

権次は政親の身体から鎧を剥がし、胸に耳を押し当てた。

「心の臓が動いていない。死んでおるわ。さあ皆、こんな気味の悪い所はこりごりじゃ。早う北の尾根に行くぞ」

権次が政親の亡骸を背負い、雑木林を登って陽の当たる尾根の広場に出ると、大勢の兵が駆け寄ってきた。

「大将の政親を討ち取ったぞー」

兵たちが口々に雄叫びを上げる。

長享二年（一四八八）六月九日、ここに加賀国守護富樫政親は滅びた。

権次は兵たちを従え再び岳の砦に向かう。その後ろから次郎太と作次郎が重い足を運ぶ。山道には敵味方の死体や怪我人が数多《あまた》横たわっている。

砦はすでに焼け落ちている。権次はその近くに政親の亡骸を横たわらせる。若い兵が取り囲んで見事な甲冑姿を覗き込む。

「本当にこれが政親なのか」

おそるおそる手を差し出す者もいる。

「おいおい、さわると化けて出るぞ」

「政親の怨霊がわしらにたたることはないのか」

兵たちのやり取りを聞いていた権次が呆れて口をはさむ。

「大将と言えども死ねばただの骸《むくろ》に過ぎぬわ。怖がることはない」

権次はあらためて大池を見下ろし、地獄の入り口のように気味の悪い池に飛び込むなど到底出来ぬ、と目をそらす。

兵たちは次第に数を増し、徐々に勝利の実感を得て開放的に振舞いだす。兵が集められると、次郎太は大きな岩の上から話しかけた。

「皆のおかげで戦に勝利し、政親を討ち取ることができた。これより急ぎ本陣に戻る」

岳の砦の戦いでは、味方の死者は十六人、政親方の死者は百二、三十人ほどに上った。

次郎太は、仲間の死者とけが人はそれぞれの組で手分けして連れ帰り、政親の兵の死者はその場所でねんごろに葬るよう命じた。いつの間にか次郎太の周りには十人衆が集まっていた。

「次郎太、今こそ里にまで聞こえるよう勝鬨を上げようぞ。敵の大将を討ち取って長い戦がやっと終わったのじゃ」

七兵衛が叫んだ。

「おおそうじゃ。勝利を里に伝えねばならぬ。みんないくぞ、エイエイオー」

「エイエイオー」

「エイエイオー」

次郎太は両手を高々と空に振り上げた。歓喜の声は晴れた空にこだまし、平野に広がっていった。が、その興奮もつかの間、次郎太はふらっと揺れたかと思うと気を失ってその場に崩れ落ちた。

夢想

炎の中から煌《きら》びやかな馬に跨り鎧兜《よろいかぶと》で身を固めた武将が、長柄の槍を高々と振り上げ迫ってくる。その武将は政親。ところが、その顔が目の前で愛らしい瞳姫の笑顔に変わり、次郎太の手にした槍先が逸れる。姫と視線が合い、笑いかけるようでありながら憂いに満ちたその瞳に吸い込まれそうになる。その一瞬、姫は頭上を越え空に舞い上がり崖下に消えて行く。助けねば、と次郎太は大池目がけ真っ逆さまに落下し、深い池の底へと吸い込まれていく。

池の底は暗くて何も見えず、苦しさにもがく。

（わしは何故命を懸けてまで敵の大将を引き揚げようとしているのか…、いやあれは瞳姫だった…、いやあれは政親であった…）答えの出ない問いを反芻《はんすう》しながら、氷のように冷たい池の底に引きずられていく。（このままでは死ぬ）己に言い聞かせながら、その一方では、姫を助けねば、と暗い闇に手をのばしまさぐる。

（お前は瞳姫を好いていたのか）どこかから意地悪く問いかけてくる。あの夜の、森本村での一夜の事が眼前に浮かぶ。（そんな事はない。わしには結がいる。結を裏切る事はできぬ）結の美しい笑顔が浮かんで消える。（お前は命をかけて誰を助けようとしているのじゃ）二人の女性の顔が浮かび、池の底深く消えていく。（待ってくれー）叫ぶが声にならない。（お前はやはりあの姫に心を寄せているのじゃ）とまた意地悪いささやき。（わしには結がいる）（そう。あれは大将の政親。姫ではないわ。だがそれを助けようとするのは、お前が心の底で姫を愛おしく思っているから）

苦しい、い、息ができぬ…、その時、腕に姫の柔らかな首が当たった。おなごの柔肌の感触が全身に伝わり、助けねばと抱き上げるが、反対に深い淵に引き込まれていく。苦しい苦しいと身をもがく。どこかで、「次郎太様」と結の声がする。周りの喧騒が身を包んだが、身体全体の節々が痛み身動きが取れない。（ここは何処なのか…）重い瞼を上げる。強い光が眩《まぶ》しい。頭を横に回すと、隣に作次郎が横たわっていた。その時、頭の上で野太い権次の声がした。

「次郎太、気が付いたか。どうした。うなされておったが」

権次の声に我に返った次郎太は身体を起こすと、辺りを見回し事の次第を理解した。

「すまぬ、…作次郎は…」

「お前様が気を失って、作次郎も疲れに耐え切れず横になっておった」

「政親の遺体は」

「向こうの板戸に乗せてある」

「そうか、今何刻じゃ」

「お前が気を失ってから一刻は過ぎ、もう午《うま》の刻(正午ごろ)に近いぞ」

横合いから鉄次が心配そうに尋ねる。

「次郎太、身体は大丈夫か」

「ああ、権次、皆に本陣に戻ると伝えてくれ」

「分かった。さあ、みんな大乗寺の本陣に帰るぞ。馬を引け」

権次の声で、山の内衆を先頭に隊列が組まれ、尾根の道を高尾城に向かった。

岳の砦から尾根づたいに凱旋した隊は、焼け崩れた高尾城本丸の裏から馬場の広場に下りていく。山全体に広がる広大な城は、全ての城郭が焼け落ち、異臭を放つ黒煙が吹き上げてくる。煙にすすけた空を乱舞するカラスの群れは、代わる代わる地上に舞い降り黒い塊となって亡骸を食い荒らし取り合う。兵が槍を振り回し追い払うが、それをあざ笑うかのようにカラスは肉片をくわえて飛び回り、兵を睨み返す。中には兵に襲いかかってくるのもいる。その惨状が西に傾いた陽に照らし出される。

多くの兵が死体の始末にうごめき、カラスの鳴き声が響く中、次郎太らは手で口と鼻を押さえながら二の丸の広場に下る。焼け落ちた梁の下で、兵の死肉をくわえたカラスが群れているのを見るや、作次郎は馬から飛び降り足元の丸太を投げ付けた。

「くそたれ。人の肉をあさりやがって」

カラスはあざ笑うように逃げ回る。見上げれば無数のカラスが飛び回り向こうの森の梢でも黒い群れがうごめいている。

(自分たちも運が悪ければカラスの餌食になったかもしれない)

権次がぞっとする思いでひと振り槍を払うと、二、三羽が転がり泣きわめいた。空に舞い立った一羽が倒れた一羽に近づきくちばしでつつくが動かない。親子だったのか、アーアーと悲しげに声を発するや、一羽また一羽と舞い降りてきて鳴き出す。そのさまはまるで念仏のようにも、人間を恨むようにも聞こえる。

「一羽のためにあんなに多くの仲間が悲しみなげくとは。死ぬということは畜生でも分かるのか。悪い事をした」

権次は青ざめ、カラスに手を合わせ心の中で念仏を称える。

「陽が暮れる前に本陣に着かなくては」

鉄次の声が響き、一団は大手の門から大乗寺の本陣に向かった。

大乗寺への帰還

大乗寺の本堂から男装姿の碧が賄い場に駆け込んできた。

「結様はいますか」

湯気と煙が立ちこめる中、多くの女房達を掻き分け奥に向かっていく。

「どうしたの、そんなに慌てて」

振り返った結は、血相を変えて進んでくる碧の様子に、

「もしや次郎太様が…」

と、一瞬不安が走った。

「結様、今しがた知らせが入りました。今日の明け方、次郎太様の兵が岳の砦で政親様の兵と戦い、政親様は崖の上から大池に落ちたということです。次郎太様と作次郎が政親様を引き上げましたが、すでに亡くなっておられました。次郎太様と作次郎はグッタリとし

ていたと…」

「次郎太様が…怪我はないのですか」

「分かりませぬ。結様、二人で高尾城の方に行きましょう。ああ、作次郎にもしものことがあったらどうしましょう」

その時、結が突然、青ざめた顔をゆがませ手で口元を押さえ戻した。

「結様、どうしました。大丈夫ですか」

「…しばらくすれば落ち着きます。碧様、これから行きましょう」

「分かりました。馬は馬場にいるはずです」

その間にも結はまた戻した。結はそれが恐れのあまり起こったものか、つわりによるものか判断がつきかねていた。

「大丈夫、何でもないわ。さあすぐに」

二人はそのまま馬で山門を出て、本陣に帰還する兵の流れに逆らうように、黒煙に包まれた高尾城に向け馬を飛ばした。

一方、次郎太らは政親の遺体を乗せた馬を引きながら、高尾城の大手の門を出た。十人衆はじめ山の内衆の若者らは歓喜の色を浮かべ意気揚々と歩を進める。紺碧の空に湧き上がった入道雲が西日を受け輝いている。ふと、里の方から二騎の馬が疾走してくるのが見えた。

「おお、結様と碧様じゃ」

先頭の作次郎が叫んだ。次郎太は結が陽を受けて疾走してくる姿にたまらなく懐かしさを感じ、久々に笑みを浮かべる。

「おお、次郎太が笑うたぞ」

「やはり結観音のご利益は本物じゃ」

若者たちから屈託のない笑い声が湧き上がる中、結と碧が馬のまま次郎太と作次郎の前に進み出る。結は澄んだ眼で次郎太を見つめる。

「どうした、何か急用でもあったのか」

「…いいえ…次郎太様の具合が悪いと聞いて…」

「作次郎、お前様は怪我は無かったか」

碧も呼び掛ける。

「わしは大丈夫じゃ。次郎太は疲れがひどいようじゃが…」

と、振り返ったその時、次郎太が眼を閉じ馬上で前のめりになった。結は悲鳴を上げ馬から飛び降り、駆け寄って、馬からずり落ちそうになる次郎太を受け止めた。

「次郎太様、しっかりして下さい」

次郎太は全身に帰り血を浴び、後ろで束ねた黒髪も血で固まっている。結は血の気の引いた次郎太の顔を胸に受け止めた。

「しっかり」

結は次郎太の名を呼び続ける。権次が頬を叩くと次郎太は虚ろな瞳を開き、まぶしげに結を見る。

「大丈夫じゃ。本陣まで頼む」

次郎太は権次に支えられて馬にかけ直し、結はその後ろに乗って体を支えた。七兵衛と五郎は左右から次郎太の馬の轡《くつわ》をとり、後ろには政親の遺体を乗せた馬を引く権次と鉄次が続いた。一行は本陣に向かって歩みを進めた。若き勇者達の隊列が太鼓を打ち鳴らす。次郎太は夢うつつの中、背にほのかな温もりを感じていた。遠くで結の呼ぶ声がして、返すが声にならず、全身が雲のようなものに包まれ何も聞こえなくなった。

戦勝の知らせに湧く野々市の町筋は、兵士や商人、近在から集まった農民で埋め尽くされている。やがて太鼓の音が聞こえ、凱旋してくる精鋭部隊に歓声が湧き上がる。

先頭には大工の作次郎と浅田源左衛門の娘の碧、続いて次郎太と結、その後に朱の甲冑姿で横たわった政親の遺体が続き、人々からは歓声と念仏が湧き上がる。次郎太はその声に意識を取り戻すが、全身がだるく体を動かすことができない。

「次郎太様は、具合が悪そうじゃ…」

群衆の中に困惑の色が広がる。

「ああ、あの馬に乗せられているのは富樫政親様。敵の大将が討ち取られたぞ。見てみろあの立派な鎧を」

子供等も取り巻き騒ぎたてる。人々は怖いもの見たさに覗き込み眉をひそめる。

「皆の衆、道を開けて通してくれぬか」

作次郎の大声に、道が開け、前方に大乗寺の山門が見えた。境内から大勢の人々が出てきて出迎え、一行は歓声を受けながら本堂の前に進む。

子供たちが大人たちの間をすり抜けてくる。次郎太を支える結は菩薩のような笑みを浮かべて子供たちに声を掛ける。

「うわー、結様は摩耶《まや》様のようじゃ」

子供たちは、賄いの場でもいつも優しく接してくれる結にことのほか親しみを感じていて、物語で聞くお釈迦様の母摩耶夫人《ぶにん》とはこのような人であったのだろうと想像していた。

式台に迎え出ていた願生と慶覚は、ぐったりとしている次郎太の姿に驚いた。

「すぐに手当てをせねば」

願生は慌てて素足のまま石畳を走り、素早く次郎太の脈をとり、後ろから支える結を見上げた。

「結様有難う。次郎太はどのようで…」

「分かりませぬ。大きな怪我は無いようですが…」

願生は次郎太の手を叩き、

「わしじゃ、願生じゃ。しっかりせぬか。わしが分かるか」

と悲痛な声を発し、

「さあ、早く降ろして離れに連れて行ってくれ」

と、権次と鉄次に命じた。慶覚は初めて見る願生の慌てぶりに驚いていた。

「慶覚殿、後のことは頼んだ。わしは奥で次郎太の傷の具合を見る」

「分かった、後は任せておけ。ねんごろに見てやってくれ」

奥から清沢の忠兵衛が顔色を変えて出てきた。

「結、次郎太殿はどうなされたのじゃ。怪我は…」

「分かりませぬ。急に気を失い倒れ、返事がありませぬ。どうしたら良いのでしょう、父上」

次郎太は離れの小部屋に運び込まれ、ゴザの上に寝かせられた。願生は次郎太の衣服を脱がせ、結に湯と布を持ってくるよう頼み、心配してついてきた者たちに

「ここはわしに任せて、手の空いた方は他の怪我人を手当してくだされ。疲れている者は無理せず休んでくれ」

と指示した。

権次ら十人衆は顔を見合わせ部屋を出て行く。忠兵衛は願生を手伝い手当ての世話をする。手桶で湯を持ってきた結は、忠兵衛の横に腰を下ろし、汗と血にまみれた次郎太の体を愛おしげに拭う。願生は、次郎太の幾つもの浅い傷に血止めの薬草を塗りつける。鉄瓶で次郎太の口に水を流し込み、身体を横にさせて背中を押すと、血の混じった汚水が吐き出された。それが二度、三度と繰り返された。結は血糊で汚れた次郎太の髪を洗いながら、

「次郎太様、次郎太様」

と呼び続けた。


本堂前では政親の遺体を乗せた馬を囲み、多勢の兵が政親の死に顔を覗き込んでいた。

「この馬鹿たれめが。わしらとの約束を守っておれば、こんな無様な姿にならずに済んだものを」

一人の男が政親の顔を打った。

「そうじゃ。よく、おめおめと、こんな姿でわれらの所に来たものじゃ。こいつのせいで

多くの仲間を殺された。恨みは尽きぬわ。引きずり降ろして成敗しようや」

「そうじゃ、降ろせ、降ろせ」

と群衆が遺体に手をかけ引きずり降ろそうとした時、慶覚が一喝した。

「馬鹿者、手を離すのじゃ。誰しも死ねば仏、恨んではならぬ。そんな事をすれば、末代まで、一向宗の連中は獣同然と言われ続けることになる。こんな時こそ人間らしさを失わぬことが大切なのじゃ」

兵たちはにわかに遺体から離れる。すると、大聖寺城主の富樫泰高が本堂の奥から小走りに出て来て、政親の変わり果てた姿に手を合わせた。

「南無阿弥陀仏」

泰高は式台を降りて政親の遺体に手を当て、

「苦しかったであろう。安らかに往生してくれ」

と目をつむった。

「さあ、みんな手を貸してくれ。政親様を本堂にお運びして、祭壇前の山川三河守様と並べて祀ってくれ」

慶覚に言われ、権次と鉄次が遺体を板戸に乗せて本堂に運んだ。政親の遺体は、幟旗《のぼりばた》の布に包まれた三河守の遺体の隣に横たえられ、鎧の胸板の上には煌《きら》びやかな兜が置かれた。

三河守の胸には黒く煤《すす》けた兜が置かれている。加賀の国を統《す》べていた者が今は物言わぬ骸《むくろ》となって、冷え冷えと空虚な本堂に横たわる。詰めかけた兵たちは世の無常を目の当たりにし、寂《せき》として声もない。

離れでいまだ眠り続ける次郎太に付き添う結は、淡い灯りに浮かぶ次郎太の顔を見つめている。狭い部屋で久方ぶりの二人の時が流れている。結は燃えるような己が頬を、次郎太の冷たいひげ面《づら》の頬に押し当てた。そして腕で次郎太の頭を抱え、

「次郎太様、次郎太様」

と呼びかける。次郎太は夢うつつの中、自分を呼ぶ声に応えようとするが声は出ず、目を開けようにも動こうにも、どこも金縛りにあったように動かない。何とかしなければ、この夢から抜け出さねばともがく。その時、耳元で「次郎太様」と結の声がした。声にならない声を発して、胸に溜まった重苦しい空気を一気に吐き出すと、パッと目の前が明るくなった。

「ああ、よかった。次郎太様が気がつかれたわ」

結はびっくりして次郎太の顔を覗き込む。次郎太は周りを見回し結を見上げた。

「おお、結か…。ここはどこじゃ」

「気が付かれましたか。ここは大乗寺の離れですわ」

「そうか。いやこうしてはおれぬ…」

と、次郎太は起き上がろうとするが、身体全体がギシギシと痛み、「ウッ」と声を上げる。

「無理をなさいますな」

「すまぬ、水をくれ」

その時、板戸を開けて願生が入って来た。

「おお、気がついたか。良かった良かった。結様のお陰じゃ」

「はい、今しがた気が付かれました」

次郎太は水を飲み干すと願生を見上げた。

「身体じゅうが痛むのですが、何処か深い傷があるのでしょうか」

「大きな怪我はなかったが、全身傷だらけじゃ。じゃが薬草を塗ったから心配いらん。ゆっくり休むとよい」

そこへ鉄次が入ってきた。

「おお、次郎太が眼を覚ました…良かった。皆に知らせてくる」

と廊下に飛び出す。やがてドカドカと床を鳴らして褌《ふんどし》一つの若者たちが狭い部屋に入ってくるが入りきれず戸口と廊下に集まる。

「おお、皆集まってくれたか。次郎太は意識は取り戻したが、まだ疲れがひどい。もう少し休ませてくれぬか」

願生は、笑みを浮かべながら次郎太と生死を共にした若者たちを見上げる。

次郎太はゆっくりと身を起こす。晒《さらし》の褌一つをまとい、大きな息を一つ吐き出すと、かすれた声で告げた。

「皆に心配をかけ申し訳なかった。まだ体は痛むが、大丈夫じゃ。安心してくれ」

「ああ、よかった。あの大池の腐ったような水の中は気味が悪かった。死ぬかと思ったわ。わしもあの水を少し飲んでしまったが、次郎太はかなり飲んだじゃろう。わしはそれが心配で…」

「作次郎が助けに来なかったら、わしは死んでいたかもしれん…」

「次郎太様は、長い戦で体も心も安まる暇がありませんでしたから…」

結が小袖を次郎太の背にかけながらいたわる。

「そうじゃ、次郎太はわしらの何倍も苦労した」

鉄次の言葉に、

「殺しても死ぬような男ではないと思っていたが、一時はどうなるかと肝を冷やしたわ」

と作次郎も笑う。

本堂の方が騒がしくなってきた。多くの人が集まって来ているようで、女房や子供が泣き叫ぶ声が聞こえる。

「さあ、こうしてはおれぬ。次郎太の事は結様に任せて、怪我人や亡くなった同朋の家族の世話をしなければならぬ。皆も疲れておるだろうが怪我人の手当てを頼む。権次に鉄次、作次郎は、死んだ者と怪我人の名前をつけ上げ、わしの所に持って来てくれ。遺体は家に帰し、ねんごろに弔って遺族の面倒も見るよう村長《むらおさ》に頼んできてくれ」

願生が立ち上がって告げた。境内にびっしりと敷かれた筵《むしろ》の上に戦死者が並べられ、身内の者が遺体を探したり、また取りすがって大声で泣き叫ぶ光景が繰り広げられた。広場では怪我人が悲鳴を上げてのたうちまわり、女房や娘たちが忙しく看護していた。本陣からは大八車に遺体や怪我人を乗せ村に帰る列ができた。

その間にも戦場から怪我人や遺体が運び込まれてくる。そんな中を願生は念仏を称えながら指図して回った。

大乗寺の談合

本堂には続々と村長や地侍が詰めかけた。祭壇の前で木越慶覚が立ち上がった。

「皆の衆、このたびの戦で見事な勝利を収めることができたのは、命を懸けて戦ってくれた皆のお陰。心からお礼を申す。しかし、この戦では多くの大切な同朋を失い、多くの怪我人も出してしまった。心からおくやみを申し上げる」

「皆、命を懸けて戦ったのじゃ。一家の働き手を失って家族が路頭に迷うようでは申し訳が立たん」

年老いた村長が立ち上がって声を上げる。それに応えて願生が、

「そこでじゃ、遺族に対しては今後のなりわいが立つよう、皆とともども面倒を見るような仕組みを作りたいと思っている」

と約束をする。

願生が続けて、疫病の発生を防ぐためにも遺体の弔いを早々に済ませるべきことを伝えると、一人の男が質問してきた。

「一つお聞きしたいのじゃが、そこの祭壇前に政親と三河守の亡骸が置かれているが、何故にそこに置かれておるのじゃ。わしには解らぬ。その二人はわしらの仇ではなかったか。それを…」

「おお、…そうじゃな。それはもっともなことじゃ」

と願生は受け止め、続けた。

「わしはこう思うのじゃ。そこでわしらが勝ったからといって、敵の大将を粗末に扱ったとしたらどうなるだろう。もしお前様の親がそうされたら、お前様は子として後々まで恨み続けるであろう。ましてこの戦はこの国の末代にまで言い伝えられる戦。なればなおさら恨みは末代まで続くことになる。それゆえ、特にこのお二方はねんごろに葬らねばならぬのじゃ」

一同は、仏法によった生き方とは何かを身をもって教わり、願生の気高い人柄に感銘を受けた。

その時、回廊の入り口から十人衆が次郎太を支えて本堂に入って来た。

「おお、次郎太様じゃ」

「ようやってくれた。お前様等のお陰で戦に勝つ事ができたのじゃ」

「次郎太様が倒れたと聞いた時はびっくりしたぞ」

人々が口々に言い交す中、次郎太らは願生の後ろに腰を下ろす。

続けて女房達が賄い場から料理と酒を運んできた。

「さあ、皆の者。これは簡単な戦勝祝いじゃ。せねばならぬ事は山ほどあるが、まずは勝利の盃を上げようではないか」

慶覚の呼びかけに全員立ち上がって歓声を上げ、盃を重ねる。無数のかがり火が境内を明るく照らし、やがて酔いのまわった人々の笑い声が境内に響く。本堂前の一角では若者の一団が唄い踊り、次郎太も若者に囲まれ盃を交わしている。結は心配そうに次郎太を見守りながら、酒や肴を運ぶ女房達に采配する。

夜もふけ娘達の奇声や女房達の甲高い声が入り乱れる。頃あいを見て願生が宴の終わりをつげ、村人たちはそれぞれの村に帰っていった。

後日、政親と三河守の遺体は荼毘《だび》に付され、丁重な弔いが行われた。


数日後、その日は朝から霧のような雨が降り続き、本堂の大屋根からは大粒の雨だれが石畳に落ちていた。その下をくぐって、村役たちが大乗寺の本堂に集まってきた。

堂内は人でびっしり埋まり、熱気がこもっている。祭壇前には慶覚に願生、河合藤左衛門、富樫泰高、鏑木徳喜、浅田源左衛門、清沢の忠兵衛らが腰を下ろし、次郎太等はその

右後ろに座っている

守護との戦いには勝ったものの、今後この国をどうしてゆくのか、彼らにはその見通しがつかず早くもいら立ちのようなものがあらわれていた。

「早う何とかしてくれぬか。これからわしらは何をどのようにすれば良いのじゃ。教えて下され」

「そうじゃ。早うたのむわ」

お堂の後ろの方から一人の村長が立ち上がって聞いた。

「願生殿。わしらが一番心配なのは米の事じゃ。今まで米は領主と政親に納めていたが、これからはどうなるのじゃ。米以外のいろいろな物も、取り立てに目を光らせていた政親がいなくなった今、どこにどう納めればよいのか…」

「皆の心配はもっともなことです」

願生が話し始めた。

「今後は基本、出来高の内から自分達のなりわいが立つだけの分を確保し、加えて災難に遭った人々の為に出来高の何分かをよける。そしてその残りのうちから何分の一かを領主に納める。これを話し合いで決めるのじゃ」

「と言うことは、納める割合は自分等で決めるということか」

「そうだ」

「本当にそれでよいのか。そうなればわしらは安心して暮らしができる」

「いや、それでは領主は黙ってはいまい。そのうち将軍が軍を率いて来て皆殺しにされるぞ」

　別の声が上がり堂内はざわめく。


　当時、加賀国の土地の多くは京都や奈良の大寺社や公家を領主とする荘園であった。幕府から派遣されていた守護は本来警察のような役割を担うものであったが、荘園の年貢徴収を請け負うなどして、次第に荘園の支配を強め実質的に守護領とし、ついには一国を支配する守護大名となっていた。ところが加賀では守護の富樫政親を実質追放したことになり、農民は、自分たちの主導で税が決められる期待と同時に先の見えぬ不安に戸惑っていた。


　しばらく黙って聞いていた願生は、一同を両手で制し、静まるのを待って口を開いた。

「それについては、ここに御座っしゃる富樫泰高様に力を貸していただくことになる。泰高様は都の公家や管領の細川政元様ともつながりがある。公家や細川様も納得がいく形で、我らの権利を認めていただくことになる」

それを受けて小坂村の村長が重ねて問い詰めた。

「うちの領主は大納言様と二条様だが、うまくいくのか心配じゃ」

隣に座っていた大野庄の村長も頷きながら
「わしも小坂村の村長同様心配で…どのようにすれば良いのやら…」

と不安げに訴える。

「たしかおたくの領主は京の臨泉寺でありましたな」

願生は一息置いて、力を込めた。

「肝心なのは今年の秋です。今後、加賀の村々は今言ったような新しいやり方で年貢を納める。すべての村が力を合わせそのやり方を貫けば、領主とても認めざるを得まい。この加賀国の実権はもはや本願寺門徒の百姓衆が握っているのじゃ。領主側が横暴な振る舞いに出れば、国中のすべての村々が黙っていない。それに今や一大勢力となりつつある本願寺の後ろ盾もある。誰しも政親と同じ目には遭いたくなかろうて」

集まった村長たちは互いに顔を見合わせながら、明るい見通しを持った。

「米のこともあるが、隣国越前の朝倉や能登の畠山、越後の上杉らが再び攻めて来ることはないのか。国境の守りはどうするのじゃ。わしはそれが心配じゃ」

越前に隣接する江沼の村長が不安げに話した。百姓の持ちたる国となっても、国を守る武力は不可欠である。

「越前との国境には新たに砦を造ることになる。牛ノ谷峠、越前大野から攻め込むのを防ぐため、山中村の奥の九谷と白峰村に砦を築く。また越中方面の防御には、松根と倶利伽羅、それから海沿いの高松あたりにも砦が必要となる。いざという時には狼煙を使って即座に国中に知らせが伝わるような構えを取る。さすればこの先数十年、いや百年であっても我らの国は安泰じゃ」

願生は続ける。

「富樫泰高様や鏑木徳喜様、浅田源左衛門様ら、これからこの国を守る大きな力となる要の方々には、近隣の大名から国を守るため力を貸して頂かねばなりませぬ。また民のなりわいが成り立つよう、心を砕いていただきたい」

その時、次郎太の後ろに座っていた安吉村の作次郎が突然立ち上がった。

「次郎太がいつも言っていた。わしらの安楽国は夢物語ではない。いつか本当に出来るのじゃと。ついに叶ったのう。夢でなかろうか。次郎太、わしをつねってくれ」

次郎太は立ち上がり作次郎の頬を思いきりつねる。

「イテテー、痛いやないか。夢でないわ……」

堂内に笑いが起こる。

「安楽国は出来ても、これからがまた大変なのじゃ」

次郎太が返すと、願生も加わってきた。

「そうなのじゃ。皆の衆、百姓衆が治める国は、天下広しといえどもわしらのこの加賀国しかない。朝廷から見れば目ざわりこの上なく、それをうまく乗り切りこの国を磐石のものにしなければならない。一番心配なのは、わしらの中で仲間割れが起きることじゃ。人はだれしも煩悩《ぼんのう》の塊。わしら坊主も含め、お山の大将になろうとして争いが生まれれば、国は混乱し大変な事になる」

「そんな事になればこの国はバラバラになり、わしら百姓はまたこれまでのような奴婢の立場に逆戻りじゃ。もしそのように国を乱す者が現れたら、わしら若い衆が成敗するぞ。のうみんな」

大柄な権次が立ちあがって見回すと、若者たちは「おう!」と拳を上げる。

願生はいきり立つ若者たちを制する。

「ここにおる者も、やがてわしら年寄りから死んでいく。多くの同朋を失い命懸けでこの安楽国を築いたことを知る者がいなくなれば、仲間割れを起こしたり勝手なことを考える人間が出てくるやもしれぬ。だからこそ、この国がどのようにしてできたか、われわれは末代まで語り継いでいかなくてはならぬ」

願生は諭すように続けた。

「わしらは人間らしく生きることを求めて政親と戦い、相手方の多くの命を奪った。のみならず味方の者たちも多く失った。まさしく地獄そのものじゃった。その事実は消えまい。しかしそれであればこそ、我々は貴重な犠牲を無駄にすることなく、今度こそすべての者が平等で互いを尊重し合う安楽国を築いていかねばならぬのじゃ」

堂内の全ての視線が願生に集まっていた。やがて奥の方で古老の村長がしゃがれた声で問いを発した。

「今度の戦では、わしら土百姓だけでなく、富樫泰高様や鏑木様、浅田様が力になってくださいました。それに大商人の方々も我らに味方してくれた。それはいったいどうしてなのか、わしはずっと不思議に思ってきましたのじゃ」

「不思議に思われるのは無理もない。領主の皆様や大店の主人の方々は、わしらから見れば長者様で、そろばんずくでしか動かぬと思っていた…」

願生の言葉に、領主たちや商人たちは思わず苦笑いをして顔を見合わせる。

「今でこそ笑っておられますが、このように心を開いて下されるまでには並々ならぬ葛藤があったと思われます。わしらのように財も名誉もない者と違って、全てを投げ打って教えに帰依されたことは、まことに尊いこととわしは思っている」

願生は感極まった様子で話す。事実、商人たちは富樫政親に多額の売掛金を抱えたまま、交わした約定は紙くずとなり巨額の損失を抱えることになった。経済を支える商人が負担を抱えたままでは国の先行きは心もとないと、人々は内心心配している。

本堂の中程で一人の村長が立ち上がった。

「わしらが勝つことができたのは大店《おおだな》の方々の後押しがあったおかげじゃ。次はわしらが大店の人たちの力にならねば。願生様、いい知恵がないものですかのう…といってもわしらに銭はないし…」

「有りますぞ。皆様が持っていますぞ。その手に」

願生は落ち着いた様子で口元に笑みを浮かばせ言った。一同が顔を見合わせ、己が節くれ立った掌に目を落とす。

「これから我々の手で作り出す米や魚、紙、布などを、皆で少しずつ出し合えば大きな数になる。それを大店《おおだな》の方々に商ってもらえばご恩に報いることができる。これからそれぞれ村に帰り相談され、今年来年とめどを立ててほしい。それをまとめて大店の方々とわれら主だった者が連盟で約定を結び、その約定を堺の大店に見せれば信用を取り戻すことができる。これからは皆で手を合わせて多くの物を作れば、それが自らに戻ってきて暮らしが豊かになる。新田を開発し、それぞれ知恵を出し合って産高を上げれば、この国は見違えるほど豊かになりますぞ。それを信じて明日から頑張りましょう。のう皆の衆」

割れんばかりの歓声と拍手が起こり、やがて境内全体に広がっていく。

野々市の町中はかがり火がたかれ、家の中はもちろん街道筋にもむしろが敷かれ戦勝の祝いが繰り広げられ、町の明かりが夜空を照らした。遠く山科の山並みには焼け落ちた高尾城の残り火が狐火のようにまたたいていた。

新しい国

夜明け前、境内や町中は前日の喧騒が嘘のように静まり返っている。本堂の中も足元の縁も寝込んだ人で埋まっている。次郎太は本堂の式台に立ち、夜明け前の爽やかな空気を胸いっぱいに吸い込み、ほうーと吐き出す。その後ろでほのかなかぐわしい香りが漂う。いつの間にか背後に近づいた結が、次郎太にそっと寄り添ったのだった。

「次郎太様、身体の痛みは」

「まだ少しは痛むが、大丈夫じゃ。久しぶりに体から毒気が抜けるようだ。今日は暑くなりそうだ。また忙しくなるぞ」

賄いの方で人の気配がした。

「皆さんが集まってきたようですので、失礼します」

「大勢の賄いを采配するのは大変じゃろう。身体を壊さぬようにな」

結は、先日の戦場《いくさば》での次郎太のねぎらいの言葉と今日の言葉で、本当に次郎太はお腹の子のことを知っているのかと、ドキリとして見上げる。戦のさなかには言えなかったが、いつ言うべきかと結は悩んでいた。


朝餉《あさげ》が終わった辰の刻すぎ、本堂には村長《むらおさ》たちが集まり二日目の談合が始まった。

一人の村長が話し出した。

「政親はいなくなったが、その後に同じように侍が、まあおそらくは富樫泰高様が守護の座に就けば、人が変わっただけで国の状況は変わらないなどということにはならぬのか。前と同じような圧政にならぬという保証はあるのか」

富樫泰高がそれに応えて話し出す。

「わしらは城もちの大名じゃが、戦で戦う兵は皆、百姓たちじゃ。もし皆の意に反して圧政を敷いて百姓を支配するようになれば、政親のような末路を迎えることになる。それはわしらが一番よく知っておる。これは大名や国人も肝に銘じておくべきこと。したがって、我らが力尽くで百姓衆を支配することにはならぬ」

「わしも泰高殿と同じ考えじゃ」

鏑木徳喜の声に侍衆は大きく頷く。願生が言葉を挟む。

「よくぞ申された。その思いが破れた時、わしらの国は滅びますぞ。侍衆だけでなく坊主のわしらとて同じこと。意見が合わず寺同士がいがみ合えば同じように混乱を起こしかねない。万が一そうなったときは、郡の惣領や村長の方々が集まって、混乱の根を断たねばならぬ。今、命懸けで安楽国を造った者同士はそんな事にはならぬだろうが、これから数十年、百年後を受け継ぐ者にもこのことをよく伝えていくことが大切じゃ」

一同は願生の言葉に深く頷き肝に銘じた。

村長がさらに続けて聞く。

「真宗の教えでは、阿弥陀様は念仏申す衆生《しゅじょう》を等しく救うという。貧しい百姓であろうと、栄耀栄華《えいようえいが》を誇る貴人や武家であろうと変わりはないと。大名の皆様も真宗に帰依しておられるからには、そうお考えなのですか。そこにおられる富樫泰高様はじめ領主の方々とわしら百姓が、人として等しいということを、皆様方は納得しておられるのですか。わしには合点がいきませぬ」

願生が富樫泰高に視線を送ると、泰高は話し出した。

「わしは始めから、われらもここに居る皆さんも人として平等だと思っていた。のう鏑木殿」

「わしは蓮如様から仏法を教わり、目からウロコが落ちる思いであった。弥陀の大悲は念仏の衆生を摂取して捨てず。人は仏の前では何の差別もない。のう浅田殿」

浅田源左衛門は無骨な顔に柔和な笑みを浮かべ、

「実は、娘の碧に婿が決まれば、わしは仏門にと思っておるのじゃ」

と返した。

「出家なさるのか」

堂内がざわめく。

「そうじゃ。以前からそのつもりであった。何としてもこの戦を勝利させ、この娑婆を安楽の国にと願っておった。その思いがかなった今、皆さんに胸の内を明かしたのじゃ」

源左衛門が笑顔で頭《こうべ》を巡らし次郎太の後ろに座る作次郎に目をやると、作次郎は顔を赤らめ視線をそらした。その様子を見て隣で見ていた与一が、

「すると殿様。下人の作次郎を婿にと思っておいでなのですか」

と頓狂《とんきょう》な声を発する。

「与一、何を言うか」

「そうじゃろう、作次郎。碧様はお前にほの字だぞ。誰もがそう思っておるわ。作次郎も好いておるのじゃろ。隠すでないわ。殿様も決めて御座るわ」

「これから嫁どりが多くなるぞ。めでたい事じゃ」

あちこちから声が上がる。やがて座が落ち着くと願生が説き始めた。

「これからこの国は身分の差に重きを置かぬ国になる。したがって、各地の講で何でも話し合い、皆が納得いく形で物事を進めてほしい。ただし、平等といっても道理に合わぬことは喧嘩の元になる。皆さんがた村の長は、さまざまに異なる意見をまとめる責任がある。それを重く受け止めて村の人々と話し合っていって下されや」

願生の言葉に一同頷《うなず》く。

「それから昨日も話したが、泰高様には都の細川政元様やその他の方々との人脈を生かして、我らに圧力がかかるのを避けられるようにお願いして、快く引き受けて下さった」

「それは本当か。戦の前からそんな話が決まっていたのか。こんな娑婆が来るとは夢のようじゃ」

と、また驚きの声が上がる。

「驚くのは無理もない。大名や地頭に逆らえば地獄に行くと言われてきたからな。それがこの戦に勝って、婆婆が変わったのじゃ。今までは百姓は生きるも死ぬも領主の手の内にあったが、この戦に勝って、われら民の一人一人が己の生きる道と夢を叶えることができるようになった。ただ、己が欲望のために好き勝手することは許されぬ。村のため他の人のために力を出すことが大切で、その事を決して忘れてはならぬ。主人は使用人に心を配り、使用人は主人に心を配るよう心がけることじゃ」

「願生様、それじゃ、わしらは好きなおなごを嫁にもらうことができるのですか」

一人の若者が立ち上がって聞いた。

「そうじゃ。そして子が出来て家が狭くなれば、村長らと相談して皆の力を借りて住む家を建てるような仕組みを作らねばのう」

「うわー、自分の家に住めるのか。夢のような話じゃのう皆」

それまで百姓は領主の持つ小屋に住んでいた。それは肥溜めの上に稲わらで屋根を覆っただけの粗末なものにすぎなかった。領主が武力の後ろ盾である守護を失った今となっては、領主は年貢をもらえるだけありがたいというまでになり、大幅に農民の権限を認めるしかなくなっていった。

外の回廊にたむろしていた若者等も歓声を上げて喜ぶ。

「そうするとその家はどのようにして建つのかのう」

「それぞれの村で皆で話し合って決めるのじゃ。それぞれの村が米や作物から余分の銭を稼ぎ出し、困っている事柄や困窮する者のためにその銭を使うとよい。より多くの米や作物を作ればより多くの銭が稼げ、自分たちのために使える。どうだ、力が湧いてくるじゃろう」

その時、作次郎が立ちあがった。

「わしらの村の事を言うのは気が引けるのですが、あの手取川の氾濫《はんらん》で石川郡の村は半分以上が押し流され、石ころだらけの川原になってしまいました。元通りにするには何年かかるか分からぬ有様で、しかもこの戦で村を守る堤の普請《ふしん》も手つかずです。もう二十日もすれば梅雨の終わりの大雨があるというのに…。何とかなりませぬか、…あの…殿様…」

殿様と言われ、四人の領主たちが顔を見合わせる。

「あのー、わしらのお館様の…」

「おおわしか、どうした作次郎…」

浅田源左衛門が笑みを浮かべ作次郎に向き合う。

「わしら下人が殿様の領地の事をとやこうや言うのをお許しください」

「いやかまわぬ。お前の言う通りじゃ。領主として皆に助けを請う事が恥ずかしゅうてのう。わしの言いにくい事をよう言ってくれた。礼を言うぞ。そこで恥ずかしながら皆にお願いじゃ。今、作次郎が言ってくれた、堤の普請への合力のこと、よろしくお願いしたいのじゃ…」

浅田源左衛門は座り直し、威儀《いぎ》を正して深々と板の間に頭《こうべ》を下げる。戸口縁にたむろしていた若者の一団が声を発する。

「なあ、皆して作次郎の所に応援に行くまいか。のう皆」

「そうじゃ。早う堤を作らねば、またぞろ大水にやられるぞ」

「老いも若きも、元気な者は一人でも多く助けに行くまいか」

湧き上がる熱気に、願生が応える。

「南無阿弥陀仏…南無阿弥陀仏、…ああ、有難い。その心こそ仏の心。一人一人がその心を大切にして下され。それで皆様と相談なのじゃが、今の堤の普請の件、この戦には二十数万人の兵や人足が加わってくれたわけだが、もうひと働きお願いして、交代で作業に入ってもらい、一日も早く造り上げたいと思うのじゃがどうだろうか。遠方から加勢してくれた衆には無理は言えぬが、加賀の衆にはぜひともお願いしたい」

「おお、それがいい。明日からでもやれば」

「わしら越中の門徒も応援しますぞ」

「感謝申しますぞ、皆の衆。手取の大水から村を守るための堤を延長しさらに強固にすれば、被害を減らすことができる。今日はそれぞれの村から村長方が来ておられる。今日のこの話を村人に伝え協力をお願い致しますぞ」

「ありがとうございます。願生様。それから、もう一つ相談したいことがあります。山の内衆のことですが、山間の山の内は田んぼも少なく米がとれませぬ。山の内衆が米を食えるように何かいい知恵がないものでしょうか」

「米の育ちにくい山間では、これまでも麻や綿、こうぞを栽培し、紙や布、麻縄、そば、あわなどを作ったり、獣を獲ったりしてきているが、これからはそれらの品を、大店に買ってもらうとよい。大店もそれで商売の幅が広がる。雪の深い冬は家で布や紙を作れば銭が稼げて暮らしが楽になる。これからは百姓も商人も、同じ同朋としてつながりを深めてともに豊かになってゆけばよい。それに山あいであっても、人手さえあれば田を造ることはできる。石積みの土手を築くなど作業は大変だが、その人足もわれら同朋が国中《くにじゅう》で助け合えばよい。堤防や田畑の開発に必要な資金は、大店の方々と相談してわしらが何とかする。心配せずにすぐにかかってくれ」

「本当に信じていいのかいな、願生様」

「ああ、このことは戦の前から各方面に打診してある。われらは少しでも早く作物を手にして大店の方々に返していくことじゃ。それとこの際、手取の水を山科近くまで引き込めば、新たな田が生まれ、今まで以上の収穫が見込めるはず。その稼ぎは皆のものとなるが、大店への借りも忘れてはならぬぞ」

「忘れるものか、我らの恩人の事を。のう皆」

その時、清沢の忠兵衛が立ち上がった。

「皆さんにお願いがあります。今残された政親様の財物を…」

「政親の財物とは、いったい何があるのじゃ」

一人の村長がいぶかしげに尋ねる。

「ありますぞ。政親様の軍勢が身に着けていた鎧、兜、槍、刀、弓矢、それに身につけていたもの全部、きれいに洗い、繕って都に持って行けば高く売れる。そうすれば皆様の役に立つことができます」

「そうか、皆の衆、明日からまた忙しくなるぞ」

村長や若者たちの心に明るい希望の灯がともった。

「いや、つい長話をしてしまった…おお、もう八つ刻が過ぎたか、…申し訳ない、何も無いかもしれぬが腹ごしらえをしていってくれ。姐《ねえ》さんがた頼みますぞ」

堂内でひしめいていた人たちは我先にと境内に出て、宴が始まった。

勝利の宴

　大乗寺の広い境内にはむしろが敷き詰められ、男たちは車座になって座った。その間を女房達が黄色い声を上げ、山積みされた握り飯やめった汁を手に、せわし気に駆けずり回っている。野々市の町筋も人で埋め尽くされ、町じゅうがお祭りのように賑わい、地元や近在から持ち込まれた酒が振舞われている。堂内はそれぞれの郡の村長が陣取り、若い衆も飯を頬張り話し込んでいる。堅田の律ら若い娘たちは濁り酒の徳利を配り、次郎太ら若者たちも立って手伝っている。賄い方から結が盆に酒の肴を乗せて入って来て、若者たちから歓声が上がる。

　願生が顔をもたげ立ち上がった。

「皆の衆、もう酒は行き渡ったかな。それでは祝杯を上げるとするか。さあ慶覚殿」

　慶覚は盃を手に立ち上がる。

「皆の衆、…わしは本当に嬉しい。この戦に勝って皆と一緒にこの娑婆を安楽の国に作り変えることができる。今日がその第一歩となる。まるで夢を見ているようじゃ。これまで願生殿が皆に話してきたような国造りをすれば、必ずこの世の中は変わりますぞ。これからは皆で細かな事も話し合って、この国を育てていきましょうぞ」

「オー」と堂内に鬨《とき》の声が鳴り響き、祝杯が交わされ拍手が湧き起こった。


多くの娘や女房達が男衆に酒を勧めている。願生は立ちあがった。

「皆の衆よ、この戦の裏方として賄いの面倒を見て下された姐さんや娘さん達にこの場を借りて御礼を申したい」

「そうじゃ。これだけの人間の賄いは並大抵ではない。亡骸を弔い怪我人の世話をし、わしら男衆を励ましてくれた。何とお礼を言ってよいか」

村長の一人が声を上げ、願生も深々と頭を下げる。

それに応え、賄いに通ずる板戸の前で、場を仕切っていた宮腰の孫八の女房・お滝が長い黒髪を束ね、笑みを含んだ白い歯を見せて返した。

「願生様、本当に大変な戦でしたね。毎日毎日、賄いのほうもまるで戦場でした。傷付いた人を慰め励まし、おなご達も大変な苦労をしましたが、戦に勝ってその疲れも吹っ飛びました。今も裏方で多くの人が働いていますが、本当に皆一生懸命頑張って、本当にやりがいのある仕事でした。願生様、大変でしょうがこれからもわてらや皆の為に頑張って下され」

よく通る声が堂内に響き、ヤンヤと歓声と拍手が湧きおこる。

やがて若者等の輪の中に娘達も加わり、華やいだ笑い声が湧く。結は先程から次郎太の横に座り笑顔で酌をしている。結のもう片方の隣には権次が陣取っていたが、その間に作次郎が徳利を持って割り込むように入ってきた。

「なんじゃ作次郎、せっかく結様の脇に座れたと喜んでおったのに。気の利かん奴じゃ」

「お前ばかりがいい思いをするな。まあまあ、一杯やれや」

結はそんなやり取りを見ながら碧に目配せする。碧は権次をさらに押しのけ作次郎の隣に割り込んだ。いつの間にか娘達が想いを寄せる若者の輪に入り、華やいだ声で話し合う。

そんな若者たちの様子を願生は笑みを浮かべ頷きながら眺めている。

と、結が突然、口を押さえて立ち上がり小走りで厠《かわや》の方に出て行った。

「結様を見てきます」

本吉村の海商正五郎の女房お民が徳利を置き後を追う。やがて結が厠から出てきた。薄暗がりの中、その顔が白く浮かんで見える。

「結さん…どこか体の具合でも…」

「いえ…」

「何か悪いものでも食べたのでは」

「いえ、そんなことはありません」

「もしや、結様、つわりということは？」

「…そうかもしれません」

結は頬を赤らめる。

「そうですか、おめでとうございます。結様、これからは体をいたわって下されや。なるべく重い物は持たず、踏ん張るような事もしてはなりませぬ」

「はい、お民さん有難うございます。私には母がおりませんので、何でも教えて下され。お願いします」

「分かりましたぞ、このお民に任せて下されや。きっと強いお子が生まれますぞ」

堂内は祝い酒でますます盛り上がり、蚊よけのよもぎの煙が漂う中、人々が汗を流しながら歌い踊っている。結とお民が座に戻って来た。

「どうした。どこか痛むのか」

次郎太が問いかけると、お民が耳元に顔を寄せそっと告げた。

「おめでたですよ。結様を大切にいたわって下され」

「ええ、本当に？」

次郎太は口を押さえ結を見る。行灯の明かりの中、顔を赤らめ頷く結の顔は菩薩のように穏やかである。

めでたい知らせは祝宴の人々の間を次々と伝わっていった。

作次郎が次郎太と結の間に割って入った。

「次郎太、何をニヤニヤしておる。いい事でもあったのか」

「…うむ、まあな。いつかは分かることじゃから言うか。わしはてて親になるぞ。結に子が授かったのじゃ」

「ええ、本当に。なるほど結様がより一層菩薩のように見えるのはそのせいか。それにしても羨ましいのう…」

作次郎は感に堪えない様子で目をつむると、突然立ちあがった。

「皆の衆、聞いてくれ。もう一つめでたいことがあるぞ」

「なんじゃ、それは」

「わしらの頭領の次郎太と結様に、ややが出来たのじゃ。こんなめでたいことは無かろう」

堂内に「オオー」と感嘆の声が湧く。

「次郎太、結さん、おめでとう」

座は祝福の言葉で満たされ、宴はさらに盛り上がった。近在の娘たちは十人衆ら若者の周りに集まり、鉄次や権次、七兵衛らにまとわり付き騒ぎ出す。作次郎も後ろから突然、抱きつかれた。驚いて振り返ると碧だった。

「いけません、碧様。お殿様が見ています」

碧はかまわず作次郎と結の間に分け入り、次には結の下腹にそっと触れた。

「結様、おめでとう」

碧はそう言って隣の次郎太の顔を見上げた。一瞬、今は遠くへと去った瞳姫《とうひめ》の顔が重なった。あんなにも次郎太に恋焦がれ、「次郎太様の御子が欲しい」と、悲鳴にも似た声を上げた瞳姫。その声は今でも耳の奥に残っている。

(次郎太様は瞳姫様をどう思っていたのだろうか)

碧はそんなことをぼんやりと思った。

「次郎太もいよいよ父親になるのか。羨ましいかぎりじゃ」

作次郎に言われて、次郎太は笑い返す。

「で作次郎はどうするのじゃ」

「どうとは、…何を」

「何をとぼけておる。碧様の事じゃ。結とも話していたのじゃが、碧様は始めからお前の事を好いていた。結はお見通しだったぞ。大手門の所で作次郎の元気な姿を見た時には、碧様の眼に涙が光っていたそうな。のう碧様…」

碧は顔を真っ赤にしてうなずく。

「お前はそれを感じなかったのか…無粋な奴じゃのう」

次郎太に言われ作次郎は一層顔を赤らめる。

「碧様はご主人の大切な姫様じゃで…わしら使用人になど…。身分が違い過ぎる」

作次郎は口をつぐんだが、続けてぼつりとつぶやくように言葉をつないだ。

「まあ、それでも、碧様の笑顔がいつもわしを支えていてくれたのは本当だが…」

それを聞いて碧は大きな瞳をさらに大きく見開いた。

「作次郎、お前様はわたしのことをそのように想っていてくれたのか…」

碧はまじまじと作次郎を見つめた。

「わたしは小さい頃からお前様を兄のように思っていた。先日お前様が岳の大池に飛び込み死そうになっていると聞いて、びっくりして結様と駆けつけた。その途中、神仏にどうかお救いくださいと一心に祈りました。もしお前様が死んだら私はどう生きればよいのかと動転して…。私はあの時、お前様が本当に大切な方だと気付いたのです」

碧は涙を浮かべて作次郎を見る。作次郎の目にも涙が光る。

「本心が聞けて良かった。のう」

次郎太が結を見つめる。

「ほんに、良かったわ。あとの事は私たちにお任せ下さいな」

作次郎と碧は無言で頭を下げる。作次郎は、少し離れて輪を作り話し込んでいる領主たちを見る。碧の父の浅田源左衛門はひげをさすりながら、娘がぴったりと作次郎に寄り添うのを見て思案を巡らしているようだった。

源左衛門とて新しい時代の変化を感じていなかったわけではない。今後、安吉《やすよし》の地を治めていくには、仲間たちからの信頼が厚く、多方面の知識に通じている作次郎の力を借りるのも得策だと考えていた。そのためには身分の差を乗り越え姫の婿とし、跡を継がせることも検討せねばならない。かねてから仏門入りを望んでいた源左衛門は、あらためて若い二人を応援する気持ちを強くした。


夜が更けるにつれ、境内から街道にかけて、笛や太鼓に合わせて踊る人々の群れはますます膨れあがった。勝利の喜びに酔いしれるおびただしい群衆の賑わいは町中に広がり、野々市の灯はいつまでも天空を紅く染め上げた。

虫送り

戦勝の宴の翌々日、すでに境内はきれいに片付けられ、賄い場では多勢の女達が働いていた。小雨が降る中、村人に押され山門から入ってきた荷車には甲冑や太刀、槍に弓矢、それに手甲《てっこう》、脚絆《きゃはん》、血塗られた衣服などが山積みになっている。これらはみな、戦死者から剥がした甲冑や衣服で、手分けして洗い場で洗ったり、修理を施したりするのだ。

戦死者は双方で数万人に及び、火葬の煙が数日間、高尾の山を覆った。

野々市の馬場には数百頭の馬がひしめいていた。きらびやかな馬飾りに朱色の鞍をつけた見事な駿馬《しゅんめ》も数十頭つながれている。政親方の武将の愛馬だったのだろう。野々市の町は越前や越中、越後、それに能登の七尾の馬喰《ばくろう》や商人が買い付けの為に集まって来て、様々な訛《なま》りで取引をした後、大乗寺でも加賀の大店の番頭たちと商談を行った。

戦の後の処理が粛々と進められる中、人々は日常の生活を取り戻していった。

高尾城が落城してひと月ほどたったある夏の日の午後、次郎太と結は、清沢を見下ろす

舟岡山の砦の櫓に立って、感慨深げに手取の流れを眺めていた。川は白波を立て大蛇がうねるように海に向かって流れ下っている

舟岡山に簡素な物見の櫓が築かれたのは、戦のすぐ後だった。砦からは手取川の流域全体を見渡すことができる。

雨上がりの空は抜けるように碧く、蝉しぐれが身を包む。イヌワシが二羽、弧を描いて流れを見下ろしている。一年前の洪水で各村を守る堤は多くが崩れ、水路も荒れてしまっていたが、戦が終わるや加賀国の百姓総出で修復に取り掛かり、八分どうり仕上がってきていた。今日も炎天下、数え切れぬほどの人々が、蟻が群がるように働いている。人々の働く姿は、扇状地に島のように散らばる村々や水路全体に拡がっている。洪水で荒らされた田畑でも長い列をなして水路の補修などに励む姿が見られた。

ここ数日、次郎太は早朝から馬を走らせ各地の現場を見回り、先頭に立って働く若者たちを激励する日々が続いていた。次郎太は作業の段取りを調べ資材の調達にかけずり回り、結がその数字を記帳した。資金繰りは忠兵衛が受け持った。

砦が築かれた舟岡山から上流には、次郎太が住む鳥越の別宮《べっく》をはじめ山の内衆の村落が拡がっている。清沢は山で産出される木材や紙、布や毛皮などの集積地であり、軍事的な拠点でもある。舟岡山からは加賀平野から口能登の海、南は手取の谷の奥深くまで遠望で

きる。

　やがて砦に十人衆が集まって来た。

「おお、次郎太と結様がもう来ておるぞ」

　権次が馬を引いて登ってくる。

「待っていたぞ。さあ、上がって来てくれ」

　一同は狭い櫓に上り、車座に座る。

「次郎太よ、今晩の虫送りの段取りは手分けして済ませた。どの村でも米の飯が食えるようになり、皆顔色も良くなっていた。どうじゃ、お前ら村を回っていて何か不満を耳にしたか」

　鉄次が皆を見回す。

「いいや、食うものがあれば誰も文句は言わぬわ。戦の前と後では暮らしぶりは雲泥の差じゃ。これも大店の方々のお陰、特に商人を仕切る忠兵衛様や結様のお陰と、百姓らは神様のように感謝しておる。そうそう、次郎太、お前もじゃ」

「そんなに持ち上げるでない、作次郎。今は物資の仕入れで結や親父殿が苦労している。帰り戦で得た政親方の鎧兜や槍刀を、本吉と宮腰から船で堺に売りに行っておるのじゃ。帰りの船には米と物資を積んで帰るはず。もう少しの辛抱じゃ。それと今年は風さえ来なければ豊作になりそうじゃで、田畑を失った者たちも暮らしていけるよう分け合うことにする。一番困っておる者に寄り添うのが仏の心というものじゃ。この心を末永く伝え守られるよう、我らがまず先頭に立っておこなわねばならぬ」

次郎太らはそれぞれの村の様子などを話し合って、舟岡山を下りた。

次郎太と結はその足で、久しぶりに次郎太の実家がある鳥越の別宮に向かった。手取本流の渓谷から支流の大日川に入り土手を馬で進んだ。まもなく二人は馬を止め川原で透きとおった清流をすくい上げ口に含んだ。

「次郎太様、こんな穏やかな気持ちになるのは久しぶりですね。あの地獄のような戦が嘘のよう」

次郎太は黙ったまま自分の手を見つめている。この手で何人の命を奪ったのか。武将たちの断末魔の形相が目の前に浮かぶ。

「ねえ、次郎太様、白山《しらやま》様があんなに光って見えるわ」

次郎太は視線を上げて遠く白山を望む。神々しい白山は次郎太を優しく見下ろしている。

次郎太は汚れない白山に身も心も吸い込まれ、心が洗われていくのを感じた。

二人は長い時間無言で堤に腰を下ろし、穏やかに流れる時間を噛みしめた後、再び川沿いに馬を走らせた。行く先々の村では子供らに声をかけられ、山の内衆の若者たちからも凱旋将軍を迎えるかのように取り囲まれた。二人は笑顔で応えながら幾つかの村をぬけた。

やがて空が黄金色に輝き、日が山並みに沈む頃、二人は二曲《ふとげ》城のふもとにある次郎太の実家を訪れ、叔父夫婦と囲炉裏を囲んだ。鋭く威厳のある叔父だが、若い二人を前に顔をほころばせている。

「結殿、忠兵衛殿は息災か。商いの方はうまく行っておるか」

「はい、大変な売掛が残ってしまいましたが、それより何より、この戦に勝つ事ができて本当によろしゅうございました。あとは時間をかければうまくいくのではと…」

「そうか、それが心配であったが…次郎太、戦の後始末もさることながら、京の管領の細川政元様とのつながりはうまく行っているのか」

「はい、近々、富樫泰高殿が都に出向き、細川政元様とお会いして朝廷に守護として認めてもらうよう働きかけるとのこと。これは単に守護が変わるだけではありません。泰高殿はじめ、ともに戦った加賀の国の領主や国人、名主達は、我々百姓と仏法で結ばれており、これまでとは全く異なる新しい我らの国造りが始まるのです」

「…そうか、しかし時が経つと人は自分勝手な欲が出てくるもの。我ら山の内衆は蓮如様の仏法を固く心に刻み、国中に何かおかしな動きがあれば正す役割を果たさねばならぬぞ」

「はい、分かっておりますわしら若い者がしっかりせねば」

その時、玄関の方で若者の声がした。

「次郎太様。虫送りの用意が出来ました。頼みますぞ」

「おお、そうか。今行くぞ…結、行くか」

「はい。では叔父様、叔母様。行ってきます」

二人は夕暮れ迫る村の広場に向かう。広場は人で埋め尽くされ、村人は手に手に松明を持っている。合図の大太鼓が打ち鳴らされると、無数の松明に火がつき、広場は真昼のように明るく照らされ村人の嬉々とした顔が浮かび上がる。やがて大松明を先頭に村人たちは農道を進み、火の筋はあぜ道に枝分かれし、谷あいの田のすみずみまで広がる。森や田から舞い上がった虫たちは火の中に飛び込み「ジジッ」と音を立て燃え落ちる。太鼓の音に合わせて歌声が響き、やがて松明は再び村の広場に集まり、真ん中に置かれた大松明に投げ込まれる。大きく燃え上がった炎の周りを、虫が幾重にも輪をつくって乱舞する。村人たちは太鼓に合わせて声を合わせて輪になって歌い踊る。

松明の燃える匂いや虫の焼ける匂いが漂う中、褌《ふんどし》姿の次郎太や山の内衆の若者が入れ代わり立ち代わり大太鼓を打ち鳴らす。踊るようにバチを振り下ろす男たちの勇壮な姿を、紅蓮《ぐれん》の炎が照らし出した。

この夜、国中の多くの村々で虫送りが行われ、勝利を称え豊作を願う声が夜の更けるまで響いた。

百姓の持ちたる国

延徳三年(一四九一)三月。中央の政権で絶大な権力を誇る前管領細川政元は歌人で公家の冷泉為広《れいぜいためひろ》を誘い越後への旅に出た。朝倉や上杉といった自らに対抗する勢力の腹を探り懐柔するのが政元の主な目的であったが、二年半前の長享二年(一四八八)に守護の富樫政親が滅びて後の加賀国の様子を探るのも、眼目《がんもく》の一つであった。

片衣皮袴姿で煌《きら》びやかな馬にまたがり、三月三日京の都を発った一行は、近江の国を抜け、三月十日、越前と加賀の国境の吉崎御坊に至った。吉崎では加賀の本願寺の者が多数出迎えた。一行は本折《もとおり》、白江、笠間を過ぎ野々市に至った。大乗寺前では慶覚や河合に鏑木、浅田ら主だった惣庄等が出迎え行列に加わった。

政元一行は、米泉《よないずみ》の洲崎慶覚の館に一宿。夜には宴が催され、政元は旧知の友に接するかのように慶覚や河合藤左衛門らと酒を酌み交わした。

政元がことさら加賀の一揆勢と密接に関わっているのにはわけがあった。能登と越中の守護大名である畠山氏は政元の政敵で、越前の朝倉、越後の上杉の後ろ盾を得て政元を脅かす勢力になっていた。政元としては、敵対する勢力が北陸にのさばるのを阻止したい思いから、「百姓の持ちたる国」加賀の一揆とそれを支える本願寺を影から支援していたのだ。実際この頃、能登の門徒衆は加賀の支援を受けて力をつけ、畠山一族の力は弱まっていた。

宴も終わり、政元は居間で慶覚と差し向かいで話し合った。

「慶覚殿、その後、七尾と越中の畠山一族の動きはどうなっている」

政元は少し酔いの回った顔に笑みを浮かべるが、慶覚はその裏に深い策謀《さくぼう》の影を感じ、思わず手にした盃に視線を落とす。

「おかげさまでこの加賀の国の民はやっと人間らしい暮らしができるようになりました。我らの動きは能登や越前、越中の門徒を勇気付け、各地の守護は困っておるのでは…」

政元は口元に笑みを浮かべ、慶覚を見上げて盃の酒を飲み干す。慶覚はその盃に酒をそそぐ。

「慶覚殿、おぬしらは富樫政親を倒し、国の百姓は奴婢から自由の身になった。将軍の片腕としての政親の活躍は優れたものだったが、その政親を向こうに回し、よくぞ勝つ事ができたものよ。これで将軍は頼りになる武将をなくし、さぞや落胆したであろう。この一揆で将軍の力が弱まることは間違いない。それから先日、泰高殿と会って新しく加賀の守護に就く件、打ち合わせて参った。畠山がケチを付けてきたが大丈夫じゃ。安心するがよい。」

「それはありがたい事で。泰高殿には京にあって、何かと働いていただきたいと存じます」

「それがよかろう。国人が多ければ慶覚殿もやりにくかろうてな。これから表向きは富樫泰高殿を加賀国守護に据える形でわしは力を注ぐ。安心してくだされ」

細川政元は含みのある表情で慶覚を見据える。

「あちこちで浄土真宗が広まるにつれ、わしらもその力を無視することができぬようになってきた。かねてより蓮如様とは親しくさせてもらっているが、この一揆の間も実は何度となく蓮如様と相談をさせてもらい、雑賀衆の力を借りて早馬で将軍の動きを知らせていたのじゃ。これからは本願寺の力は国をも動かすことになる。その力をわしにも貸してもらいたいものじゃ。政治の世界は一時も油断が出来ぬ。今回の旅も将軍びいきの朝倉や畠山、それに上杉の動きをけん制するためのもの。わしは実の子がおらぬ。二人の養子は居るには居るが腹が分からぬ。慶覚殿、これから先も越前や越中、越後の動きを知らせてくれるか。もしもの時は頼むぞ」

燭台の灯りが闇の中に二人の姿を浮き上がらせ、その影が壁に大きな影を作った。

翌日、細川政元一行は慶覚ら大勢の者に送られ出立した。政元は馬上からなだらかに広がる加賀の里を振り返った。田や畑では多くの農民が働いている。

木々を渡る鶯《うぐいす》の声に、政元は隣の冷泉為広に話しかける。

「何とうららかな日和じゃのう。ごらんなされ、あの百姓たちを。命をかけて戦った者らとは思えぬのう」

圧政と戦乱を脱した加賀の国では、治水、水利の普請も進み、田畑の収穫も増えていた。農民たちは自らの働きが豊かさにつながっていくことを実感し、耕作にいそしんでいた。

「ほんに、あの姿からは思いもよりませぬな」

春の日はうららかに一行の行く手を照らしていた。

室町幕府が弱体化し諸国の大名が群雄割拠《ぐんゆうかっきょ》する中、加賀の国は浄土真宗の教えに支えられた「百姓の持ちたる国」として戦国時代において一世紀もの繁栄を誇った。それは日本の歴史に特筆される宗教的国家であり、極東の島に奇跡的に実を結んだ民衆による〝共和国〟にほかならなかった。

（完）

〈著者略歴〉

吉村正夫（よしむら　まさお）

1938（昭和13）年、金沢市に生まれる。金沢市立泉中学卒業。53年から家具職人の世界に入り、大工の仕事に従事。72年に工務店を設立。

現在、「（有）S.H.C.C 住まいの研究社　協同」代表取締役社長、一級建築施工管理技士。

石川まちおこし有限責任事業組合組合員。

2005年12月　歴史小説「鳥越城炎上」を出版。

2016年9月　「戦国革命〈上〉瑞泉寺の戦い」を出版。

2019年9月　「戦国革命〈中〉牛ノ谷峠、倶利伽羅の戦い」を出版。

戦国革命　一向一揆 名もなき勇者たち〈下〉高尾城落城

2020（令和2）年6月15日　第1版第1刷

著　者　吉村正夫

出版協力　石川まちおこし有限責任事業組合

発　行　北國新聞社出版局

〒920-8588　石川県金沢市南町2番1号

TEL 076-260-3587（出版局）

FAX 076-260-3423

電子メール syuppan@hokkoku.co.jp

ISBN978-4-8330-2206-4 C0093